Bastidores
de um crime

© 2022 por Amadeu Ribeiro
© iStock.com/dsmckinsey

Coordenadora editorial: Tânia Lins
Coordenador de comunicação: Marcio Lipari
Capa, projeto gráfico e diagramação: Equipe Vida & Consciência
Preparação: Janaina Calaça
Revisão: Equipe Vida & Consciência

1ª edição — 1ª impressão
2.000 exemplares — novembro 2022
Tiragem total: 2.000 exemplares

CIP-BRASIL — CATALOGAÇÃO NA PUBLICAÇÃO
(SINDICATO NACIONAL DOS EDITORES DE LIVROS, RJ)

R367b
    Ribeiro, Amadeu
    Bastidores de um crime / Amadeu Ribeiro. - 1. ed. - São Paulo: Vida & Consciência, 2022.
    256 p. ; 23 cm.

    ISBN 978-65-88599-63-1

    1. Romance espírita. I. Título.

22-80457   CDD: 808.8037
                           CDU: 82-97:133.9

Todos os direitos reservados. Nenhuma parte desta edição pode ser utilizada ou reproduzida, por qualquer forma ou meio, seja ele mecânico ou eletrônico, fotocópia, gravação etc., tampouco apropriada ou estocada em sistema de banco de dados, sem a expressa autorização da editora (Lei nº 5.988, de 14/12/1973).

Este livro adota as regras do novo acordo ortográfico (2009).

Vida & Consciência Editora e Distribuidora Ltda.
Rua das Oiticicas, 75 – Parque Jabaquara – São Paulo – SP – Brasil
CEP 04346-090
editora@vidaeconsciencia.com.br
www.vidaeconsciencia.com.br

Bastidores
de um crime

AMADEU RIBEIRO

VOLUME 6

O sucesso de uma obra não é privilégio de uma pessoa só. Todos os meus livros são fruto de um trabalho realizado por muitas mãos e passam por diferentes pessoas, que deixam sua contribuição positiva para que o produto final chegue às mãos dos meus queridos leitores.

Por isso, quero deixar aqui minhas palavras de agradecimento a toda a equipe da Editora Vida & Consciência, que sempre me recebeu com tanto amor e carinho, transformando os livros que escrevi em belíssimas obras de arte.

Quero agradecer à Jaqueline Kir Biyikian e ao Marcio Lipari, que nos presenteiam com projetos gráficos primorosos. Ah, eu sou apaixonado pelas capas dos meus livros!

Gratidão ao Jefferson Leal, à Nayara Striani, ao Arthur Zago Becegato e ao João Victor Tomiate, que nos trazem *book trailers* realistas e emocionantes e divulgam nossos livros nas mídias sociais com tanto zelo. A galera da arte e tecnologia é nota dez. Obrigado!

Meu agradecimento aos queridos Murilo Nogueira e Anderson Souza, que trabalham no estoque e são responsáveis pelo rápido envio dos livros que chegam até vocês, leitores, com todo o cuidado possível; à Vera Alves, que está à frente do departamento financeiro e sempre me auxiliou quando precisei; e à querida Cássia Costa, a gerente da editora, a quem tive o prazer de conhecer pessoalmente. Vocês são incríveis!

Quero agradecer à Vanessa Gasparetto, diretora da Editora Vida & Consciência, pela oportunidade e confiança no meu trabalho. Obrigado por sempre manter essa porta aberta para mim. E agradeço também à querida Simone Perenha, coordenadora comercial, com quem tenho uma estreita parceria de trabalho há quase dez anos. Gratidão mais uma vez!

Gratidão também à talentosa Janaina Calaça, revisora, que entrega os livros com um texto impecável. Admiro muito seu trabalho, que deixa as nossas histórias ainda mais prazerosas de serem lidas. E, por fim, quero agradecer à coordenadora editorial Tânia Lins, com quem tenho também uma parceria de trabalho de quase dez anos e que sempre me acolheu tão bem. Faltam-me palavras para agradecer-lhe por todo o empenho e profissionalismo com meu trabalho.

Muito, muito obrigado a todos vocês!

Amadeu Ribeiro

Prólogo

  Alguns diziam que ela era uma mulher "Caxias", muito certinha. Outros a acusavam de ser viciada em trabalho. Havia também quem dissesse que ela trabalhava por ganância ou somente para se exibir à população da cidade, ou ainda por não querer ficar sozinha em casa durante o horário de expediente de seu marido, que passava muitas horas fora, principalmente quando estava investigando algum homicídio.
  O que nem todos sabiam era que Miah Fiorentino amava o que fazia.
  Se for verdade que as pessoas renascem com missões na Terra ou objetivos de vida a serem cumpridos, um deles era o jornalismo para Miah. O universo midiático, a expectativa diante das câmeras, a busca constante por novidades e matérias inéditas, o reconhecimento e o respeito da maioria de seus telespectadores, que a tratavam como uma celebridade, a emoção por segurar um microfone ao gravar uma reportagem, mesmo durante um tiroteio policial, tudo isso despertava em Miah uma paixão indescritível por sua profissão.
  Talvez fosse por isso que ela ainda estava nos estúdios da TV da Cidade às 23 horas de uma quinta-feira. Era uma emissora pequena, que perdia em número de funcionários e em audiência para sua concorrente, o Canal local, além das emissoras públicas de rede nacional. Até pouco antes de Miah compor a equipe, sua programação era fraca e não despertava o interesse do público. Os telejornais eram pouco assistidos, pois todos apreciavam a qualidade do Canal local e sintonizam lá seus televisores. Porém, quando Miah se juntou ao time, aos poucos, os números da audiência a acompanharam.

Atualmente, ela era a âncora do telejornal do horário nobre, exibido de segunda a sábado. Também tinha espaço para reportagens de rua, o que sempre angariava público, ainda que nas reprises. Todos queriam assistir a Miah, ávidos por novidades, fofocas, notícias trágicas ou relatos sobre a morte de alguém. Afinal, se ela era casada com um investigador, que estava sempre à caça de assassinos, era quase uma obrigação estar bem informada sobre os crimes que chocavam a população, mas que muitos sentiam um mórbido prazer em acompanhar.

Ela finalmente baixou a tela de seu *notebook,* dando por encerradas as atividades daquele dia. Seu expediente terminara havia algum tempo, mas ela queria deixar tudo organizado para Georgino, ou simplesmente Gino, jornalista que a substituiria durante o seu período de licença-maternidade. Miah não simpatizava nem um pouco com ele, pois o achava linguarudo, invejoso e nada confiável. Todavia, era ética o bastante para discernir as questões profissionais das pessoais.

Aquele era seu último dia de trabalho, por isso decidira ficar até um pouco mais tarde para eliminar todas as pendências profissionais antes de sua licença-maternidade iniciar-se. O parto estava previsto para dali a quatro dias.

Olhou ao redor para a ampla sala parcialmente às escuras. Na última vez em que se consultara com um oftalmologista, ele ralhara com ela quando Miah lhe confessou que gostava de preparar suas reportagens usando o *notebook* em ambientes mal iluminados. Se ele soubesse que sua bronca de nada valera, certamente engrossaria o tom com sua teimosa paciente.

Estava sozinha na sala e pensava estar também no prédio. Não era a primeira vez que passava de seu horário de saída apenas porque não via as horas correrem, imersa em seu trabalho. Quando chegava em casa por volta da meia-noite, seu marido não estava nada contente e, assim como o oftalmologista, também lhe dava várias broncas só que pelo atraso. Contudo, do mesmo modo que amava sua profissão, amava ainda mais Nicolas Bartole.

Miah esfregou as vistas cansadas, ignorando a leve dor de cabeça que já começava a perturbar suas têmporas. Esticou os braços para espreguiçar-se e sentiu a coluna protestar. Por quantas horas ficara sentada naquela cadeira, com a coluna curvada e os olhos fixos na tela do *notebook*? Nem sequer havia parado para tomar água ou utilizar o banheiro. Algumas gestantes relatavam que usavam o sanitário com mais frequência devido à gravidez, mas com ela essa necessidade nunca ocorreu. Seus nove meses de gestação nem de longe foram tranquilos ou comuns. Como estava cansada demais para pensar no assunto naquele momento, preferiu mudar o foco de suas ideias.

Miah ergueu-se da cadeira com dificuldade e contemplou a gigantesca barriga redonda. Às vezes, tinha a impressão de que alguém a inflara como se fosse um enorme balão. Sentia saudade de sua silhueta enxuta, do conforto de dormir na posição que desejasse e de fazer os movimentos que quisesse sem a sensação de estar carregando duzentos quilos no estômago.

Uma vez mais, ela afastou os pensamentos. Definitivamente, aquele não era o horário nem o momento para pensar em seu filho, cujo rostinho estava prestes a conhecer.

Colocou alguns papéis dentro de uma pasta, guardou-a em uma gaveta e trancou-a à chave. Deixaria tudo aos cuidados de seus patrões, os proprietários da emissora. Sabia que seu espaço de trabalho seria totalmente utilizado por Gino, o que não a deixava feliz, embora não pudesse fazer nada quanto a isso. Seu colega fora a melhor opção em que os diretores do programa conseguiram pensar e não cabia a Miah contestar essa decisão.

Com a bolsa no ombro, voltou-se para a porta de saída, e foi nesse momento que todas as luzes se apagaram.

Miah manteve-se tranquila, parada de pé no mesmo lugar, mas sua mão automaticamente voou para dentro da bolsa. Retirou o celular e acendeu a lanterna do aparelho. Na escuridão, a pequena iluminação teve o poder de um holofote, guiando-a para o corredor principal.

Sabia que o prédio contava com geradores de energia, portanto, não deveria permanecer nas trevas por muito tempo. Viu um ou outro *notebook* que algum colega esquecera ligado e que se mantivera aceso devido à bateria interna. Eram pequenos focos de luz na penumbra. Segurando o celular com força, ela empreendeu o caminho a passos largos até a direção da saída.

Foi nesse momento que um vulto humano surgiu em seu caminho, e ela pôde ver seus contornos justamente por conta dos reflexos claros das telas dos *notebooks*. Toda a tranquilidade de Miah dissipou-se em um segundo, quando ela soltou um grito de espanto. Por instinto, ergueu o braço com o celular a fim de mirar a luz para a pessoa que se postara em sua passagem e cujo rosto não conseguia visualizar.

De repente, as luzes acenderam-se novamente, e Miah flagrou-se parada, com os olhos arregalados, mirando uma lanterna, agora inútil, para Fagner, seu patrão.

— Se você queria provocar um infarto em mim, quase conseguiu. — Ela sorriu para ele, levando a mão livre ao coração.

— Por favor, desculpe-me. Não quis assustá-la. — Ele também mostrou um sorriso como resposta. — Serena e eu sabíamos que você ainda estava trabalhando. O que não sabemos é a causa desse apagão repentino.

— Pode ter sido a queda de algum disjuntor, ou mesmo algum problema na rede de energia elétrica do bairro. — Mais calma, Miah guardou o celular na bolsa. — E vocês? O que estão fazendo aqui neste horário?

— Infelizmente, Miah, surgiu um problema sério para resolver. E foi ótimo encontrarmos com você, pois o ocorrido é de responsabilidade sua. Venha à minha sala, por gentileza.

Fagner virou-se e começou a caminhar, enquanto Miah se perguntava o que fizera de errado. Desde que começara a trabalhar com eles, nunca ouvira uma reprimenda ou sua atenção fora chamada por eles por algum erro. Não era possível que fosse levar um sermão faltando minutos para se desligar da empresa durante os próximos 120 dias.

Ao entrar na sala dos diretores, avistou Serena, a esposa de Fagner, de costas para ela e diante de uma das mesas que havia ali. Assim que percebeu a movimentação atrás de si, ela se virou. Ao ver Miah, abriu um sorriso iluminado. Fagner fez o mesmo.

Sobre a mesa, havia um pequeno bolo que mal serviria três pessoas, mas perfeitamente decorado com glacê branco. No alto, havia uma bonequinha grávida, acomodada em uma cadeirinha, sorrindo para uma câmera de televisão. E, logo abaixo, os dizeres: "Miah, sentiremos saudades".

— Aposto que dei outro susto em você. — Fagner tornou a sorrir.

— Não estou conseguindo acreditar nisso. — Miah piscou os olhos, que já estavam marejados. — Nunca ouviram dizer que gestantes não podem se assustar assim, senhor e senhora Alvarez?

Serena e Fagner riram alto. A elegante senhora apontou para o bolo.

— Esperamos que goste de nosso simples gesto de despedida, Miah. Durante esses meses conosco, você tem levantado nossa emissora e alcançado índices de audiência que jamais havíamos obtido. Você é uma profissional maravilhosa, dedicada, inteligente e brilhante. Seu talento para o jornalismo impressiona qualquer um. Somos felizes por tê-la aqui.

— Hoje, quisemos lhe preparar essa humilde surpresa. — Fagner colocou as mãos nos bolsos da calça. — Sabemos que é muito menos do que você merece, considerando tudo o que fez por nossa emissora. Miah, parece até clichê dizer isso, mas você vale ouro.

8

— Vocês querem mesmo acabar comigo. — Lágrimas escorreram dos olhos cor de mel de Miah, mas seus lábios sorriam. — Vocês são as melhores pessoas que conheci recentemente. Nunca vou me esquecer da acolhida que recebi de vocês em um momento tão triste e complicado de minha vida. Quando minhas esperanças de retornar ao mundo jornalístico haviam morrido, vocês apareceram e me estenderam a mão[1].

Serena e Fagner, em vez de responderem, abraçaram Miah ao mesmo tempo, um pouco tortos em virtude da protuberância formada pela barriga da jornalista. Quando o abraço coletivo se desfez, Miah olhou para o lindo bolinho. — Não terei coragem de comer essa grávida tão fofa.

— Com certeza, ela está deliciosa — informou Serena, animada. — Pode levar o bolo para casa e dividir com seu marido. Fagner e eu estamos controlando o nível de açúcar, sabe como é.

— Obrigada. — Miah colocou o bolo dentro da embalagem que o acompanhava. — Mais uma vez, quero agradecer-lhes por tudo. Estarei à disposição se precisarem de mim. Sabem como me encontrar.

— Nós a visitaremos quando seu filho nascer — avisou Fagner. — Estamos ansiosos para conhecê-lo.

"Mas eu não", pensou Miah, sem sentir remorso.

— Agora, se me dão licença, preciso ir. Já é quase meia-noite. Nicolas vai pedir o divórcio. Nem sei como ainda não me ligou.

Bastou Miah dizer essas palavras, seu celular vibrou. Na tela, apareceu o rosto sorridente de Nicolas encostado junto ao seu.

— O que foi que eu disse? — Miah piscou aos patrões e atendeu. — Já estou saindo, amor... Ah, você está me aguardando aí embaixo? Ótimo, chegarei aí em dois minutos. — Ela desligou e sorriu. — Ele veio me buscar. Se eu conheço aquela criatura, deve estar fumegando de raiva porque não estou seguindo os protocolos do bom casamento.

— E que protocolos são esses? — Quis saber Serena, divertindo-se com aquilo.

— Alguns que nós mesmos inventamos. Vocês vão sair também?

— Sim, daqui a alguns minutos. Vamos apenas conferir algumas coisas antes de irmos embora. Os dois seguranças que cobrem o turno da madrugada são eficientes, mas não tanto — completou Fagner, dando de ombros.

Miah fitou-os uma última vez, acenou em despedida e andou depressa pelo corredor até chegar ao elevador. Enquanto aguardava, teve

---

[1] Leia *Seguindo em frente* – volume 4, publicado pela Editora Vida & Consciência.

a nítida sensação de que alguém a observava. Olhou por cima do ombro, mas não viu ninguém. Escutando somente as vozes do casal que vinham da sala deles, a jornalista ergueu o rosto e notou a câmera de segurança. Enrugou a testa diante do que viu e quase saltou de susto quando as portas do elevador se abriram de repente.

— Às vezes, Marian me fala tanto sobre espíritos que já estou começando a ver coisas — murmurou para si mesma. — Até as câmeras de monitoramento estão me impressionando.

Ao chegar ao piso térreo, caminhou o mais depressa que conseguiu devido ao peso da barriga e cruzou um dos portões de saída. Fez um gesto para o segurança que estava ali, saiu em direção à rua e caminhou até o veículo prateado do marido, que a aguardava com impaciência.

No momento em que Miah se sentou ao lado de Nicolas e lhe deu um beijo estalado para amainar o mau-humor do marido, Serena e Fagner Alvarez, em sua sala, perdiam a vida. Ela caiu no chão enquanto Fagner tombou sobre a mesa, onde minutos antes estivera o bolo com o qual presentearam Miah.

Capítulo 1

Quando entraram no apartamento que se tornara o ninho de amor do casal, Miah já conseguira acalmar os ânimos de Nicolas, mesmo percebendo que ele ainda parecia um pouco desanimado. Ela contou-lhe a modesta surpresa que Fagner e Serena lhe prepararam e dos minutos de tensão que vivenciara quando se viu na escuridão.

— Imagine o susto que levei quando alguém, cujo rosto eu não via, surgiu do nada diante de mim — relembrou Miah, colocando a bolsa e o bolo sobre um aparador, enquanto Nicolas trancava a porta do apartamento por dentro.

— Por sorte, a pessoa era alguém confiável. Imagine se alguém com más intenções decide surpreendê-la. — Nicolas parou diante de Miah. — Entende por que não quero que fique até tão tarde na emissora e muito menos sozinha? Desde que vim morar nesta cidade, já conheci gente de toda espécie, bandidos cruéis e assassinos inteligentes e perigosos, que não têm nada a perder. E nem moramos numa metrópole!

Miah revirou os olhos e começou a balbuciar como uma criança teimosa arremedando a mãe durante o sermão.

— Ah, ainda por cima está debochando de mim? Agora a senhora me paga!

Com uma gargalhada, Miah tentou correr na direção do quarto quando viu Nicolas apanhar um dos chinelos dela que estava jogado sobre o tapete e sair em seu encalço. Quando ele a alcançou, deu-lhe duas chineladas fracas no traseiro, o que a fez rir ainda mais.

— Agressão a uma mulher grávida? — ela perguntou, jogando-se na cama com um pouco de dificuldade e vermelha de tanto rir.

— Descumprimento de ordem de um investigador de polícia? — Nicolas esforçava-se para manter o semblante fechado, mesmo sabendo que cederia e cairia na risada também. — Qual de nós dois cometeu um delito maior?

— A sociedade ficaria contra você.

— Não se souber que estou fazendo tudo isso para protegê-la.

Miah esperou Nicolas largar o chinelo para tentar pegá-lo desprevenido. Apanhou o travesseiro e arremessou-o contra a barriga do marido, que se desviou agilmente.

— Você é um saco! — ela protestou, fingindo irritação. — Por que não deixa seu lado de policial treinado na rua e entra aqui apenas como um homem comum?

— E por que não para de reclamar e simplesmente me beija, coisa que nem fez direito no carro?

Nicolas finalmente riu quando a viu fazer uma careta de indignação. Aos nove meses de gestação, com os pés e as pernas levemente inchados, os seios maiores e uma barriga grande o bastante para acomodar duas crianças, Miah estava mais linda do que nunca. Seu rostinho arredondado, corado pelas brincadeiras, encantava Nicolas sempre que a via. Somando-se a isso, seus olhos tinham a cor do mais puro mel de abelha, seu sorriso cintilante deixava-o de pernas bambas e seus cabelos escuros, com fios de vários tamanhos na altura do maxilar, faziam de Miah a mulher perfeita para Nicolas. Ele amava-a mais a cada dia e tinha absoluta convicção de que era com ela que desejava passar o restante de seus dias.

Esparramada sobre a cama, ela fitou-o também. Miah já vira muitos homens bonitos pessoalmente, mas nenhum se comparava a Nicolas Bartole. Já que gosto era algo pessoal, o dela sugeria que seu marido era o mais completo espécime masculino existente nas redondezas. Olhos azuis-escuros, cabelos cortados à máquina dois, rosto atraente ao extremo, um sorriso que deixava qualquer mulher desorientada, um corpo que causava inveja a um *personal trainer*, voz grossa e máscula e uma pequena cicatriz ao lado dos lábios, que completava seu charme. Tudo isso o transformava no príncipe encantado com o qual ela tanto sonhara na infância.

— Está reclamando dos meus beijos, senhor Bartole?

— Não tenho culpa se você não deu seu melhor enquanto vínhamos para cá.

Ela riu novamente e fez um gesto para que ele se aproximasse, já que o simples ato de mover-se sobre a cama tornara-se algo bem complicado de se fazer. Miah beijou os lábios do marido, que se recostou ao lado dela, e riu quando Nicolas fez uma expressão de estranheza, como se o beijo ainda não tivesse sido bom o bastante.

— Você anda muito exigente, não acha? Já o beijei várias vezes nesta noite.

— Qualidade sempre é mais importante do que quantidade — ele retrucou sorrindo.

Érica surgiu na porta do quarto e caminhou com graça e leveza até a cama. Saltou com agilidade e seguiu diretamente até Miah, ignorando Nicolas como se ele fosse um fantasma sem importância.

— Minha princesa, a mamãe tem uma excelente notícia para você — murmurou Miah, acariciando a cabeça branca da enorme gata. — A partir de hoje, estarei em casa todos os dias para lhe fazer companhia.

Como resposta, ela pôs-se a ronronar intensamente como um motor em funcionamento, esfregando o corpo no de Miah. De repente, como se apenas naquele momento Nicolas existisse, ela virou a cabeça e fitou-o diretamente, estreitando seus olhinhos azuis.

— Buuu! — Nicolas fez uma careta para ela.

Érica emitiu um silvo agudo para ele, mostrando suas presas pontiagudas.

— Calma, meu amor! Não ameace o papai dessa forma. — Miah tornou a deslizar a mão pela cabeça da felina.

Como já estava irritada com a presença de Nicolas, Érica decidiu retornar pelo caminho de onde viera. Desceu da cama e afastou-se devagar na direção da porta do quarto. Antes de sair, virou-se para trás, olhou novamente com frieza para Nicolas e tornou a emitir outro rosnado para ele.

— Com tantos gatos bonzinhos no mundo, eu tinha que adotar justamente esse tribufu? — protestou Nicolas indignado.

— Não fale assim dela. Érica é uma das gatas mais adoráveis que já vi, além de ser lindíssima. — Miah acariciou-lhe o rosto com carinho, notando mais uma vez que ele, embora se esforçasse para parecer tranquilo, parecia mais exausto do que o comum. — O que houve? — acrescentou, sendo direta, porque, assim como Nicolas, detestava enrolação.

— Na vida, existem dias maravilhosos e outros que são uma completa porcaria. Hoje foi um desses em que as coisas não saíram como eu gostaria.

Pacientemente, Miah aguardou que Nicolas continuasse:

— Na última madrugada, em um bairro da periferia, um grupo de uns vinte jovens organizou uma espécie de baile de rua, com música muito alta, adolescentes dançando quase nuas e rapazes menores de idade ingerindo bebidas alcóolicas fortes ou fumando baseados. Na rua onde essa festa estava acontecendo, mora um rapaz de vinte e dois anos chamado Pedro junto com sua mãe, Ieza. Incomodado com o volume estrondoso da música, que não o deixava dormir e levando em consideração que trabalharia cedo na manhã de hoje, Pedro saiu de casa e foi confrontar os jovens. — Nicolas fez uma pausa, como se ele mesmo estivesse revendo as cenas mentalmente. — Pedro discutiu com o grupo, que obviamente lhe disse que não abaixaria a música nem encerraria o baile. Ele, então, ameaçou-os dizendo que chamaria a polícia, e eis que um jovem já muito drogado apontou uma arma em sua direção. Segundo relatos, Pedro não se intimidou e continuou discutindo. Pediu-lhes que transferissem o baile de rua para outro local, pois aquela era uma área residencial, ocupada por trabalhadores, e destacou que nem estavam no fim de semana. Pedro ainda tentou comovê-los explicando que sua mãe estava adoentada, o que, mais tarde, confirmamos ser verdade. Os jovens riram dele, e o rapaz que estava armado se cansou da conversa. Quando Pedro novamente os ameaçou de chamar a polícia, o cara que segurava o revólver atirou duas vezes... Ambos os tiros atingiram pontos vitais. Uma das balas acertou-o na testa e a segunda, no coração.

— Que horror! Como ele teve coragem de fazer isso com alguém que só queria descansar direito para acordar bem para trabalhar?

— O advogado de defesa dirá que o rapaz estava sob o efeito de narcóticos, tudo isso para amenizar o crime. Mas ele sabia muito bem o que estava fazendo, já que não atirou a esmo. Ele queria silenciar Pedro para sempre... e conseguiu. Sabe qual foi a pior parte de tudo isso?

— Dar a notícia para a mãe de Pedro — concluiu Miah, que viu Nicolas assentir.

— Exatamente. Imagine como saí daquela casa, após arrasar para sempre a vida de uma mulher que nunca mais tornaria a ver o único filho. Ieza não percebeu quando ele saiu para brigar com os jovens, embora estivesse acordada, já que ninguém conseguia dormir com a música alta o bastante para fazer vibrar os móveis da casa.

Sem saber o que fazer, Miah limitou-se a abraçar Nicolas.

— A princípio, ela não queria aceitar a notícia da morte do filho, assassinado praticamente à porta de casa. Embora Ieza seja aposentada, Pedro sustentava a casa. Trabalhava como vendedor em uma loja no centro da cidade e fazia faculdade à noite. Faltava apenas um semestre para se formar em História. Seu sonho era lecionar. Ele estava guardando dinheiro em uma poupança, porque, no final deste ano, concretizaria o sonho de sua mãe. Fariam juntos sua primeira viagem internacional. Iriam para Paris. Infelizmente, isso nunca mais acontecerá.

— Às vezes, não consigo acreditar na maldade do ser humano.

— Nem eu, mesmo após tantos anos trabalhando como investigador. Elias e eu chegamos ao bairro onde o crime ocorreu, mas certamente todos os jovens do baile já haviam desaparecido como grãos de arroz no meio do oceano, inclusive o assassino. Porém, como muitos dos jovens residiam na região, batemos em algumas portas e, mesmo com relutância, conseguimos receber uma ou outra informação. Às 15 horas de hoje, eu algemei o criminoso, que negou ter assassinado Pedro com toda a energia de que dispunha. Trata-se de um homem de 19 anos. Chorou, gritou e depois usou a velha tática da amnésia, ou seja, alegou não se lembrar de nada por estar sob o efeito de drogas. Se fosse filho de pais ricos, talvez nem ficasse preso, ainda que eu seja capaz de tudo para mantê-lo trancafiado. Contudo, seus pais são humildes e ficaram transtornados ao descobrirem o que o filho havia feito. Por fim, ele acabou confessando o crime. O caso está concluído, mas, para aquela mãe, nunca haverá uma conclusão justa. O enterro de Pedro será amanhã, ao meio-dia.

— Por que Pedro simplesmente não chamou a polícia em vez de confrontar sozinho as pessoas que estavam no baile?

— A mãe dele nos disse que a polícia não resolve muita coisa quando é chamada. Os jovens vão embora, mas retornam nos dias seguintes com força total. Conversei com Elias a respeito, e ele me disse que não há muito a ser feito justamente porque eles ressurgem em outros lugares.

— Agora entendi por que você está com essa carinha tão triste. Eu, em seu lugar, não teria agido diferente. Hoje, estive tão atarefada na emissora que não me atentei ao que estava acontecendo na cidade, por isso não soube desse caso. Queria deixar tudo em ordem para meu substituto. Fagner e Serena são muito organizados e cobram o mesmo de sua equipe. Durante todos estes meses em que ficarei de licença-gestante, quero me manter tranquila quanto às minhas atribuições profissionais.

— É por isso que eu amo minha gravidinha tão incrível — murmurou Nicolas, beijando Miah novamente. — E, agora, que tal tomarmos um banho morno para cairmos no sono? Eu estou muito cansado, já que não durmo desde as quatro da manhã.

15

— Seu pedido é uma ordem! — Notando a maneira como Nicolas erguera e abaixara as sobrancelhas algumas vezes, Miah completou: — Salvo algumas exceções.

— Você fala isso só para jogar um balde de água fria nos meus planos sensuais para esta noite.

Miah sorriu e esforçou-se para sentar-se. Ela estava procurando algumas toalhas limpas no guarda-roupa, quando o celular de Nicolas tocou.

— Diga, Elias. Temos mais alguma novidade no caso Pedro?

À medida que Nicolas ouvia as palavras do delegado, seu rosto empalidecia. Ele olhou para Miah rapidamente, meneando a cabeça em concordância de vez em quando.

— O que aconteceu agora? — Miah perguntou ao vê-lo desligar. — Não me diga que o assassino de Pedro conseguiu se livrar! A mãe de Pedro não merece tamanha injustiça.

— Não. Não tem nada a ver com a investigação de Pedro.

— Imagino que não tenha mesmo a ver, pois raramente o vejo ficar tão pálido por algo relacionado ao seu trabalho.

— Elias foi informado de que um duplo homicídio ocorreu há pouco tempo. Preciso ir imediatamente até a cena do crime.

— Quem morreu desta vez?

Nicolas respirou fundo antes de dar a notícia impactante à esposa. Mesmo sabendo que Miah era muito forte e resistente a todo tipo de informações, sabia o quanto aquilo a destruiria. Emoções fortes não eram indicadas a uma mulher que estava a poucos dias de ganhar o bebê.

— O crime aconteceu dentro da emissora TV da Cidade. Fagner e Serena foram assassinados. Elias já está no local, e, pelo pouco que descobriu, parece que você foi a última pessoa a vê-los com vida.

Capítulo 2

Não fora uma tarefa fácil convencer Miah a permanecer no apartamento. Ao receber a notícia da morte dos patrões, ela chorou, demonstrou inconformismo e exigiu acompanhar Nicolas até a cena do crime, o que ele negou taxativamente.

— Como eles morreram? — Foi a primeira pergunta que ela fez. — Há câmeras por todo o prédio, então, não será difícil identificar a imagem do assassino.

— Foram baleados na nuca. Um tiro em cada um. Segundo os dois seguranças responsáveis pelo plantão da noite, nenhuma outra pessoa entrou ou saiu depois de você — disse Nicolas, colocando os sapatos para sair.

— Você está me acusando, é isso?

— Ora, Miah, por favor... Aguarde eu me inteirar melhor do ocorrido e saber por onde vou começar a investigação.

— Eles ficaram trabalhando. — As lágrimas escorriam pelo rosto de Miah. — Eles me presentearam com o bolo, me felicitaram, e depois eu me despedi deles. Isso significa que, além de nós três e dos dois seguranças, havia uma sexta pessoa no prédio. Por isso houve a queda de energia. Durante todo o tempo em que permaneci lá dentro, tive a sensação de que alguém me vigiava. Por Deus, Nicolas!

— Acalme-se. O desespero não vai nos ajudar agora. Como está muito tarde para acordar um dos meus irmãos para que venha lhe fazer companhia, pedirei à policial Moira que fique aqui com você. É também uma maneira de impedi-la de ter um impulso maluco e ir até a emissora contra minhas ordens.

— Ou será que você está desconfiando de mim e quer que uma policial comece a me vigiar desde agora?

Nicolas abriu a boca para responder, mas julgou que o melhor seria calar-se para evitar uma discussão séria entre os dois.

— Apenas permaneça aqui, Miah. Em nenhum momento desconfiei de você e juro que assim será durante toda a minha investigação. — Nicolas beijou-a na boca com força. — Eu a manterei avisada.

O relógio marcava quase duas horas da manhã. As ruas escuras, vazias e silenciosas àquele horário permitiram que Nicolas chegasse à emissora em poucos minutos. Duas viaturas estavam estacionadas diante do portão principal.

Assim que desceu de seu veículo, avistou uma montanha humana parada na entrada. Uma montanha que usava farda e quepe.

— Mike, o que vocês apuraram até agora?

— Arre égua, Bartole! A coisa está feia lá dentro! — O enorme policial fez uma careta de nojo. — Pedi ao doutor Elias para ficar aqui e impedir a entrada de funcionários, caso alguém apareça.

— O que aconteceu?

— Parece que atiraram no casal pelas costas. Uma bala certeira na nuca de cada um. A mulher está caída no chão, e o homem, debruçado sobre a mesa. Há muito sangue por todos os lados.

Nicolas assentiu e viu outro policial sair do prédio. Chamou-o:

— Policial Felipe, permaneça aqui na entrada. Mike vai entrar comigo.

— Às ordens, senhor Bartole. — O jovem policial bateu continência e assumiu seu posto.

— Bartole, você ouviu a parte em que pedi ao doutor Elias para me deixar aqui fora? — reclamou Mike, acelerando para acompanhar os passos largos de Nicolas. — Jantei um belo ensopado de mocotó e vou colocar tudo para fora se eu tornar a ver aquela sanguinolência toda.

— Se não aguenta ver sangue ou corpos mergulhados em poças vermelhas, não pode ser um policial capacitado.

Mike calou-se, ofendido pelo comentário de Nicolas.

Com seus olhos atentos, Nicolas esquadrinhou todo o estacionamento. Havia apenas dois veículos comuns estacionados ali, além de três *vans* com a identificação da emissora. Nicolas presumiu que um dos carros, o mais elegante, pertencesse a Serena e Fagner. O outro deveria ser de um dos vigias. Aproveitou para contar três câmeras de segurança naquela área. A caminho do interior do prédio, ele percorreu o mesmo trajeto que Miah fizera ao sair horas antes.

Acima da entrada principal, o enorme logotipo em néon da TV da Cidade piscava em azul e vermelho. O prédio era uma construção de três andares, com tijolinhos aparentes de um lado e vidro escuro do outro. Talvez parecesse menos sombrio durante o dia. Imensas antenas parabólicas como guarda-chuvas virados ao contrário podiam ser vistas de diferentes pontos sobre a fachada. Havia uma torre maior no fundo do prédio que abrigava a antena de transmissão de sinal.

Assim que cruzou a porta de entrada, Nicolas encontrou-se com outro policial, que, após cumprimentá-lo, informou:

— O doutor Elias está no último andar. Já vistoriamos o prédio inteiro, mas não encontramos nenhuma pista até agora.

— Obrigado. — Nicolas passou pela recepção vazia e tomou o caminho dos dois elevadores, que estavam com as portas abertas. Enquanto caminhava, pensava que aquele era o percurso que Miah fazia todos os dias desde que se juntara à equipe da emissora. — Mike, onde estão os seguranças? — ele perguntou e apertou o botão de número 3 no elevador.

— Em uma sala lá em cima. Doutor Elias disse que vocês vão interrogá-los daqui a pouco.

— Num primeiro momento, você diria que eles lhe parecem suspeitos? Após um breve instante de silêncio, Mike retrucou:

— Não conseguiria lhe dizer isso com certeza, Bartole, porque talvez eu não seja um policial capacitado.

Nicolas ia começar a bater boca com seu parceiro, quando as portas do elevador se abriram. Ele avistou Elias de pé, finalizando uma ligação com alguém pelo celular.

— Olá, Bartole! Estava conversando com o chefe dos peritos. A equipe técnica estará aqui dentro de poucos minutos.

Elias Paulino, delegado de polícia há muitos anos, era um homem baixo, com fios de cabelo grisalhos, corpo magro e sem atrativos. Não era bonito por natureza, e seu nariz, longo como o bico de um tucano, colaborava para deixá-lo ainda mais feio. Nicolas, contudo, não se importava com a aparência de ninguém e aprendera a admirar seu chefe imediato, mesmo que muitas vezes fosse o próprio Bartole quem ditava as ordens.

— Onde eles estão?

Elias apontou para uma sala ao lado.

Nicolas adentrou o local indicado, e, imediatamente, o odor metálico de sangue o atingiu. Ele viu-se em um escritório amplo, com uma janela larga voltada para a rua. No lado esquerdo da sala havia alguns armários de madeira envernizada, e, na parede à direita, duas telas exibiam reprises de um jornal da emissora. No centro do escritório havia uma mesa grande, com duas cadeiras de cada lado, e sobre ela havia um *notebook* e alguns papéis empilhados tingidos por respingos de sangue. Bem ao lado, jazia o corpo de Fagner. Mais ao fundo, Nicolas avistou uma segunda mesa, mais vazia do que a primeira. Próximo à porta de entrada, um tapete marrom com o logotipo do canal estampado dava as boas-vindas a quem adentrasse o recinto.

    O corpo de Fagner estava de bruços sobre a mesa e seu rosto estava mergulhado no próprio sangue. Usava camisa branca, calça social e sapatos muito engraxados. O impacto do tiro na nuca provavelmente impulsionara seu corpo para frente.

    Já Serena estava caída ao lado do tapete. Seu corpo estava retorcido, provavelmente em virtude da queda que sofrera. Uma quantidade muito grande de sangue saíra pelo orifício aberto pelo tiro atrás de sua cabeça e espalhara-se ao redor dela. A mulher vestia-se de forma elegante, com um terninho azul-marinho acompanhado de uma saia da mesma cor. Sapatos de salto alto completavam seu estilo. O colar de pérolas estava parcialmente caído sobre seu rosto.

    Nicolas notou que naquela sala, pelo menos aparentemente, não havia câmeras de segurança, contudo, observara duas no corredor pelo qual viera. Para que o assassino chegasse até ali, teria, obrigatoriamente, de cruzar o sistema de monitoramento do prédio em algum momento.

    — O que você acha, Bartole? — Elias aproximou-se devagar por trás do investigador.

    — Num breve relance, consigo imaginar a seguinte cena: o casal estava de pé no tapete, de frente para a mesa e de costas para a porta. Isso mostra que talvez eles já estivessem de saída. Deveriam estar organizando aqueles documentos. — Indicou a pilha de papéis. — O criminoso entrou, mirou e atirou, sem dizer nenhuma palavra. Aguardou alguns instantes para se certificar de que os alvos estavam mortos e talvez até os tenha tocado para ter certeza, mas com toda cautela para não deixar impressões digitais.

    — Como sabe que não houve ameaça, alguma discussão ou até mesmo uma tentativa de defesa? — questionou Elias, embora já tivesse sua própria teoria a respeito.

    — A posição dos corpos e a perfuração das balas mostra que eles foram atingidos por trás. — Nicolas tocou na própria nuca. —

A expressão no rosto deles não sugere pânico ou horror. Estavam tranquilos, calmos, e isso me faz pensar que foram surpreendidos.

— Há outra possibilidade, Bartole.

— A de que eles conheciam o assassino — concluiu Nicolas rapidamente.

— Isso mesmo. — Elias coçou seu nariz comprido. — Eles não foram surpreendidos. Eles viram quem lhes tirou a vida e provavelmente conversaram com a pessoa. Era alguém conhecido, que lhes inspirava confiança. Tanto que o casal lhe virou as costas antes de serem baleados.

Nicolas assentiu, sem responder. Mesmo que não quisesse, foi a imagem de Miah quem lhe povoou os pensamentos. Ela encaixava-se exatamente na hipótese que Elias estava levantando. Funcionária de confiança da emissora, querida pelos patrões, a última a vê-los com vida...

"Meu Deus, afaste essa ideia da minha cabeça, por favor", ele pensou angustiado.

— Bartole... — Elias colocou a mão no ombro de Nicolas, sem coragem para concluir a frase, tendo certeza absoluta do que o investigador estava pensando.

— Os seguranças lhe disseram que Miah foi a última a sair, não foi?

— Sim.

— Olha, Bartole, garanto-lhe que não estou suspeitando dela...

— Mas vai suspeitar, Elias. Em algum momento de toda essa história, Miah se tornará a principal suspeita. Considerando o passado dela e sua passagem pela polícia, como acha que essa história poderá acabar? — Nicolas passou as mãos pelo rosto. — Não creio que ela mereça passar por isso de novo, muito menos quando nosso filho está prestes a nascer.

— E se conversarmos novamente com os dois seguranças? Eu já os interroguei, porém, acredito que você conseguirá arrancar muitas coisas deles.

Nicolas não conseguiu pelo simples fato de que os dois homens lhe pareceram extremamente sinceros e verdadeiros em tudo o que disseram. Um deles era funcionário da emissora há nove anos e o outro, há três. Sugeriram que Nicolas procurasse o supervisor responsável, que lhes daria mais informações sobre a conduta de ambos.

— Depois que sua esposa foi embora, senhor Bartole, apenas nós dois ficamos no prédio com o senhor Fagner e a dona Serena — explicou um deles, um homem negro, alto e muito musculoso, que poderia ser o irmão mais velho de Mike. — Temos porte de arma. — E tocou o coldre preso à cintura. — Sabemos que, se o tipo de bala encontrada nos corpos de nossos patrões for do mesmo modelo das nossas, estaremos encrencados. Mas juramos que jamais lhes faríamos mal.

— Eles eram excelentes patrões, senhor — confessou o outro segurança, um homem mais velho, mas igualmente forte. — Nunca cometeríamos tamanha barbaridade.

— Onde vocês estavam quando o crime aconteceu?

— Vimos quando a dona Miah saiu. Logo depois, eu subi para fazer a ronda no prédio — prosseguiu o segurança mais velho. — Foi quando os encontrei. Imediatamente, chamei Jeferson pelo rádio. — Cutucou o colega sentado ao seu lado. — E acionamos a polícia.

— Não vimos ninguém entrar ou sair além da dona Miah. — Jeferson cruzou as mãos, num claro indício de nervosismo. — Houve uma queda momentânea de energia, que foi reestabelecida em poucos minutos.

— O assassino pode ter se aproveitado dessa oportunidade, que certamente foi causada por ele mesmo, para adentrar o prédio — propôs Nicolas.

Os dois seguranças concordaram com a cabeça.

— Foi tudo bem rápido. O cara teria de ser muito ligeiro. Entretanto, seria necessário outro corte na energia para que ele pudesse sair da mesma maneira como entrou.

— Concordo. Assim, altera-se o sistema de monitoramento na entrada e na saída, e sua imagem nunca seria captada. — Nicolas encarou Elias. — Já solicitou as gravações?

— Temos acesso a elas — atalhou o segurança mais jovem, antes que o delegado respondesse. — E, naturalmente, sabemos que isso nos colocará ainda mais em evidência. Porém, estamos sendo sinceros. Nunca mataríamos patrões tão bons e justos como o senhor Fagner e a dona Serena. Não há razão alguma para isso.

Contudo, para alguém houve uma razão muito importante para se dar ao trabalho de interferir no sistema de câmeras de segurança, causar um breve blecaute, atirar em duas pessoas pelas costas e tornar a sair do prédio, sem deixar nenhuma pista aparente. O assassino, se comprovada a inocência dos dois seguranças, arriscara-se em demasia para atingir seu objetivo. Por que simplesmente não abordou o casal na rua e atirou? Por que não cometeu o crime na residência deles? Por que na empresa? Por que o crime se deu daquela maneira? E a questão principal: por que orquestrou tudo de forma tão brilhante para que a culpa recaísse sobre Miah?

Para Nicolas, a resposta para essa última dúvida parecia-lhe óbvia. O criminoso não apenas conhecia o passado de Miah — algo muito fácil, uma vez que a história de vida da jornalista se tornara pública após sua prisão —, bem como planejara tudo para incriminá-la. Quem tirara a vida dos proprietários da emissora os matara aleatoriamente apenas para culpar Miah ou os verdadeiros alvos realmente eram Serena e Fagner, sendo que a presença de Miah no local fora apenas um golpe de sorte para o assassino?

Nicolas dispensou os seguranças, depois de lhes dizer que deveriam se manter à disposição da polícia. Por mais que ambos soassem suspeitos, uma vez que trabalhavam no prédio, estavam sozinhos com os patrões e tinham acesso às imagens das câmeras e ao quadro de energia elétrica, seus apurados instintos e sua quase infalível intuição diziam-lhe que eles tinham a inocência de um par de libélulas.

Para o investigador, valia a pena checar todos os espaços da emissora, mesmo sabendo que não encontraria nada de relevante. Enquanto Elias dava ordens aos demais policiais para que todos os itens que encontrassem sobre a mesa e dentro das gavetas e dos armários de Serena e de Fagner fossem apreendidos, Nicolas percorria o corredor, adentrando as demais salas de trabalho dos funcionários, e tentava descobrir qual delas seria a de Miah.

Nicolas finalmente chegou ao estúdio, onde havia duas bancadas em que eram gravados os telejornais — um era exibido à tarde e o outro, à noite. Passou por câmeras de vídeo fixadas sobre altos tripés e por uma espécie de camarim, onde os apresentadores eram maquiados antes de entrarem no ar. Máquinas apitavam devagar e piscavam ritmicamente. No segundo estúdio, Nicolas encontrou alguns aparelhos cuja utilidade ele desconhecia. Dentro de um armário com portas de vidro havia diversos tipos de microfones, inclusive alguns de lapela. Na parte inferior, o investigador viu *headsets* e pequenos gravadores portáteis.

Teria o assassino percorrido aquelas salas ou se dirigido diretamente até onde estava o casal Alvarez? Nicolas acreditava na segunda hipótese. Por mais segura e tranquila que estivesse, a pessoa não haveria de se expor em demasia. O ideal seria acabar o serviço e sair logo dali, garantindo que sua imagem não fosse captada. O assassino certamente tinha conhecimento do sistema de câmeras de segurança da emissora e talvez até entendesse o básico de eletricidade. Seria um funcionário da empresa responsável por esse tipo de serviço? Alguém que se revoltara com os patrões e decidira fazer justiça com as próprias mãos?

Nicolas lembrou-se de confirmar com Miah se ela sabia de algum funcionário que houvesse sido demitido recentemente. As pessoas matavam por tão pouco, então, não era impossível cogitar tal teoria. O responsável pelo departamento de Recursos Humanos também poderia lhe dar essa informação.

— Há algo para vermos? — Elias caminhou até Nicolas, que sacudiu a cabeça negativamente. — Os peritos já estão aqui. Vão fazer uma busca minuciosa, etiquetar e embalar os corpos para encaminhá-los ao necrotério. Vamos torcer para que a doutora Ema nos traga novas informações.

— Certo. Assim que eu retornar aqui, pedirei a alguém que responda pela empresa na ausência dos patrões que me aponte todos os quadros de energia elétrica do prédio, principalmente o que abrangem este andar.

— Encontramos um no final do corredor principal, um pouco antes de você chegar. Há um disjuntor que desliga toda a energia daqui. — Elias fez um gesto largo com o braço indicando o entorno. — Não tocamos nele porque estamos aguardando os peritos encontrarem alguma evidência ali. E, sendo bem pessimista, já sei que não encontrarão nada.

Infelizmente, Nicolas viu-se obrigado a concordar.

— Elias, queria que sua resposta à minha pergunta fosse o mais sincera possível — Nicolas indicou a porta de saída e, enquanto caminhavam juntos, indagou: — Você está desconfiando de Miah?

— Se ela fosse a assassina, teria duas opções: descartar o revólver utilizado no crime aqui na empresa, algo que mais cedo ou mais tarde seria descoberto, ou carregado a arma na bolsa e a levado ao seu apartamento.

— Não costumo verificar a bolsa dela.

— Ela não correria esse risco, mesmo sabendo que você não realiza inspeções em seus objetos pessoais. Por mais inteligente que sua esposa seja, não a vejo desligando fusíveis ou mexendo em câmeras de segurança. Além disso, podemos facilmente verificar tudo o que Miah fez durante o dia de trabalho, pois não creio que as imagens do dia inteiro tenham sido deletadas. Isso demandaria muito tempo e trabalho, ainda mais para quem estava com pressa. Quem quer que tenha vindo aqui realizou um corte somente no período que abrange sua entrada e sua saída da emissora. Sendo assim, poderemos observar as atitudes de Miah até o instante em que as imagens foram alteradas. — Elias ergueu o rosto para Nicolas. — E, mesmo considerando todas essas possibilidades, eu sinto aqui dentro — encostou a mão do lado esquerdo do peito — que Miah não tem nada a ver com isso. Ela tornou-se uma vítima da situação, quase tanto como os Alvarez.

— Você não sabe o quanto ouvir isso me tranquiliza, Elias, porque sei que outras pessoas pensarão de forma oposta.

— Sim, Bartole, por isso cabe a nós acelerarmos essa investigação para que o verdadeiro responsável seja capturado e detido.

Eles passaram pela sala do casal de empresários e viram que seus corpos já haviam sido colocados em grossos sacos escuros. Elias trocou algumas palavras com o chefe dos peritos e com os policiais que ele incumbira de coletar os pertences das vítimas e tomou o caminho das escadas na companhia de Nicolas. Mike juntou-se a eles:

— Doutor Elias, levaremos o tapete sobre o qual o corpo de Serena estava caído. Esperamos encontrar resíduos ou evidências nele. Talvez o criminoso tenha pisado ali antes de atirar.

— Muito bom, Mike! — elogiou Elias. — Bom trabalho!

Mike olhou com arrogância para Nicolas e empinou o queixo, como se questionasse: "Quem disse que não sou um policial capacitado?".

Os três começaram a descer os degraus rapidamente, e Elias ia na frente.

— Doutor Elias, o senhor acha que sou um policial eficiente e prestativo? — perguntou Mike, lançando olhares provocadores para Nicolas.

— Com certeza, Mike. Você é um dos melhores policiais que tenho na delegacia. Mas por que essa pergunta?

— Por nada! — Mike soltou uma risada debochada e malvada. — Apenas queria ouvir essa afirmação do senhor, que é um delegado competente e responsável e que sabe reconhecer as habilidades de seus policiais.

— O que está acontecendo? — Sem perder a agilidade na descida dos degraus, Elias virou-se para trás. — Não me diga que vocês dois brigaram de novo...

Ele não teve tempo de completar a frase. Em uma fração de segundos, errou o pé no degrau, pisou numa quina, e o resultado foi um estalo no tornozelo. Elias desequilibrou-se para frente, e Nicolas e Mike tentaram segurá-lo. Tudo aconteceu muito rápido. O delegado rolou os sete últimos degraus antes de parar no patamar inferior.

Pela maneira como seu pé esquerdo estava torto, Nicolas já sabia que os ossos do tornozelo de Elias haviam quebrado. O delegado retorcia-se de dor, esforçando-se para não gritar.

25

Nicolas fez um sinal para Mike, que imediatamente acionou o rádio:

— O doutor Elias está ferido. Encontre-nos na escadaria do primeiro piso.

— Que droga foi essa? — Elias fez uma careta e gemeu porque a dor estava se intensificando.

— Você escorregou nas escadas e quebrou o tornozelo. Apenas isso — explicou Nicolas sendo direto. — Vamos levá-lo ao hospital. Enzo, meu cunhado, saberá dar um jeito nisso rapidamente. Mike, acione uma ambulância agora mesmo.

— Desgraça pouca é bobagem! — adiantando-se ao que aconteceria, Elias, a voz arfante de dor, completou: — Nem começamos a investigação e já estou fora dela. É isso mesmo?

— Primeiramente, vamos nos concentrar no conserto desse tornozelo. Logo, logo você voltará a jogar futebol e a chutar com esse pé.

— Sou destro. — Elias tentou sorrir, mas tornou a fazer uma careta. Seus olhos estavam vidrados de dor. — Sempre chutei com o pé direito.

Com revólveres em punho, três policiais chegaram correndo. Para tranquilizá-los, Nicolas informou:

— Ninguém atacou o doutor Elias. Guardem as armas. Ele escorregou e quebrou o tornozelo. — Nicolas olhou para o delegado. — Terei de informar o comandante Alain sobre o ocorrido.

— Claro. Acidente de trabalho. Não foi o primeiro em toda a minha carreira, mas... — Elias não completou a frase, porque uma pontada de dor surgiu no tornozelo e percorreu perna acima como se fosse uma descarga elétrica.

— Mantenha-se calmo, Elias. Não se preocupe com a investigação. Daremos um jeito.

Mike informou que a ambulância já estava a caminho. Quando os paramédicos chegaram, praticamente carregaram o delegado, que fazia o possível para dissimular a dor. Não passaria a vergonha de chorar ou gritar diante de seus policiais.

Nicolas determinou que Mike e mais um policial acompanhassem Elias ao hospital. Já passava das três horas da manhã. Mesmo que estivesse com sono e cansado, a madrugada estava apenas começando.

Capítulo 3

Nicolas cruzou a portaria de seu prédio no momento em que Alain atendia à sua ligação. Considerando o horário e a voz sonolenta e rouca que o atendera, estava claro que Nicolas despertara abruptamente o chefão da corporação policial.

— Comandante Alain, peço-lhe desculpas antecipadas por acordá-lo dessa maneira, mas aconteceu um incidente que precisa ser resolvido com urgência.

— Do que se trata? — A voz continuava pastosa e rouquenha, como se o homem do outro lado da linha tivesse acabado de sair embriagado de um boteco.

— Os donos da emissora TV da Cidade foram assassinados nessa noite. — Dentro do elevador, Nicolas apertou o botão de seu andar. — Nossa equipe esteve no prédio para as apurações preliminares, e, quando estávamos saindo, Elias escorregou nas escadas e quebrou o tornozelo. Ele foi encaminhado ao hospital há pouco.

— Meu Deus! — Houve um momento de silêncio enquanto a mente de Alain despertava por completo. — Vou me levantar e daqui a pouco lhe passarei as próximas diretrizes.

Nicolas agradeceu e desligou. Saiu do elevador, destrancou a porta de seu apartamento e deparou-se com Miah sentada no sofá, assistindo a um seriado americano. Ao lado dela, Érica dormia como um anjo. De pé num canto da sala e imóvel como uma estátua estava a policial Moira.

— E aí? — Foi a única pergunta que Miah fez. Com um gemido e certo esforço, ela levantou-se do sofá para aproximar-se do marido.

— Ambos estão mortos. Os dois foram baleados na nuca.

Miah fechou os olhos e, quando os reabriu, ambos estavam umedecidos pelas lágrimas, que não tardaram a rolar por seu rostinho arredondado.

— Por quê? — Ela tornou a indagar, enquanto lágrimas insistentes escorriam de seus olhos.

— Acho que ainda estamos longe de descobrir o motivo. E isso não é tudo... — Nicolas olhou para Moira. — Elias sofreu um acidente e está hospitalizado.

A policial de cabelos loiros, de rosto lindíssimo e carrancudo, manteve-se em silêncio, aguardando que o investigador continuasse. Ela era namorada de Willian, o irmão mais novo de Bartole, e levava o irmão boêmio de Nicolas em rédea curta. Apesar de ser muito bonita, ela sempre mantinha aquela expressão fechada. Nem mesmo a mais engraçada das piadas era capaz de fazê-la esboçar um sorriso.

— Estávamos descendo as escadas quando Elias olhou para trás, pisou em falso, perdeu o equilíbrio e caiu, rolando por uns sete degraus. Os braços e as pernas arranhados são pouco perto de um tornozelo quebrado. Quero que você vá ao hospital, Moira. Mike já está lá. E agradeço por fazer companhia à minha esposa.

— Sabe que sempre poderá contar comigo. — Moira parou diante de Miah e tocou levemente no ombro da jornalista. — Sinto muito pelos seus patrões.

— Obrigada — Miah agradeceu, usando uma mão para secar o rosto.

Depois que Moira saiu, Nicolas puxou Miah até o sofá. Érica despertou, observou o investigador e desviou o olhar para Miah. Notando que ela estava chorando, virou-se novamente para Nicolas e mostrou-lhe as presas numa clara ameaça do que aconteceria a Bartole se ele fosse o responsável pela tristeza de Miah.

— Por que você não vai catar coquinho na ladeira, sua gata desocupada? — retrucou Nicolas, vendo a felina afastar-se até o pote de sua ração e voltar-se para trás de vez em quando com olhares desconfiados.

— O que realmente aconteceu? — Mais calma e contendo as lágrimas, Miah fixou seus olhos cor de mel no marido. — O que você descobriu até agora?

— Miah, por razões óbvias, nossa conversa precisará acontecer em dois momentos diferentes. Primeiro, num tom informal, vou lhe contar o que eu soube. Depois, infelizmente, precisarei gravar a segunda parte de nosso diálogo. Espero que você compreenda as razões disso.

— Eu sou suspeita, não é isso? Talvez seja a principal suspeita e serei tratada como tal até que haja provas que mostrem o contrário.

— Você sabe que suas informações são extremamente relevantes para este caso, Miah. Como você foi penúltima pessoa a vê-los com vida, seu depoimento poderá me auxiliar a descobrir muitas coisas.

— Quando a notícia for a público, serei novamente taxada de assassina. Meu passado agora é do conhecimento de todos, Nicolas. As pessoas sabem o que eu fiz e até hoje muitos me acusam de não ter agido em legítima defesa. Falam que matei Lúcio, Ernani e Renato propositadamente, que sou uma assassina e que só estou impune porque você me defendeu por ser sua esposa.

— Sei muito bem que as pessoas são maledicentes. — Nicolas beijou-a com carinho. — Sei que são fofoqueiras, maldosas e julgam os outros com base naquilo que acreditam. Sei também que são covardes o bastante para não virem me procurar e dizer essas coisas na minha frente. Pessoas assim permanecem nas sombras, tramando por trás, nos bastidores, sem mostrar a cara. Acha que a opinião delas é importante para mim? Pensa que muda algo em nossa relação?

— Eu nunca mataria Fagner e Serena. Quando eu saí de lá... — Miah hesitou, como se pronunciar a palavra fosse uma blasfêmia. — Quando eu saí da penitenciária, tive dificuldade para conseguir outro emprego. A diretoria do Canal local não quis me ver nem banhada em ouro. Fui demitida porque me tornei uma vergonha para eles e meu nome se tornou uma mácula no histórico da emissora. Desempregada, procurei serviço em alguns lugares, mas sem sucesso. Thierry, talvez por pena de mim, acolheu-me em sua floricultura e me deu uma oportunidade. Eu estava lá quando conheci Serena e Fagner. Eles sempre foram um casal muito correto, então pensei que seriam as últimas pessoas a me empregarem. Afinal, agora tenho antecedentes criminais, e não é qualquer empresa que contrata pessoas com tal histórico. Quem passou pela prisão, ao retornar às ruas, sempre será visto como um potencial criminoso, alguém em quem não se deve confiar totalmente. Esse processo de reintegração à sociedade é demorado, humilhante e trabalhoso e nem sempre dá certo.

— Miah, eu já sei de tudo isso.

— Sim, e gostaria de repetir tudo quando você gravar meu depoimento. Sou grata aos dois pela oportunidade que me deram. Foi o que lhes disse pouco antes de me despedir. Falei que meu trabalho era reconhecido e agradeci por me colocarem novamente no local de onde nunca quis sair: em uma emissora de televisão.

29

— E você os recompensou, fazendo uma emissora miudinha se tornar a segunda maior da cidade. Quando você aparece no ar, rouba a cena, Miah. A audiência sobe, porque os telespectadores a amam.

— Agora, alguém colocou fim em tudo isso. — Miah piscou, tentando conter outras lágrimas que insistiam em cair. — Não sei dizer qual será o destino dos funcionários — e me incluo nisso — após a morte deles. Seus dois filhos nunca quiseram saber da empresa porque têm outras ocupações. Aliás, nem moram no Brasil. Provavelmente, venderão tudo, e todos nós seremos demitidos.

— Não vamos sofrer por antecipação nem prever coisas ruins. — Nicolas levantou-se, abriu uma gaveta na estante e voltou com um pequeno gravador nas mãos. — Podemos passar para a segunda parte do nosso bate-papo? Agora será oficial.

Miah meneou a cabeça em concordância. Não estava gostando nem um pouco do rumo que aquela investigação poderia tomar, contudo, não havia espaço para mágoas e ressentimentos, não naquele momento. Se quisesse fazer justiça aos patrões, teria que atender a tudo que Nicolas lhe solicitasse.

Ele ligou o aparelho, apresentou-se, disse que estava com Miah Fiorentino, funcionária da emissora e provavelmente a última pessoa a ver o casal com vida. Leu os direitos e deveres da esposa e, ao final, perguntou se ela tinha alguma dúvida. Miah respondeu que compreendera tudo.

— Muito bem! — falou Nicolas para o gravador. — Há algumas horas, Fagner e Serena, proprietários da emissora TV da Cidade, foram encontrados baleados em seu escritório. A posição das vítimas no local sugere que alguém os atingiu por trás com um tiro na nuca. Já sabemos que, no prédio, além do casal, havia dois seguranças, com quem já conversamos, e uma funcionária, a repórter Miah Fiorentino, aqui presente. Gostaria que você nos contasse um pouco sobre sua última hora de trabalho, antes de ir embora, Miah.

A repórter respirou fundo, planejando cada palavra que pretendia dizer. Sabia que uma afirmação que soasse duvidosa poderia ser usada contra ela, complicando sua situação ainda mais.

— Hoje foi meu último dia de trabalho na emissora antes de eu entrar em licença-maternidade. Estou grávida, e meu bebê deve nascer nos próximos dias. No trabalho, fiz o possível para deixar tudo em ordem para que meu colega me substituísse durante meu afastamento. Ele se chama Georgino.

Nicolas fez um sinal de positivo com o dedo, mostrando que Miah estava indo muito bem até ali.

— Acabei me prolongando mais do que deveria. Saí de lá tarde, muito tarde, porque trabalhei o tempo todo.

— Há câmeras em sua sala de trabalho?

— Sim. Caso as imagens armazenadas não tenham sido apagadas, é possível confirmar o que estou dizendo. Saí do prédio após as 23 horas.

— O que aconteceu depois?

— Com exceção dos dias em que há plantões para cobrir algum acontecimento urgente, não temos equipe trabalhando vinte e quatro horas por dia. Moramos em uma cidade consideravelmente pequena, embora seu crescimento tenha sido impressionante. Todavia, não há tanta matéria assim que requeira funcionários à disposição dia e noite. Eu estava cansada, minhas vistas ardiam e minha coluna reclamava. Passei muitas horas em minha cadeira, diante do meu *notebook*, organizando uma série de tarefas. Quando mergulho em meu trabalho, costumo me desligar e acabo passando do meu horário de saída. Fagner e Serena tinham o hábito de dizer que tenho tantas horas extras que provavelmente quinze dias de folga seriam pouco.

Miah parou de falar e engoliu em seco ao perceber que já estava se referindo ao casal no passado. Isso formou um nó em sua garganta, que doeu tanto quanto se suas amígdalas estivessem inflamadas.

— Quando me preparei para sair da minha sala, todas as luzes se apagaram. Na realidade, não apenas as lâmpadas, mas toda a energia elétrica do andar. Um breu se instaurou ali. Eu sabia que era a única funcionária no local, além dos dois seguranças, que eu não fazia ideia de onde estavam. A princípio, não senti medo. Não tenho receio do escuro. Peguei meu celular, liguei a lanterna e consegui me orientar. Saí em direção ao corredor principal. Ali não estava tão escuro, porque as telas de alguns *notebooks* estavam acesas. Nesse momento, alguém parou diante de mim, e eu gritei de susto, pois, durante alguns segundos, não identifiquei quem estava ali. Ao erguer a lanterna do celular, a energia elétrica voltou, e eu dei de cara com Fagner, meu patrão.

— Por quanto tempo as luzes permaneceram apagadas?

— Não sei direito. Para mim, pareceu uma eternidade, mas sei que foi muito breve. Uns três minutos? Com certeza, menos de cinco.

— Por que seu patrão estava ali? Você disse que era a única funcionária no prédio, além dos dois seguranças.

31

Miah baixou o olhar para a luzinha vermelha do gravador na mão de Nicolas, mas sem realmente vê-la ali. Sua mente estava de volta à emissora, tentando lembrar-se de todos os detalhes possíveis.

— Ele estava sério e disse que gostaria de conversar comigo sobre algo de minha responsabilidade. Pensei que iria levar uma bronca, que o havia desapontado. Desde que comecei a trabalhar lá, eles nunca brigaram comigo, nem mesmo para me chamar a atenção. Eu o acompanhei até sua sala e descobri que Fagner e a esposa haviam preparado uma surpresa para mim. Eles fizeram um pequeno bolo de despedida, que está em minha geladeira, intocado até o momento. Admito que fiquei muito emocionada com a singela homenagem que eles me fizeram. Eles são, ou melhor, foram pessoas maravilhosas. — A voz de Miah fraquejou, embargada pelo fio de dor que estava sentindo.

Nicolas teve vontade de abraçá-la para confortá-la um pouco, mas isso teria que esperar.

— Ao me despedir dos dois, logo após receber uma ligação de meu marido, que estava à minha espera diante da emissora, voltei ao corredor e tomei o sentido dos elevadores. Nesse momento, algo muito estranho aconteceu. Tive a impressão de que estava sendo observada. A gente sente quando isso acontece, não é mesmo? Olhei para trás, mas não vi ninguém, além de uma câmera que estava quase em cima de mim. Agora, sei que realmente havia alguém me olhando. Provavelmente, era a pessoa que matou Fagner e Serena. Antes de sair da emissora, encontrei Jeferson, um dos seguranças, diante da entrada. Eu o cumprimentei. Não sei onde estava João, o outro segurança. Segui diretamente para o carro de meu marido, e isso é tudo.

— Você percebeu algo estranho, além dessa incômoda sensação de estar sendo vigiada?

— Não. Tudo parecia estar na mais perfeita ordem. Serena e Fagner me disseram que continuariam trabalhando mais um pouco. Estranhei essa informação, porém, como não era da minha conta e eu já estava exausta, não fiz perguntas.

— Por que isso lhe causou estranheza?

— Nunca escondi de ninguém o quanto sempre admirei a postura íntegra e transparente de Serena e Fagner, mesmo quando ainda não trabalhava na equipe. Eles primavam por fazer as coisas corretamente, com organização e eficiência. Com eles, não existiam acordos, combinados, nem ações realizadas por debaixo dos panos, como se costuma dizer. Por isso, eles não gostavam muito que eu fizesse horas extras, mesmo que isso lhes rendesse uma boa audiência depois. Sempre foram muito meticulosos e disciplinados no que diz respeito à conduta profissional. Eles jamais trabalhavam além do horário, nunca faltavam, nunca chegavam atrasados e, certamente, cobravam o mesmo de seus funcionários.

— Mas eles eram os chefes.

— Sim, porém cumpriam o horário de trabalho como qualquer outro funcionário. Eles diziam que, por serem os proprietários da emissora, tinham a obrigação de dar exemplo à equipe. Formavam uma dupla imbatível. Nunca atrasaram o salário de ninguém, nunca deram bronca nos funcionários em público, nunca humilharam os empregados. Acredite, sou a funcionária com menos tempo de casa. Todos os demais estão lá há mais de um ano. — Miah fez uma nova pausa para respirar fundo. — Ainda não consigo acreditar que eles estejam mortos. Parece que dói mais quando o homicídio envolve pessoas pelas quais nutrimos carinho.

— Com certeza, o processo é mais doloroso. — Nicolas aguardou alguns instantes até que ela se recompusesse. — Alguém foi demitido recentemente? Lembra-se de algum ex-funcionário que tenha tido problemas com os patrões?

Ela começou a balançar a cabeça negativamente e então parou, parecendo lembrar-se de alguma coisa.

— Walcir, o nosso técnico em TI, que foi demitido há vinte dias. O fato não foi muito comentado porque ele já vinha apresentando problemas. Era alcoólatra. Chegou a tentar trabalhar totalmente embriagado, mas Fagner ordenou que ele voltasse para casa nas duas ocasiões em que isso aconteceu. Na terceira vez em que ele apareceu por lá mais bêbado do que um gambá, Fagner e Serena o demitiram. Era funcionário da emissora havia três anos. Segundo me contaram, sem muitos detalhes, a namorada o deixou, e ele, desesperado, encontrou consolo na bebida. Isso o prejudicou tanto que o fez perder o emprego.

— Como isso aconteceu recentemente, terei de conversar com esse homem. Há algo mais de que você se lembre?

Miah refletiu um pouco e deu de ombros.

— Não soube de grandes problemas desde que comecei a trabalhar lá. Eles eram discretos e não compartilhavam detalhes com os funcionários. Mesmo o caso de Walcir foi conduzido com discrição. Só fiquei sabendo porque vazou uma fofoca sobre o assunto, que se espalhou como fogo na palha pelos corredores da empresa.

— Há mais alguma coisa que queira dizer para contribuir com a polícia?

— Não. Isso é tudo. Caso me lembre de mais alguma coisa, entrarei em contato.

Nicolas agradeceu e encerrou a gravação. Miah deixou escapar um suspiro longo.

— Obrigada por ter feito dessa forma. Foi muito mais tranquilo do que ir à delegacia depor como uma suspeita.

— Já adianto que talvez isso ainda aconteça. Com Elias fora do páreo, é provável que Alain encaminhe outro delegado para substituí-lo. E não sabemos a maneira com que ele vai conduzir o caso.

— Como Elias está?

— Ele não teve grandes ferimentos, além do tornozelo quebrado. Se ninguém me informar nada antes de eu ir dormir, entrarei em contato com Mike ou com Moira.

— Ela é muito na dela. Gosto de pessoas assim. Durante o tempo em que ficou aqui comigo, manteve-se calada. Fiz um café, e ela aceitou. Bebeu, comeu alguns biscoitos recheados e depois me agradeceu por isso. Foram as únicas palavras que nós duas trocamos.

— Não sei como meu irmão, que trocava de namorada como trocava de cueca, tem se dado tão bem com ela. Os dois estão namorando há muito tempo, e sei que Moira cortou todas as gracinhas dele. Conseguiu endireitar o sujeito com uma rapidez incrível. Ele me conta que ela o ameaça constantemente, dizendo que, se descobrir uma traição da parte dele, lhe apontará a arma.

— Que horror! — Apesar da tensão que pairava no ambiente, Miah riu. — Pensando bem, sou obrigada a concordar com ela. Não faria diferente. Se um dia descobrir que você me traiu, na manhã seguinte o jazigo de sua família contará com um novo morador.

— Ameaçando de morte um investigador policial? — Nicolas contraiu as sobrancelhas, gerando uma ruga entre elas.

— Ameaçando? De modo algum. Apenas estou deixando-o ciente do que pode acontecer à sua pessoa, caso cogite "cornear" sua leal esposa.

Nicolas começou a rir também. Quando ia tocar na enorme barriga de Miah, seu celular tocou. No visor, viu a imagem e o nome de Alain.

— Falando no homem... — Ele atendeu. — Às ordens, senhor.

— Bartole, estou saindo do hospital. Elias está bem, apesar da dor, o que é uma excelente notícia. Está sob os cuidados do doutor Enzo, que me garantiu que ele poderá voltar para casa nas próximas horas. De fato, o tornozelo está quebrado. Elias terá de usar aquelas botas de gesso e está furioso com isso.

— Faço ideia do quanto. — Sorriu Nicolas.

— Durante o período em que Elias permanecer afastado por licença médica, ele será substituído por outro delegado. Trarei alguém da cidade vizinha, que deve assumir o cargo até, no máximo, o horário de almoço. Assim que tiver a confirmação do nome, eu o avisarei. Aproveito para lhe sugerir algumas horas de sono e de descanso, porque o dia será longo e exaustivo. Ordenei o mesmo a Moira e a Mike.

— Muito obrigado, comandante. Farei isso. Boa noite!

Nicolas desligou, e Miah adiantou-se:

— Quer comer alguma coisa? Não fiz jantar, mas posso lhe preparar algo rápido. Um macarrão instantâneo talvez.

— Estou bem. Quando eu acordar, tomarei um café da manhã para me manter bem até o almoço. Fique tranquila. Agora vou tomar um banho e cair na cama.

Nicolas levantou-se e seguiu para o banheiro. E, apenas para não perder o costume, virou-se para trás e fitou a esposa com doçura.

— Lembre-se, Miah, para mim você não é nem nunca será considerada suspeita, mesmo que as evidências a coloquem contra a parede. Te amo!

Sem esperar uma resposta, Nicolas entrou no banheiro e trancou-se lá. Miah apenas sussurrou em resposta:

— Obrigada por confiar e acreditar em mim, meu amor. Eu também o amo!

Capítulo 4

Eram oito e meia da manhã quando Nicolas, acompanhado de seu parceiro Mike, estacionou diante dos estúdios da TV da Cidade. De manhã, o movimento estava bem diferente do que ele encontrara à noite. Havia vários carros no estacionamento, funcionários circulando, uma *van* com o logo da emissora saindo para alguma reportagem na rua e outros dois seguranças, que o abordaram e que deveriam ser responsáveis pelo período diurno.

Após se identificar e ser liberado, Nicolas manobrou seu carro e estacionou-o em uma vaga, entre dois veículos pretos.

Como Mike não dissera muita coisa desde que o buscou, Nicolas quebrou o silêncio:

— Escute aqui, não vá me dizer que está bicudo por causa do que eu lhe disse ontem.

— O ofensor sempre tem a memória curta. — Mike desceu do carro e fechou a porta. — Isso é impressionante!

— Não seja dramático. Você não pode levar a ferro e fogo tudo o que lhe digo. Como na hierarquia sou superior a você, vou lhe chamar a atenção sempre que for necessário.

A expressão de Mike, que já não estava muito boa, tornou-se sisuda como a de Moira. Seus olhos estavam mortiços.

— Se eu não estou à altura de trabalhar com o ilustre Bartole, por que não solicita outro parceiro?

— É o que você quer? — Nicolas olhou-o enquanto caminhavam juntos até a recepção.

— Não, mas pelo visto é o que você quer!

— Você é muito espertinho. Faz esse jogo somente para eu me render às suas manhas e implorar para tê-lo por perto. Não caio nessa.

Mike deu de ombros. Como ele não respondeu nada, Nicolas provocou:

— Se eu lhe pagar o almoço de hoje, serei perdoado pelo grave delito que você alega que cometi?

Um brilho clareou o viço que Mike mantinha no olhar. Mesmo assim, permaneceu calado. Eles cruzaram as portas de vidro e seguiram para a recepção, onde havia duas funcionárias uniformizadas.

— Vou lhe pagar o almoço durante toda esta semana. É pegar ou largar. Saiba que não estou ganhando rios de dinheiro para bancar a boia de marmanjo.

O brilho no olhar transformou-se numa luz ofuscante. Um sorriso iluminou o rosto de Mike.

— Bartole, cara, é por isso que te amo!

— Quero deixar claro que essa foi a última vez em que cedi às suas chantagens emocionais. Na próxima gracinha que armar para cima de mim, farei uma solicitação por escrito para que seja transferido para a mesma delegacia em que Duarte trabalha.

— Arre égua! — Mike esbugalhou os olhos.

Nicolas aproximou-se do balcão e cumprimentou as duas mulheres. Notou a expressão de pesar e de tristeza que elas exibiam.

— Bom dia! Sou o investigador Nicolas Bar...

— Já o conhecemos pela televisão. É o marido de Miah. — Uma delas deixou uma lágrima escorrer pelo canto do olho. — Veio conversar com o senhor Benício?

— Quem é Benício? — questionou Nicolas.

— É o supervisor. Ele assume o comando da emissora na ausência do senhor Fagner e da dona Serena. — Outra lágrima escorreu do outro olho. — Deus do céu, não estamos acreditando que tamanha tragédia tenha acontecido. Eles não mereciam esse triste fim.

— Ninguém merece ser assassinado, nem mesmo os assassinos — afirmou Nicolas. — Tirar a vida de alguém é algo muito sério e horroroso.

— Avisaremos ao senhor Benício que vocês estão aqui — murmurou a outra recepcionista. — Ele fica no segundo andar. Podem subir pelo elevador.

Nicolas agradeceu. Quando se virou para se afastar, a primeira moça que conversara com ele acrescentou:

37

— Por favor, faça justiça aos nossos patrões. Eles eram os melhores chefes do mundo, as pessoas mais bondosas que alguém já conheceu.

— Atenderei ao seu pedido. Pode ter certeza disso.

Eles deram mais alguns passos e viram uma senhora vestida com um uniforme verde passando um esfregão no chão e chorando baixinho. Quando a porta de um dos elevadores se abriu, saíram de dentro dele duas mulheres portando crachás. Era evidente que, pela maquiagem borrada em torno dos olhos, elas também haviam chorado.

— Miah me disse que os Alvarez eram muito queridos e admirados pelos funcionários. — Considerou Nicolas. — Pelo jeito, ela estava certa.

— O que será feito da emissora? — Quis saber Mike, entrando no elevador com Nicolas. — Alguém assumirá o comando? Ou demitirão todos os funcionários e fecharão as portas?

— Esse é justamente o receio de Miah, e creio que seja o de todos os outros funcionários também.

— A incerteza corrói a alma e inquieta o coração — balbuciou Mike.

— Olha só! Estamos inspirados hoje, hein?

Mike limitou-se a sorrir.

Quando chegaram ao andar informado, deram de cara com um sujeito um pouco encurvado para frente, de cabelos grisalhos, quase brancos, de olhos escuros, pele franzida e uma barba branca que chegava à altura do peito. Se ele estivesse segurando um cajado e usando roupas esvoaçantes, Nicolas diria que estava diante de Moisés se preparando para subir o monte e pegar as tábuas com os Dez Mandamentos.

— Fui informado de que vocês estavam à minha procura. — Ele estendeu uma de suas grandes mãos para frente. — Sou Benício, o supervisor.

Apesar de sua aparência desleixada, ele provou que era um homem forte ao cumprimentar Nicolas e Mike com um aperto firme.

— Venham à minha sala, por favor.

Nicolas e Mike seguiram Benício por um corredor amplo. Estavam um nível abaixo de onde os corpos haviam sido encontrados, por isso, a configuração das salas era bem semelhante à do pavimento superior.

Funcionários estavam diante de seus *notebooks*. Qualquer outra pessoa diria que aquele era apenas mais um dia típico de trabalho na empresa. Nem parecia que os donos da emissora haviam sido assassinados. A rotina profissional não havia parado nem mesmo para garantir o luto naquele dia.

Nicolas e Mike foram levados a uma sala de paredes de vidro. Com agilidade, Benício passou para trás de uma mesa e sentou-se em uma poltrona estofada com rodinhas. Indicou as cadeiras diante de si, mas apenas Nicolas se sentou.

— Aceitam um copo com água ou um café? — O supervisor ofereceu.

— Estamos bem, obrigado. Por que a emissora está funcionando hoje?

— Imaginei que essa seria sua primeira pergunta, senhor Bartole. — Benício enfiou a mão na massa de pelos brancos que compunha sua barba e coçou-a. — Se a empresa se tratasse de uma loja, uma oficina, um mercadinho ou até mesmo de um comércio qualquer, tenha certeza de que estaríamos fechados, guardando luto por nossos patrões. Só que estamos falando de uma emissora, não tão grande quanto nossas concorrentes, mas ainda assim grande. Se não tivermos nada para exibir em nosso canal, não angariamos audiência. Sem ela, não teremos recursos para pagar nossos funcionários.

— Compreendo a complexidade disso, porém, acho essa atitude impressionante. Os corpos foram encontrados no terceiro andar.

— Todo o piso de cima está isolado a pedido da polícia. Escalei os funcionários para trabalhem neste andar e no inferior.

— Que polícia? Quem lhe deu autorização para reabrir a empresa, quando todo o espaço se tornou cena de um crime duplo?

Benício enrugou a testa. Nicolas percebeu que ele era um homem acostumado a mandar e não a obedecer a ordens. Ficou nítido que ele não aprovara as perguntas de Bartole.

— Entrei em contato com o investigador, e ele me disse que está tudo certo.

— Que investigador? Eu sou o responsável pelo caso.

— Falei com o doutor Duarte. Evaristo Duarte. Tenho o celular dele desde que ele investigou o desaparecimento do meu cachorro.

— Como? — Nicolas estava incrédulo. — Você está tirando onda com minha cara?

— De forma alguma. Sou um homem íntegro, assim como senhor. Jamais faria qualquer tipo de brincadeira. — Benício alisou a longa barba, distraído. — Houve uma época, um ano ou dois antes de o senhor passar a residir em nossa cidade, em que alguém estava sequestrando cachorros dóceis e amigáveis para levá-los a um criadouro de sucuris. Lá, os serviam como alimento para as enormes cobras. Quando levaram meu Teseu, fiquei muito triste. Duarte encontrou o cativeiro, prendeu o criminoso, entregou as cobras aos cuidados do IBAMA e salvou a vida de meu cachorro. A partir daí, ele se tornou o nome que mais admiro

39

na força policial deste município. Tenho o contato dele e sempre lhe mando mensagens em datas comemorativas.

Nicolas trocou um breve olhar com Mike, que quase pôde ler o pensamento do parceiro.

— Então, mesmo sem saber o que estava acontecendo aqui, ele o autorizou a convocar seus funcionários a trabalharem normalmente?

— Sim. Foi isso o que aconteceu. Mas fui esperto o bastante para isolar a cena do crime até segunda ordem.

— Todo o prédio faz parte da cena do crime, não apenas a sala em que seus patrões foram localizados. Aliás... como sabe que eles foram mortos no andar de cima?

— Jeferson, o segurança, teve a triste tarefa de me dar a notícia. Ele me contatou na madrugada. Tive que avisar os funcionários, ou pelo menos a maioria deles, do acontecido. Também os comuniquei de que hoje o expediente seria normal.

Nicolas estudou-o durante alguns segundos. Por que Miah não lhe dissera nada sobre a existência daquela figura? De antemão, notara que o supervisor era um homem de mente e palavras afiadas. Não demonstrava hesitação e trazia respostas prontas na ponta da língua. Ao contrário dos demais funcionários com quem conversara, Benício não demonstrara tristeza, sofrimento ou dor. Agia de maneira fria, impassível e automática, como alguém que apenas cumpre suas funções, mesmo que o mundo esteja desmoronando ao seu redor.

Na ausência de um delegado, Nicolas comunicaria a Alain sobre a postura e a decisão tomadas por Duarte. Era muito atrevimento daquele sujeito amargurado meter o nariz torto onde não era chamado.

Nicolas também percebeu que Benício não havia feito nenhuma pergunta sobre a morte dos patrões nem se Nicolas tinha alguma suspeita até o presente momento. Apenas respondia o que lhe era perguntado, sempre com rapidez e presteza, revelando segurança em suas palavras.

— Trabalho com eles há mais de vinte anos e nunca houve qualquer ocorrência que envolvesse a polícia. — Benício tornou a meter a mão nas profundezas de sua espessa barba, como se procurasse por um objeto há muito perdido no meio daquela pelagem branca. — Estou em frangalhos. Eles eram minha referência.

— O que acontecerá com a empresa e com os funcionários?

— Estou aguardando um retorno dos filhos dos Alvarez. Eles estão a caminho do Brasil. Tive de lhes dar a notícia cruel sobre a morte dos pais assim que soube através de Jeferson. Eles são os herdeiros, portanto, cabe a eles decidir o futuro da emissora.

— Sim, cabe a eles — repetiu Nicolas. Por mais que Benício tivesse uma postura esquisita e certamente suspeita, decidiu que deixaria para lidar com ele mais tarde. — Onde esteve entre vinte e três horas de ontem e uma hora da manhã de hoje?

Como nenhuma pergunta de Nicolas parecia abalar o supervisor, ele respondeu de pronto:

— Em minha casa, dormindo. Jamais mataria meus patrões.

— Isso é o que qualquer funcionário da emissora me dirá. Agora, preciso falar com o responsável pelo departamento de Recursos Humanos. Quero informações sobre um ex-funcionário.

— Quem seria?

— Walcir. Não sei o sobrenome dele.

— O bêbado? — Benício mostrou os dentes, brancos como a barba, em um sorriso irônico. — Fagner demorou muito para demiti-lo. Aquele ali, literalmente, foi tarde.

— Qual é seu papel aqui? Refiro-me às suas atribuições.

Novamente, pareceu a Nicolas que Benício não gostara do questionamento.

— Eu acompanho as produções, o texto final das matérias que serão exibidas nos telejornais, as equipes de reportagem que estão nas ruas e controlo a ausência e a presença dos funcionários, bem como atrasos ou saídas antecipadas. Sou ainda responsável pelo trabalho dos editores, dos produtores, dos maquiadores, do diretor de imagem, do diretor de som, dos operadores de câmeras... enfim, acho que sou meio importante aqui.

Ele voltou a rir, exibindo sua falsa modéstia.

— Seus funcionários devem ser igualmente importantes, já que convocou a todos para estarem aqui, quando os chefes deles foram mortos há menos de doze horas.

— Eles são pagos para trabalhar. — Benício endureceu a voz.

— Com certeza, assim como você. Mas, acima do dinheiro, são seres humanos, com sentimentos. Já percebi que Serena e Fagner eram queridos pelos funcionários. Deve ser doloroso ter de trabalhar "normalmente", mesmo sabendo do ocorrido.

— Vou liberá-los para o velório e o enterro. Nós seremos assunto para reportagem dos concorrentes. — Benício voltou a sorrir, ficando sério no instante seguinte. — Nunca pensei que isso um dia aconteceria.

41

Nicolas tornou a olhar para Mike, que realizara várias anotações em sua caderneta. Na sequência, Benício conduziu-os ao departamento de Recursos Humanos. Ao parar diante da porta, esticou os dois braços para os lados, como o próprio Moisés provavelmente fizera ao abrir o Mar Vermelho sob influência divina.

Um homem com aparência de *personal trainer* apareceu à porta. Tinha trinta e poucos anos, tatuagens em ambos os braços musculosos, peitoral definido e barriga reta. O rosto seria perfeito para estampar uma revista de moda masculina, e trazia uma argola em uma das orelhas.

— Sou Djalma, o gerente do RH. — Assim como Benício fizera antes, o homem de corpo definido apertou a mão de Nicolas com força e firmeza. — Como posso ajudá-los?

— Responda a todas as perguntas do senhor Bartole. — Orientou Benício com suavidade. — Estarei em minha sala, caso precisem de mim.

Nicolas agradeceu com a cabeça e entrou na sala. Ali, além dele, havia mais quatro pessoas. Duas mulheres jovens e muito bonitas, uma senhora e um homem que usava óculos escuros e mantinha uma bengala portátil sobre a mesa.

— Deixe-me apresentar a nossa pequena equipe. Essas são Ludmila e Fernanda, minhas assistentes e responsáveis pelo pagamento dos funcionários. A dona Malu cuida da vida profissional de cada pessoa aqui dentro. Quem faltou, quem se atrasou, quem está em licença médica etc. E aquele é o Zaqueu, que cuida dos nossos prontuários. Não se engane com o fato de ele ser cego. Esse homem parece enxergar mais do que todos nós juntos. Costumamos dizer que ele tem olhos nas mãos.

Zaqueu sorriu com o elogio. Assim como Djalma, tinha pouco mais de trinta anos. Tinha pele clara, sua barba era bem-feita, e ele vestia-se com camisa e calça jeans. Esticou a mão para frente na direção de onde vinha a voz de Nicolas.

— Prazer em conhecê-lo, senhor Bartole! Miah sempre o elogia.

— Obrigado. Eu o parabenizo pelo esforço e pela dedicação em seu emprego. Fico feliz em saber que sua deficiência não o impede de trabalhar.

— Costumo dizer a eles que a gente reclama de barriga cheia, mesmo tendo os cinco sentidos em pleno funcionamento. — Zaqueu deu de ombros. — Quando criança, eu tive um problema nas vistas. Perdi totalmente a visão de um olho e tenho apenas dez por cento de visão no outro, ou seja, praticamente nada. Essa equipe é maravilhosa.

— Você precisa vê-lo arquivando os prontuários. — Tornou a moça chamada Ludmila. Era uma moça bonita e muito bem maquiada.

— Nunca colocou uma pasta no lugar errado. Eu mesma já me confundi algumas vezes ao fazer isso e levei bronca dele.

— Eu me alegro em saber que a equipe do departamento se dá bem. — Nicolas olhou diretamente para Djalma. — Quantos funcionários, ao todo, trabalham aqui?

— Cinquenta e três pessoas. É uma turma bem numerosa.

— Quem é o funcionário com menos tempo na empresa? — Quis saber Nicolas.

— Sua esposa, Miah.

— Soube que um funcionário chamado Walcir foi demitido há pouco tempo devido a problemas com embriaguez.

— Sim. Foi a primeira demissão dos últimos dois anos. O senhor Fagner e a dona Serena sempre foram muito abertos ao diálogo e, quando percebiam que um funcionário estava caminhando fora dos trilhos, o chamavam para conversar e entender o que estava acontecendo. Isso sempre se resolvia. — Djalma cruzou os braços musculosos sobre o peito igualmente musculoso. — Nunca demitiram alguém de uma hora para outra. Até mesmo Walcir recebeu várias oportunidades. Infelizmente, não soube aproveitar nenhuma.

Ao citar os nomes dos falecidos patrões, pareceu que uma nuvem cinza sobrevoou a sala do departamento de Recursos Humanos. Os cinco funcionários baixaram a cabeça e guardaram silêncio.

Em seguida, Nicolas perguntou-lhe sobre o funcionário responsável pelo sistema de câmeras de monitoramento e o nome de quem lidava com a parte elétrica. Quando os dois foram chamados, Nicolas fez-lhes várias perguntas. As respostas eram firmes e confiantes. Parecia que naquele lugar ninguém hesitava diante de nada.

Por último, ele soube que havia no prédio três quadros de energia, um por andar, além de um quarto que abrangia o *hall* da recepção e o estacionamento. Todos eles ficavam trancados por um pequeno cadeado, que facilmente poderia ser quebrado. Mas não foi isso o que aconteceu. E, como ele previra, bastava girar um dos botões para que a energia elétrica do andar fosse suspensa.

Prometeram que o HD com as imagens gravadas das câmeras estaria na delegacia dentro de uma hora. Nicolas já sabia que não receberia as imagens tal como as cenas verdadeiramente ocorreram. Ele tinha certeza de que houve alterações e cortes nelas.

Capítulo 5

Nicolas sentiu certo alívio quando se viu de volta à rua. Não sabia se isso tinha a ver com o fato de que dentro daquela construção duas pessoas haviam morrido e os funcionários trabalhavam como se tudo estivesse bem. Até porque a chefia temporária deles não lhes dera outra opção a não ser assumirem seus postos dentro da normalidade.

— Resuma suas impressões sobre esse pessoal, Mike — pediu Nicolas, quando os dois se acomodaram no veículo prateado do investigador.

— Parece que todos, ou a maioria, tinham grande apreço pelos chefes. Acredito que eles estejam sendo sinceros e talvez estejam enfurecidos com a atitude pouco humana de Benício em convocá-los para trabalhar nesse momento. Aquelas pessoas não deveriam estar ali, pelo menos não hoje.

— Estou de pleno acordo. Por quais razões Benício daria cabo dos patrões?

— Para assumir o posto de chefia? Por alguma vingança sem sentido? Por razões financeiras? Ele pode ter feito isso. Conhece cada centímetro daquele lugar, Bartole.

— Os outros funcionários também, e esse é o problema. Todos são antigos ali. Se o casal foi morto por um deles, então temos cinquenta e três suspeitos, dentre eles, Miah.

— Como podemos filtrar essa lista?

— Ela poderá aumentar se acrescentarmos Walcir, funcionários de emissoras concorrentes, prestadores de serviço que tenham entrado em desacordo com o casal etc. Agora que conhecemos um pouquinho mais sobre a empresa, embora tenhamos conversado com cerca de dez por cento do total de funcionários, precisamos descobrir mais coisas sobre Fagner e Serena. Conhecer a vida pessoal das vítimas sempre traz informações importantes para a investigação. — Bartole deu partida no carro e acionou o rádio. Logo a voz de Moira surgiu. — Você está na delegacia? Tem notícias de Elias?

— Sim, para as duas perguntas. Ele recebeu alta médica há pouco e já está em casa. Disse que está à procura de uma enfermeira particular ou de uma cuidadora, em caráter de urgência. Como ele mora sozinho, precisará do apoio de alguém até recuperar totalmente a autonomia.

— Isso é ótimo! Mais tarde, Mike e eu lhe faremos uma visita. Agora preciso de uma gentileza. Descubra o endereço de Fagner e Serena. Gostaria de conhecer a casa ou o apartamento em que eles moravam. Solicite ao comandante Alain uma autorização para que eu adentre o imóvel, porque um mandado demoraria demais.

— Farei isso agora mesmo.

— Falando nisso, você já descobriu algo sobre o delegado que substituirá Elias?

— Até agora, nada. Confesso que estou muito ansiosa. Espero que seja um cara bacana e gentil e não um grosseirão como Duarte.

— Vamos torcer. Obrigado, Moira.

Nicolas encerrou a comunicação. Aproveitando que estava parado em um semáforo, virou-se para Mike.

— Enquanto a parte burocrática não é liberada, vamos fazer uma visita ao necrotério.

— Ah, não, Bartole! Essa é a parte mais assustadora que tem. Ver aqueles defuntos... — Mike deteve-se de repente, notando o modo como Nicolas o encarava. — Está bem. Vamos lá com fé e coragem. Não vou lhe dar o gostinho de lhe dizer que não sou capacitado.

— E ainda perder o almoço que será pago todos os dias durante esta semana.

— Puxa vida, Bartole! Você pode brincar com qualquer coisa, menos com comida.

Nicolas soltou uma risada alta, quando tornou a dar partida. Pouco depois, pararam diante de um imóvel sombrio, cujas atividades realizadas em seu interior pareciam igualmente sombrias a Mike. Eles saltaram do veículo e entraram no prédio. Imediatamente, uma onda de ar gélido envolveu-os. Aquilo provocou estranhos calafrios em Mike, que fez o possível para disfarçar seus arrepios perante Nicolas.

45

Ema Linhares surgiu para recebê-los. Para Nicolas, a médica legista parecia dormir e acordar naquele lugar, pois, a qualquer hora e em qualquer dia da semana em que ele aparecesse por ali, Ema também estaria presente.

A médica era uma mulher baixinha, de pernas curtas e corpo roliço e que sempre demonstrava grande habilidade em seus movimentos, fosse para caminhar ou para fazer uma incisão no peito de um cadáver a fim de vasculhar-lhe o conteúdo. Nicolas notou que havia dois bolsões sob os olhos da médica e seu rosto exibia marcas de cansaço e exaustão. Era visível que ela não dormia há muitas horas.

— Ainda bem que chegaram. Só não liguei antes porque não quis parecer exagerada ou mal-educada — murmurou Ema cumprimentando os dois homens. — Venham comigo.

Ela entregou aos visitantes máscaras cirúrgicas, luvas de látex e aventais, tão encardidos quanto o dela.

O lugar estava vazio, pelo menos vazio de pessoas vivas, pois todas as mesas de pedra estavam ocupadas. Ema deslizou entre as mesas, passou por uma parede de gavetões até parar entre dois corpos. Nicolas já vira aquela cena muitas vezes em sua carreira, mas sempre sentia certa apreensão ao se deparar com o corpo de alguém que rira, fizera amigos, amara e vivera.

Com a máscara sobre a boca, Mike resmungou:

— Arre égua! Este lugar fede mais do que meu hálito ao despertar!

— Respeite o ambiente — repreendeu Nicolas. — E as pessoas que estão nele, vivas ou mortas.

— Como a senhora aguenta essa fedentina? — Mike perguntou novamente. — Se eu trabalhasse aqui, vomitaria a todo instante.

— Nada como o costume. Há mais de dez anos, eu trabalho neste lugar. Esse odor, para mim, é tão natural quanto o ar que respiro lá fora.

— Não dê trela ao Mike, doutora — cortou Nicolas, olhando para os volumes sob os lençóis brancos. — Bem, vamos ao caso de Serena e Fagner.

Ema fez menção de puxar o lençol do corpo mais próximo, mas Nicolas se adiantou:

— Acho que não há necessidade de vê-los novamente. Preciso respeitar a privacidade de ambos. Mesmo mortos, penso que eles tenham direito a isso.

Ema não discutiu. Em vez disso, bocejou do outro lado da máscara.

— Como podem notar pela minha aparência em frangalhos, estou trabalhando direto desde a noite de ontem. Meu substituto está de licença, e até agora a prefeitura não me enviou ninguém. E como podem reparar também, há muitos corpos aqui nos quais nem comecei a trabalhar. Se eu parar, não haverá espaço para mais ninguém.

— De onde estão vindo tantos mortos? — Interessou-se Nicolas.

— Todos morreram de causas naturais. Quer dizer, dois casos de atropelamento, um de cirrose, um com dengue, outro com hemorragia interna... enfim, ninguém, além desse simpático casal, foi assassinado.

Ema sorriu ao notar que nenhum deles pareceu surpreso.

— Decidi passar o caso deles na frente porque sei que vocês têm prioridade nisso. — Ema tocou na máscara e brincou com o botão do jaleco. — Como vocês já sabem, foi a perfuração de bala na cabeça, na região da nuca, que os matou. Extraí os projéteis e constatei que pertencem a uma arma calibre 9 mm, ou seja, uma pistola de pequeno porte. Pensei em levar as balas para o laboratório para descobrir mais informações sobre o modelo da arma utilizada, mas, caso deseje levá-las, elas estão disponíveis.

— Prefiro ter um laudo completo do laboratório. Esse tipo de munição não condiz com o modelo de armas que os seguranças estavam portando. Eles carregam consigo revólver comum, calibre 38 mm — informou Nicolas. — Pelo menos, oficialmente, é a arma que eles têm direito de portar.

— Os tiros foram disparados quase à queima-roupa. — Continuou Ema sempre muito didática. — O atirador não estava mais do que um metro e meio de distância das vítimas quando disparou. Aguardou o momento em que os dois ficaram de costas para ele e então apertou o gatilho. Um tiro em cada um. Ele começou por Serena.

— Como a senhora sabe disso? — Foi a vez de Mike questionar.

— Encontrei respingos do sangue dela na roupa de Fagner. Assim que atingiu o primeiro alvo, o assassino movimentou o braço e fez o mesmo com o homem. Usou de muito sangue-frio para tomar essa atitude.

— Normalmente, quem tira a vida de outra pessoa tem muito sangue-frio, doutora.

— Não tenho dúvidas, Bartole. Aliás, notei duas coisas interessantes. Pelo ângulo em que as balas penetraram o crânio das vítimas, arrisco lhes dizer que elas entraram levemente da direita para a esquerda, o que sugere que o assassino seja destro. E pelo percurso que as balas

47

fizeram antes de se alojar nos cérebros, o assassino não é muito alto. Meu palpite é que ele tenha, no máximo, 1,80 metro.

— Talvez isso nos ajude a refinar um pouco nossa longa lista de suspeitos. — Nicolas dirigiu o olhar a Mike. — Descartaremos, a princípio, pessoas muito altas e as canhotas — tornando a fitar a médica, perguntou: — Há mais alguma informação complementar?

— Precisarei fazer mais algumas pesquisas. Nem abri os corpos ainda. — Ema sorriu ao notar o olhar contraído de Mike. — Não sei se eles comeram algo que nos dê dicas ou se traziam no sangue alguma substância interessante. Apesar de eles contarem com cerca de sessenta anos, percebi que se cuidavam muito. Seus corpos me parecem em excelente forma, pelo menos vistos por fora. Portanto, alego que eles gozavam de uma saúde tão perfeita quanto a dos meus trigêmeos.

Nicolas lembrou-se de quando estivera na casa da médica e fora atacado pelos três meninos. Eles perturbaram-no tanto quanto faria um trio de duendes malvados.

— Assim que possível, a senhora poderia nos enviar um relatório completo com todas essas informações?

— Tentarei dar conta do recado, mas, como vocês podem ver — ela indicou a sala —, tempo é o que não me sobra. Mesmo assim, prometo que farei o possível para ajudá-los.

— Obrigado, doutora Ema! — Gentil, Nicolas apertou a mão pequena e firme da médica, e Mike fez o mesmo. — Manteremos contato.

— Ah, soube que o doutor Elias quebrou uma perna.

— As notícias chegam rápido, hein? — Nicolas sorriu por trás da máscara. — Na verdade, ele quebrou o tornozelo e está temporariamente afastado de suas atividades.

— Que pena! Sei o quanto dói um osso quebrado, porque há muitos anos eu quebrei a tíbia. — Ema deu de ombros. — Quando o encontrar, diga-lhe que estimo sua melhora.

— Sua mensagem será entregue. — Nicolas e Mike tiraram os trajes e acessórios e descartaram-nos em um cesto de lixo. — Mais uma vez, muito obrigado, doutora Ema.

Na rua, Mike abriu a boca e pôs-se a respirar com força.

— Fiquei até branco com aquele mau cheiro. Assim que puder parar em casa, preciso me livrar desse grude. Um banho de meia hora será pouco.

— Quando digo que você está muito sensível para um policial, ainda fica emburrado, amigo! — Brincou Nicolas. — Com certeza, voltaremos muitas vezes a este lugar. Como a doutora Ema disse, é apenas uma questão de costume.

— Tentarei reclamar menos, mas é impossível nos habituarmos a determinadas coisas. — Enquanto Nicolas desligava o alarme do carro, Mike perguntou: — Falando nisso, Bartole, onde fica sua tíbia?

— Suponho que no mesmo lugar onde fica a de todo mundo. — Nicolas coçou a cabeça. — Se um dia você pesquisar sobre esse osso, conte-me o que descobriu.

— Combinado. — Mike fez um sinal de positivo com o dedo e entrou no carro com Nicolas.

Um minuto depois, Moira entrou em contato pelo rádio:

— O comandante Alain disse que o apartamento de Serena e de Fagner está à disposição da polícia. Você tem autorização para entrar lá quando desejar, Bartole. Vou lhe informar o endereço.

Nicolas anotou e agradeceu as informações à policial. Assim que encerrou a chamada pelo rádio, usou o celular para entrar com contato com a esposa.

— Está tudo bem por aí?

— Este é o meu primeiro dia em casa, e confesso que já estou enfadada — reclamou Miah. — Vou enlouquecer nesta quarentena pelos próximos 120 dias. Você sabe que não gosto de ficar parada porque acabo me sentindo inútil. Quero ação, gravar matérias ao vivo, notícias quentes...

— Não comece a bancar a "gravidinha" rebelde e revoltada. A senhora vai sossegar esse lindo traseiro dentro de casa, antes e depois que o bebê nascer.

— Ele não tem chutado mais. Faz alguns dias que está quietinho. Será que está tudo bem?

Nicolas percebeu certa apreensão no tom de voz de Miah.

— E se ele morreu aqui dentro? E se eu estiver carregando um defunto dentro de mim, como se meu útero tivesse se transformado em um caixão? — Miah questionou.

— Acho que ele só está tentando assustá-la.

— Você sabe que ele já conseguiu isso várias vezes ao longo dos últimos meses.

— Depois conversaremos sobre esse assunto com mais calma. Agora quero que me diga uma coisa. Qual é sua opinião sobre Benício, o supervisor da emissora?

— O barbudão? Se os funcionários estão trabalhando no mesmo momento em que nossos patrões se encontram em um Instituto Médico

49

Legal é porque ele os convocou, o que mostra o tamanho de sua insensibilidade com as pessoas. Sei que sonha em assumir um cargo mais alto do que ocupa. Alto o bastante para ser sócio majoritário do canal.

— Ele mataria Serena e Fagner?

— Não sei se chegaria a tanto. Ele é chato, mandão, arrogante e só não destrata os funcionários porque sabe que seria repreendido depois. Como já lhe falei, Serena e Fagner sempre foram de uma fineza e educação tão grandes que impressionam até os mais corteses. Se ele foi o autor dos disparos, foi mais burro do que inteligente, porque sabia que ficaria sob os holofotes. É óbvio que se tornaria um suspeito... — A voz dela tremulou. — Aliás, nem sei por que estou dizendo tudo isso, sendo que sou ainda mais suspeita do que ele.

Como Nicolas não desejava que a conversa tomasse aquele rumo, desviou o foco da conversa.

— Conversei também com Djalma e com a equipe do departamento de Recursos Humanos. Infelizmente, neste momento, não há tempo suficiente para conversar com diretores, produtores, auxiliares de limpeza, maquiadores, editores, cinegrafistas, operadores de câmera etc., embora eu pretenda fazer isso futuramente.

— Sim, a equipe da emissora é realmente bem grande. — Miah fez uma pausa. — O que você acha de eu ir até lá hoje, pretextando ter esquecido algum pertence meu, e aproveitar para sondar algumas coisas? Discretamente, posso fazer algumas perguntinhas aqui e ali...

— Não, senhora. Está fazendo isso para arranjar desculpas para sair de casa. Se a conheço muito bem, quando eu menos esperar, você estará na rua junto com seu parceiro Ed, falando alguma coisa em um microfone. Trate de ficar em casa e esperar com ansiedade a chegada do seu marido lindo e gostoso.

— De tudo isso que eu escutei, só concordo com o lindo e gostoso.

Nicolas riu, disse que a amava e desligou.

— A conversa entre vocês foi tão melosa que elevou o nível de glicose no meu sangue — resmungou Mike, olhando o movimento da rua pela janela.

— E o que tem isso? Você também é assim quando se trata da minha irmã.

Mike não respondeu, mas, intimamente, guardava para si um sorriso sarcástico ao notar o lado romântico de Bartole.

Eles seguiram para o apartamento de Serena e Fagner.

Capítulo 6

Quando Miah encerrou seu telefonema com Nicolas, olhou em volta de si. Amava o cantinho dos dois. Amava aquele apartamento e a oportunidade de dormir e acordar ao lado de Nicolas quase todas as noites, exceto quando ele saía em caráter de emergência para atender a alguma ocorrência. Aquele era o aconchego de amor que eles compartilhavam — e era tudo o que ela mais desejava.

Porém, sabia que o período de quatro meses de sua licença-maternidade, em que deveria se dedicar ao bebê, não seria tão emocionante quanto exercer sua profissão, fazer o que ela mais amava na emissora. Teria que procurar alguma ocupação para realizar ao longo daquele tempo. Algo que não gerasse confusão com Nicolas e que ele topasse numa boa. Não que ela costumasse obedecê-lo...

Miah permanecera presa por mais de seis meses e não saberia dizer como mantivera a lucidez dentro do presídio nem como resistira à clausura e à solidão. Suas companheiras de cela não a amolavam e até passaram a gostar do jeito despojado e divertido de Miah, contudo, ela nascera para ser jornalista. A falta de atividade era algo que a adoecia lentamente. Se tivesse passado mais algum tempo na cadeia, certamente teria mergulhado em uma profunda depressão.

Era uma sexta-feira, e, segundo o obstetra de Miah, a previsão era de que o parto ocorresse até a próxima segunda-feira. Ela, contudo, não estava ansiosa como qualquer outra mãe provavelmente estaria em seu lugar. Até porque não fazia muito tempo que ela tivera uma visão horrível com seu bebê e fora presenteada com vários pesadelos por muitas noites seguidas.

Sua barriga estava grande e incômoda. Seus pés inchados, seus seios repletos de leite. Não via a hora de se livrar daquele peso. O que as pessoas diriam se soubessem que Miah estava mais interessada em voltar a trabalhar do que em conhecer o próprio filho? Seria taxada de mãe insensata e desnaturada? Talvez sim. No entanto, se essas mesmas pessoas que a rotulassem soubessem o que ela sabia sobre a origem daquele bebê, baseando-se na reencarnação, provavelmente mudariam imediatamente suas impressões e convicções.

Agora, como dona de casa, cabia a ela limpar o apartamento, fazer comida, banhar e alimentar o bebê, dar de mamar... sim, essa seria sua vida pelos próximos cento e vinte dias. Que Deus tivesse piedade dela e que esse tempo passasse voando!

O toque súbito da campainha a assustou. Miah olhou para o pequeno monitor de parede e viu a imagem das duas visitantes. Desde que uma criminosa entrara no apartamento havia cerca de dois meses e fizera Miah e Marian de reféns, Nicolas decidira instalar uma pequena câmera de segurança do lado de fora da porta.

Sorrindo, Miah caminhou devagar até a porta. O peso de sua barriga a tornara mais lenta, o que a irritava quase sempre.

Abriu a porta com largo sorriso nos lábios para receber suas duas cunhadas.

Marian foi a primeira a entrar. Na ordem de nascimento dos irmãos Bartoles, ela era a segunda depois de Nicolas. Ao contrário do irmão mais velho, não tinha olhos azul-escuros, pois os seus eram castanhos, da mesma cor dos cabelos, que usava em um rabo de cavalo. Naquele dia, prendera a franja de lado com uma fivelinha preta.

Marian era uma mulher magra, alta e muito elegante, dona de um rosto bonito e de feições delicadas. Miah e ela eram tão próximas que pareciam irmãs. Nas mãos, ela trazia um embrulho grande e quadrado.

Na sequência, entrou Ariadne, a caçula dos irmãos, sendo precedida por Willian, o terceiro da fila. Ao contrário da irmã mais velha, muito polida e discreta, Ariadne trazia todas as cores do mundo em seu estilo, sempre diferente a cada vez que era vista. Naquele momento, chacoalhava seus longos cachos lilases, frutos de um *mega hair* aplicado recentemente. Os olhos, castanhos como os de Marian, agora estavam da cor cinza em virtude das lentes de contato especiais que adquirira. Seu vestido de várias fendas, que quase colocavam suas intimidades à mostra, era lilás e cinza, combinando com os cabelos e os olhos. Por último,

Ariadne calçava sapatos de saltos triplos — sim, três saltos em cada sapato —, e cada um deles era de uma tonalidade diferente de cinza.

Espantosamente, mesmo conhecendo a cunhada há tanto tempo, Miah ainda se surpreendia quando via Ariadne. Sabia que, se a encontrasse no dia seguinte, os cabelos e os olhos certamente já teriam outra cor.

— A que devo a honra da visita das irmãs Bartoles? — Sorriu Miah trancando a porta.

— Estávamos em casa sem fazer nada e decidimos vir ajudá-la com algumas coisas relacionadas à limpeza. — Ariadne olhou para a sala do apartamento e levantou uma mão, mostrando suas unhas enormes e pintadas de amarelo-gema. — Como você está prestes a ganhar meu sobrinho e ficará de molho por um tempinho, gostaríamos de deixar seu apartamento em ordem.

— Na realidade, viemos lhe dar uma força, querida, do jeito que você precisar — completou Marian, apoiando o embrulho quadrado em uma cadeira.

— Ah, por aqui está tudo bem... — Miah cruzou os braços sobre o ventre estufado. — Nicolas, como sempre, está trabalhando em uma investigação nova. Duas pessoas muito queridas para mim foram assassinadas ontem à noite. — Ela passou a mão pela testa, como se pudesse com o gesto afugentar aquele pensamento. — Só não quero entrar nesse assunto. Vamos falar de coisas mais alegres.

— Ora, então falemos de mim! — Rindo alto, Ariadne jogou-se no sofá, atirando para o alto as pernas bem torneadas. — Acredita que fui demitida da loja em que estava trabalhando?

— De novo? Você não para em nenhum emprego! O que aconteceu dessa vez? — perguntou Miah.

— Eles não gostaram do meu estilo prático e arrojado.

— Que injusto, Ariadne! Quantos dias eles lhe deram para avaliá-la?

— Trinta e sete minutos. — Atalhou Marian respondendo pela irmã. — Foi o tempo exato em que ela permaneceu no emprego.

Ariadne deu uma gargalhada tão alta que Érica surgiu da cozinha apenas para ver quem estava fazendo tanto barulho.

— Era meu primeiro dia de trabalho — explicou Ariadne, com a tranquilidade de um pescador. — Quando fui atender a uma cliente, outra vendedora passou na minha frente e roubou minha venda.

— Como ela foi antiética — Miah comentou. — Ela deveria ter levado um sermão do seu chefe.

— Acontece que eu não deixei barato. Quando a cliente saiu, eu disse que ela não passava de uma vagabunda! É claro que a danada se revoltou! Ficou toda ouriçada, dizendo que eu não tinha o direito de ofendê-la. Então, respondi que, além de vagabunda, ela tinha os seios caídos e o bumbum murcho. A bicha ficou doidinha e veio para cima de mim. Ela deu na minha cara, eu dei na dela, nos agarramos pelos cabelos e saímos rolando pelo chão da loja. Derrubamos uma arara com roupas e, quando dei por mim, estava estapeando um cabide em vez da cara da fulana.

Ao imaginar a cena, Miah teve que rir.

— Nesse momento, o chefe apareceu. — Os olhos cinza de Ariadne brilharam de emoção ao se recordar do fato. — Estávamos tão entrelaçadas que parecíamos um único ser com quatro pernas e quatro braços. Ele nos chamou em sua sala e nos despediu na hora. Disse que só não nos mandaria embora por justa causa porque nem chegara a me registrar, então, seria injusto com a outra. Como ele nos demitiu no mesmo horário, juntamos nossas coisas e saímos. Na calçada, começamos a discutir de novo, mas daí passou um vendedor de água e nós compramos duas garrafinhas. A maluca estava sem dinheiro, e eu paguei a água dela. Bebemos como dois camelos, porque estávamos sedentas. Ela me agradeceu pela água e disse que não via a hora de sair daquele emprego. Acabamos rindo do acontecido, trocamos telefones e já somos amigas. Amanhã, iremos juntas ao cinema.

Miah estava incrédula e ainda ria do relato de Ariadne. Conhecendo a moça do jeito que conhecia, tinha certeza de que a cunhada estava sendo absolutamente sincera.

— Essa é a minha irmã que tanto amo! — Marian foi até o sofá e sentou-se ao lado de Ariadne. — Ela disse que amanhã vai procurar outro emprego. Espero que no próximo ela permaneça pelo menos um dia inteiro.

As três riram juntas. Quando Ariadne estava por perto, não havia como uma pessoa permanecer séria, a menos que essa pessoa fosse Moira.

— Ah, Miah, só uma coisa. — Acrescentou Marian — Quando telefonei para Ariadne e a convidei para vir aqui comigo, ela acabou chamando outra pessoa para vir também.

— Quem foi? — Miah perguntou temendo ouvir a resposta.

— A mãe dos irmãos Bartoles. — Riu Marian, meio sem graça.

— Ah, não! — Miah já não estava mais achando graça. — Posso pedir ao porteiro que diga a ela que Nicolas e eu nos mudamos para um endereço um pouco distante. Pensei em mencionar a Nova Zelândia.

— Você sabe que ela entrará aqui de qualquer jeito. E como uma pessoa tem o costume de convidar a outra, a dona Lourdes me disse que veria com Thierry se ele poderia deixar a floricultura por alguns momentos para vir aqui também. Ele vai decorar e florir todo o apartamento para receber nosso bebê, que todas nós já amamos.

"Todas, menos eu", pensou Miah referindo-se ao bebê. Para não povoar a mente com imagens assustadoras da sogra nem com as do bebê, pois se lembraria da visão e de seus sonhos, virou-se para o embrulho quadrado e em papel pardo que Marian trouxera consigo.

— E o que é aquilo? — Apontou.

Em vez de responder, Marian foi até o embrulho e entregou-o para Miah.

— É um presente exclusivo para você.

Miah começou a rasgar o papel como uma criança ansiosa abre seu presente de aniversário. Pelo formato, já sabia que se tratava de um quadro, porém, sua maior surpresa ficou a cargo da imagem retratada. Ela viu a si mesma, seu rosto e seu corpo pincelados com impressionantes detalhes. Na pintura, estava sentada em uma poltrona, de costas para uma janela onde o sol se punha e avermelhava o céu num glorioso fim de tarde. Em seus braços, Miah segurava um bebê recém-nascido, cujo rosto não era possível observar porque ele sugava um dos seios da mãe. Em volta dos dois havia um halo de luz dourada, como um escudo protetor.

— Marian, você está ficando boa nisso, hein? — elogiou Miah, ainda sem saber o que pensar da cena pintada na tela. — Seus quadros estão cada vez mais realistas. Ou você não os considera seus, já que pinta por inspiração espiritual?

— Eu diria que se trata de um trabalho em parceria com o plano espiritual. Assim como acontece com muitos médiuns escritores, eu recebo em minha mente a imagem que preciso pintar. Ela aparece praticamente pronta, embora isso não seja uma regra. Há ocasiões em que não sei por onde começar, o que preciso pintar nem o que terei em mãos depois do quadro pronto. Nesses casos, o trabalho se torna uma caixinha de surpresas.

— Que interessante! — Miah contemplou a tela mais uma vez, sorriu para Marian e colocou-a sobre uma cadeira. — Vou esperar Nicolas chegar para decidirmos em qual parede o colocaremos.

— Miah, querida, eu posso ser meio lerda, mas não sou burra.
— Com incrível agilidade, Ariadne colocou-se de pé, enquanto seus

cabelos lilases balançavam para os lados. — Percebi que você não curtiu muito o trabalho da minha irmã. Está tão feio assim?

— Ficou maravilhoso... — Foi tudo o que Miah respondeu.

— Marian, acho que você não acertou a mão desta vez. — Ariadne fez uma careta. — Miah não gostou e está com vergonha de lhe dizer.

— A questão envolve mais do que apreciar ou não o quadro de sua irmã. — considerou Miah, olhando a obra de relance. — Acho que eu teria ficado muito mais feliz se ela aparecesse aqui com uma bela e bucólica paisagem retratada no quadro.

Percebendo que Ariadne ia disparar uma torrente de perguntas, Miah foi mais rápida:

— Meu filho deve nascer dentro de três dias ou até antes, talvez. Não estou ansiosa, curiosa ou em expectativa. Apenas não quero pensar nesse momento.

— Por quê não? — questionou Ariadne. — Está com medo das dores do parto?

— Estou com medo de conhecê-lo — respondeu Miah, muito séria.

Como Marian parecia igualmente séria, Ariadne concluiu que a cunhada não estava brincando.

— Medo? Como assim?

— Vamos nos sentar, Ariadne. Vou lhe contar uma história que Marian já conhece. Gostaria que soubesse dela também. A única coisa que lhe peço é sigilo. Não quero que comente o que ouvir aqui com ninguém, principalmente com sua mãe.

Ariadne concordou. Quando as três se acomodaram, Miah começou a falar. Explicou os sentimentos estranhos, quase repulsivos, que sempre alimentara pelo bebê desde que se descobrira grávida. Contou que adoraria dar um filho a Nicolas, mas não aquele que estava por vir, e falou das visões que tivera ao longo dos últimos meses. Vira sangue, sentira pânico e experimentara sensações horríveis. Vira o bebê com uma cabeça de homem adulto dizendo que voltariam a ficar juntos, o que lhe causava calafrios somente ao se lembrar. Também contou a Ariadne os sonhos envolvendo uma jovem bruxa de nome Angelique e seu marido, um poderoso e maligno feiticeiro chamado Dipak, cujos poderes afetavam a mente de seus inimigos, provocando dores inenarráveis na cabeça de seus oponentes.

— E o que seus sonhos com esse bruxo assustador têm a ver com meu sobrinho que vai nascer? — Quis saber Ariadne.

— O espírito desse bruxo reencarnou como seu sobrinho, Ariadne — revelou Miah.

— Meu Pai eterno, valei-me! — Gritou Ariadne, arregalando os olhos acinzentados. — Isso está pior do que aqueles filmes de terror em que os personagens precisam lidar com o filho do demônio.

— A história ganha contornos ainda mais sombrios. Dois meses atrás, quando Nicolas enfrentou um grupo poderoso que levava pessoas ao suicídio por meio de hipnose, sofri duas tentativas de assassinato.

— Eu me lembro disso. — Ariadne jogou os cabelos para trás. — Uma mulher entrou aqui e fez vocês duas reféns.

— Antes dela, um homem atirou na *van* da emissora na qual eu e Ed, meu operador de câmera, estávamos. Naquele dia, tive certeza absoluta de que morreria... Até que o criminoso começou a sentir dores atrozes na cabeça, e eu soube que quem estava provocando aquilo era seu sobrinho aqui. — Miah tocou na barriga. — Logo depois, sonhei novamente com Dipak, o feiticeiro, e o vi fazendo a mesma coisa com Angelique, que, diga-se de passagem, era eu mesma em outra encarnação.

— É comum sonharmos com algumas coisas que nos parecem bem realistas, mas que não fazem muito sentido — esclareceu Marian à irmã, que parecia extremamente confusa. — Às vezes, nós nos vemos em outros lugares, com pessoas que nos parecem tão queridas, mas as quais temos certeza de que não conhecemos. São fragmentos de vidas passadas que chegam à nossa consciência através dos sonhos, porque, enquanto o corpo repousa, o espírito costuma desprender-se temporariamente dele. Dessa maneira, em um plano muito mais sutil que o nosso, sem a barreira do esquecimento causada pela matéria, as lembranças retornam com muito mais facilidade. O mesmo acontece quando sonhamos com pessoas que já desencarnaram. Conseguimos nos lembrar dos sonhos, talvez não na íntegra nem com riqueza de detalhes, contudo, a essência deles permanece viva na memória mesmo quando acordamos.

— Eu gostaria muito de saber quem eu fui em vidas passadas! — Animada com a ideia, Ariadne começou a aplaudir. — Será que eu conhecia o Mike? Será que já gostava de me colorir toda? Será que nós três já éramos próximas?

— Ao contrário de você, eu não tenho a menor curiosidade de saber mais informações sobre meu passado espiritual — retrucou Marian. — O passado é passado. Ficou lá atrás. É impossível retroceder no tempo ou modificar o que fizemos à época. Além disso, posso descobrir que nós três fomos inimigas. Ao me lembrar com exatidão dos detalhes, eu talvez não as visse mais com tanto carinho e amor como as vejo agora. Para mim, o esquecimento proporcionado pela reencarnação é um presente divino.

— Não queria sonhar com o passado, mas isso tem acontecido e com certa frequência. — Miah baixou a cabeça. — Nicolas já passou por isso também, você sabe.

— Sim, eu sei. — Marian sorriu e segurou a mão de Miah. — As coisas não acontecem a esmo, de forma aleatória. Nenhuma estrela brilha sem que Deus não saiba. Tudo está certo como está. Os sonhos de Nicolas e os seus agora sinalizam algo que precisa ser feito na presente encarnação. Como lhe disse, Miah, o passado já passou, mas é através dele que aprendemos a nos tornar pessoas melhores no futuro. O passado é fonte de experiências e não de culpa ou castigo.

— Nicolas foi um inquisidor sanguinário naquela época. — Miah colocou a mão sobre a da cunhada. — E hoje ele luta por justiça em nome dos que são vítimas de barbáries. Não está pagando pelos erros cometidos na pele de Sebastian.

— Porque ninguém precisa pagar nada, Miah. Nem a Deus nem à vida. — Prosseguiu Marian. — Não tem essa de dívidas, de resgates, de reparar erros de vidas passadas... Se não fizer direito, Deus castiga. O ajuste é com nossa consciência. Imagine se tivéssemos de pagar por erros cometidos devido à ignorância causada pelo atual estágio evolutivo de nosso espírito à época, mas continuássemos com nossa mente perturbada, em completo desequilíbrio. Isso resolveria alguma coisa? E o que a vida faria com esse "pagamento" de nossa parte?

— Nada como estarmos bem com nós mesmos — completou Miah.

— Exatamente. A harmonia espiritual equilibra corpo, coração e alma. Vou lhes dar um exemplo prático... — Sempre com suavidade na voz, Marian continuou: — Imagine que vocês estão usando um vestido novo, presente de um namorado, e decidem ir a uma festa de aniversário. Lá chegando, descobrem que o tal namorado está beijando outra mulher. Vocês arrumam uma grande confusão com o namorado e voltam para casa. Furiosas, tiram o vestido e o rasgam em pedacinhos, porque ele está relacionado ao namorado traidor. E, então, por terem tomado essa atitude drástica, causada pela revolta e pelo ciúme, nunca mais terão direito a usar outro vestido novo e terão de pagar por algo que já ficou no passado. Faz algum sentido?

— Não! — Miah e Ariadne disseram ao mesmo tempo.

— Pois é. Estamos reencarnados com novas oportunidades. A volta à Terra é sempre um recomeço e não uma continuação de onde paramos lá atrás e em que seguimos com os mesmos comportamentos. Qual é o sentido da evolução? Qual é o sentido da reencarnação, se ainda tivermos de sofrer por algo do qual nem nos lembramos mais? Se Deus é justo, esse raciocínio não me parece nem um pouco coerente.

— Mas já ouvi dizer que, se alguém cometeu um crime em uma existência anterior, precisará passar por uma situação semelhante para quitar seus débitos — afirmou Miah apertando a mão de Marian.

— Isso não é verdade. Para começo de conversa, débitos e dívidas não existem perante a espiritualidade. Obviamente, isso não significa que você possa sair por aí fazendo o que lhe der na telha. Por mais que tenhamos livre-arbítrio, nossas ações têm consequências. Veja bem, consequência não é sinônimo de castigo. E são essas consequências, com as quais precisaremos lidar, que moldarão nosso processo evolutivo. Você criou uma ação? Ela terá uma reação em algum momento. Como você enfrentará o que está por vir? Qual aprendizado tirará disso? Percebe que, quando você fala em dever alguma coisa, parece que alguém de fora vai lhe cobrar tudo? E se há cobranças é porque nosso espírito pede por elas, para se sentir mais equilibrado. Apenas isso.

— Então, sobre o bebê...

— Aguarde o nascimento, Miah. — Cortou Marian. — Conheça seu filho, toque-o, sinta-o. Tente perceber as energias que emanam dele. Não o veja como o malvado feiticeiro, mas como um bebê, que é o que ele é agora. Não deixe que o passado atrapalhe a sublime relação de amor entre uma mãe e um filho.

— Mas se você disse que os sonhos com o passado indicam algo que precisará ser feito no presente, não estou entendendo.

— Talvez, o amor seja tudo de que vocês precisam. Abra-se para esse maravilhoso sentimento, Miah, e permita que ele invada sua vida e a do seu filho. O amor é Deus em toda a Sua plenitude. Confie na vida. Simplesmente, confie.

— Obrigada, Marian. Ouvi-la sempre tranquiliza meu espírito. — Sorrindo, Miah virou-se para Ariadne. — Ela realmente consegue me acalmar.

A campainha soou com estridência, assustando as três mulheres ao mesmo tempo. Ouviram, então, uma voz feminina gritar do outro lado da porta:

— Ariadne, Marian? Vocês estão aí, minhas filhinhas? Como não confio nadinha na moradora deste apartamento, temo pela segurança de vocês duas.

— Toda a tranquilidade que as palavras animadoras de Marian me trouxeram acaba de ir para o ralo. — Suspirou Miah. — Não posso simplesmente deixá-la berrando no corredor?

59

— Pode deixar que eu mesma abrirei a porta. — Com agilidade, Ariadne pulou do sofá e correu até a porta, destrancando-a rapidamente.

Lourdes Bartole entrou depressa. Usava um vestido verde tão apertado no corpo que as costuras pareciam a ponto de romper-se. Sapatos do mesmo tom de verde completavam o visual. Ela mudara o corte do cabelo e estava usando-o solto. Agora estava loira, e uma franja fina cobria-lhe a testa.

— Corram! — Gritou Miah do sofá. — A Cuca acabou de invadir minha casa!

— E desde quando você consegue correr para algum lugar? — Lourdes olhou para Miah e mostrou um sorriso mordaz. — Está tão ágil quanto uma sucuri após se alimentar de uma capivara.

— Onde está Thierry? — perguntou Marian à mãe.

— Ele virá mais tarde. Disse que dará algumas orientações à sua nova funcionária e depois nos encontrará aqui. — Lourdes jogou a bolsa sobre a mesa, olhou em volta e torceu o nariz. — Este apartamento me parece mais sujo a cada vez que coloco meus pés nele.

— Então pegue uma vassoura e comece a varrê-lo! — Rebateu Miah. — Mas nada de se empolgar e sair voando.

— Eu e minhas filhas só estamos aqui por causa de Nicolas e do meu netinho que vai nascer. — Lourdes começou a andar pela sala. — Ele não merece morar nesta pocilga, por isso viemos limpar algumas coisas. Se continuar desse jeito, no que depender da sua boa vontade, teias de aranha se formarão e começarão a balançar como se fossem roupas penduradas em varais.

— Marian, a reencarnação explica por que Nicolas foi gerado por esse peixe-boi? — Miah indagou sorrindo.

— Isso eu mesma posso explicar. — Lourdes sorriu de volta, seguindo na direção do banheiro. — Pensaram em mim porque sou uma alma esperta, bondosa e evoluída, que deveria protegê-lo. Eles disseram: quando todos estiverem na Terra, Nicolas conhecerá um espírito, encarnado num corpo bem magricelo, que será sua maior perdição. Não permita que isso aconteça.

— E você não teve competência suficiente para me impedir? — Alfinetou Miah.

— Meninas, já chega! — Marian tomou a mãe pelo braço. — Hora de nos armarmos com esfregões, vassouras, rodos e produtos de limpeza! Temos uma grande faxina pela frente.

Capítulo 7

O apartamento de Serena e Fagner localizava-se em um condomínio de alto padrão, na região mais nobre da cidade. Após obterem autorização para subir, Nicolas e Mike abriram a porta e viram-se dentro de um imóvel imenso. A sala, decorada com móveis modernos e brancos, inspirava paz e calmaria aos visitantes. Um tapete azul-celeste no centro da sala contrastava com a brancura das paredes e dos móveis. Quadros com imagens de oceanos, lagos e rios colaboravam para favorecer a sensação de tranquilidade que o recinto fornecia.

Não encontraram nada que interessasse ali e seguiram para um dos quartos, que fora adaptado para funcionar como escritório. Como o casal administrava a empresa juntos, aquele cômodo notoriamente era uma extensão da emissora, pois ali havia monitores que deveriam transmitir a programação do canal em tempo real, dois computadores, uma impressora e um *modem*.

Assim como Nicolas observara a sala de trabalho do casal na emissora, ali a organização também predominava. Nada estava fora do lugar ou parecia deslocado do ambiente. Nicolas e Mike vasculharam gavetas e pastas arquivadas, mas não encontraram nada de útil. No segundo dormitório, onde o casal dormia, reviraram o guarda-roupa, a cômoda, as gavetas da mesa de cabeceira e até averiguaram sob o colchão e debaixo da cama. A única coisa que lhes chamara a atenção foi uma agenda, com vários contatos telefônicos e anotações diversas em diferentes datas.

— Mike, enquanto dou uma breve conferida nesta agenda, faça uma busca na cozinha, no banheiro e na lavanderia — ordenou Nicolas, folheando as páginas.

Ele seguiu diretamente para a data anterior. Ali, com caligrafia perfeita, estava escrito:

Videoconferência ao meio-dia com Benício e os fornecedores de equipamentos de som;
Reunião às 15 horas com as empresas interessadas em lançar seus produtos em nossos intervalos comerciais;
Reunião às 18h30 com o editor-chefe e o diretor de programação;
Passar algumas orientações a Georgino;
Verificar se o bolo de Miah ficou pronto;
Surpreender nossa jornalista mais querida;
Preparar o espírito para a difícil conversa.

Se as tarefas do dia haviam sido escritas em ordem cronológica de acontecimentos — e, ao que parecia a Nicolas, fora exatamente isso o que acontecera —, Serena e Fagner tiveram uma última atividade após Miah sair. Por essa razão, disseram à repórter que continuariam trabalhando mais um pouco, mesmo após a partida dela.

Uma conversa complicada com alguém e que requeria preparação de espírito. Com quem eles conversaram? O diálogo se dera por videoconferência, por telefone, por mensagem ou presencialmente? A última opção parecia inviável, ou os seguranças teriam informado a Nicolas que os empresários haviam recebido alguém naquela noite. A menos, é claro, que o visitante tivesse entrado de forma sorrateira, surpreendendo os dois, o que também não fazia muito sentido, já que ele estava sendo aguardado. Por outro lado, se sua entrada não fosse notada por ninguém, facilmente desligaria a energia elétrica, mexeria nas câmeras e surpreenderia Serena e Fagner. Quem agendaria um bate-papo, por mais importante que fosse, por volta de meia-noite, em uma empresa cujos funcionários estavam todos ausentes?

A história não fazia muito sentido para Nicolas. Mentalmente, ele tentou traçar um provável roteiro que o assassino teria feito para que sua missão fosse bem-sucedida e ele fugisse sem deixar rastros. Se o criminoso tivesse ido com veículo próprio, o teria estacionado no entorno da emissora, mas não no estacionamento da empresa. Era muito mais arriscado fugir a pé, já que naquele horário dificilmente encontraria transporte público.

Ao parar o carro em uma área afastada de casas ou de câmeras de monitoramento, o assassino caminhou até a emissora, passou pelo estacionamento, driblou os seguranças, entrou no prédio, subiu diretamente até a caixa de força e desligou a energia. O que ele fez durante os instantes em que a escuridão perdurou? De onde permanecia oculto, conseguia observar Miah, Serena e Fagner?

Depois que viu Miah sair, ele procurou o casal, ainda tomando cuidado para não ser identificado por um dos dois seguranças. Atirou nos empresários, procurou a central de monitoramento das câmeras de segurança e alterou as gravações. Da mesma forma que entrara, conseguira sair com tranquilidade. Voltou ao seu carro e deu partida.

A questão era: essa teoria tinha várias lacunas, e, para Nicolas, essa parecia ser uma possibilidade muito mais complexa. Por que se arriscaria a ser visto pelos seguranças ou mesmo por Miah, Serena e Fagner? Para ele, a verdade parecia bem diferente. Para Nicolas, o assassino mantivera-se o tempo todo dentro do prédio, à espera do momento de atacar.

— Não encontrei nada que me parecesse interessante. — Mike surgiu na porta do quarto em que Nicolas estava. — A geladeira e os armários estão tão abastecidos que parece que eles receberiam umas dez pessoas para passarem uma temporada aqui.

— Mike, o assassino sempre esteve na emissora. — Nicolas fechou a agenda. — Ele já estava dentro da empresa. Talvez seja a pessoa que Serena e Fagner estavam aguardando para a conversa complexa que aconteceria naquela noite.

Nicolas entregou a agenda para que Mike lesse as anotações.

— Repare que, para o dia de hoje e para as datas seguintes, os lembretes são todos relacionados a trabalho. Não há nada que soe pessoal ou que me pareça suspeito.

Mike assentiu com a cabeça, enquanto passava as páginas da agenda.

— Por que ele suspendeu a energia elétrica por um breve momento? — Refletiu Mike. — Se já estava escondido em algum lugar aguardando o momento de cometer o duplo homicídio, por que se daria a esse trabalho?

— Alguma coisa ele fez no escuro. Esse curto período certamente teve alguma utilidade para ele que ainda não conseguimos visualizar. Isso já estava planejado havia algum tempo, Mike. Ele não tomou nenhuma atitude precipitada. Cada passo foi ensaiado, estudado com cuidado, prevendo um plano "b", caso algo saísse do controle.

— O que faremos agora?

— Vamos ao endereço do ex-funcionário, do tal Walcir. Moira nos conseguirá essa informação em poucos minutos.

Nicolas e Mike foram para o corredor e trancaram a porta por fora. Mike colocou uma fita zebrada que indicava o isolamento do local.

— Ainda não me conformo com a ousadia do Duarte em liberar o funcionamento da empresa sem nos comunicar com antecedência — murmurou Nicolas seguindo para os elevadores. — Não é porque estamos sem delegado em nossa equipe que ele pode ditar ordens. Vou expor o caso ao comandante Alain e farei uma reclamação por escrito. Se a cena do crime for comprometida por culpa daquele velhote intragável, garanto a você que ele terá sérios problemas comigo.

— Bartole, ele começou a ter sérios problemas com você desde que o viu pela primeira vez. — Mike soltou uma risada ao dizer isso.

Como Nicolas sabia que Mike tinha razão, viu-se obrigado a concordar. Ele estava esticando o braço para apertar o botão do elevador, quando ouviu um ruído quase imperceptível vindo do final do corredor. Ao olhar naquela direção, vislumbrou a tempo um movimento discreto de porta se fechando.

— Veja só! Parece que alguém gostaria de nos contar algo. — Nicolas andou até a porta do apartamento e tocou a campainha. Como não houve nenhuma resposta, falou em voz alta: — Como já sei que há alguém aí dentro, seja você quem for, sugiro que abra a porta para que possamos conversar. Meu nome é Nicolas Bartole e sou investigador de homicídios.

Um silêncio tenso permaneceu, mas a paciência de Nicolas não.

— Se não abrir esta porta em cinco segundos, meu parceiro irá derrubá-la. Ele tem autorização para fazer isso, porque, automaticamente, você se tornou uma pessoa suspeita em nossa investigação. Portanto... um, dois...

Houve um clique na porta, que interrompeu a contagem de Nicolas. Uma frestinha minúscula abriu-se, e apenas a metade de um rosto e uma lente grossa de óculos apareceram.

— O que vocês querem saber? — indagou a voz feminina, rouca e grave. De repente, a metade do rosto desapareceu, enquanto a cabeça se voltava para dentro do apartamento. — Matilde, já lhe disse para se comportar! Quer ficar de castigo?

— Como a senhora é vizinha do casal Fagner e Serena, gostaríamos de lhe fazer algumas perguntas. — Continuou Nicolas, intrigado.

A fresta aumentou mais um pouco, e agora foi possível enxergar um nariz adunco e fios grisalhos e crespos de cabelos.

— Você disse que investiga homicídios? — De rouca a voz tornou-se vacilante. — Isso significa que eles...

— Abra a porta, por gentileza — pediu Nicolas começando a se irritar.

A fresta sumiu, e em seguida a porta abriu-se completamente, revelando uma mulher com cerca de setenta anos, pele clara e muitas rugas em torno dos olhos cor de café. Ela empurrou para cima os óculos de armação marrom.

— Qual é o nome da senhora?

— Anete. — Ela mostrou um sorriso jovial a Nicolas.

Dois gatos surgiram de trás dela e encararam os visitantes com curiosidade. A senhora tornou a olhar para trás.

— Leôncio, Roberval, que mania feia de ficar olhando para as visitas desse jeito! As pessoas pensam que vocês querem atacá-las. — A mulher virou-se para Nicolas e Mike e mostrou um sorriso empolgante. — Podem entrar, mas não se assustem com meus gatos.

— Quantos gatos a senhora tem no total? — indagou Nicolas, entrando no apartamento com bastante desconfiança. Não tinha uma decoração tão impecável quanto a dos vizinhos, mas tudo era muito limpo e bem cuidado.

— Sete. Eu tinha oito, mas a Eleonora faleceu na semana passada. Meu coração está partido.

— Faço ideia, porém, se a senhora tinha amizade com Serena e Fagner, talvez seu coração fique ainda mais fragmentado. — Direto, Nicolas disparou: — Ambos foram assassinados na noite de ontem.

— Por Cristo! — Anete cobriu a boca com ambas as mãos e arregalou os olhos. — Isso não pode ter acontecido.

— Mas aconteceu, infelizmente. Como ainda não temos pistas do assassino, viemos ao apartamento do casal em busca de algo que nos desse um norte. A senhora era amiga do casal?

— Amiga, não. Moro sozinha, porém, eles não vinham aqui. Serena era alérgica a pelo de gato. Eu também não ia lá, porque não gosto de fofoca nem de me meter na vida dos outros.

Como Nicolas percebeu que a última frase não parecia ser verdadeira, perguntou:

— Alguma vez, a senhora notou algo estranho no comportamento deles, em alguma conversa que possa ter ouvido no elevador ou em algo que tenha ficado sabendo por intermédio de terceiros?

Um gato obeso, de pelagem rajada, esfregou-se na perna de Mike. Anete abaixou-se para pegá-lo no colo e gemeu um pouco em virtude do peso.

— Desculpem-me. Raimundo é curioso. Não quer saber de fazer um regime, então, está se tornando essa bolinha de pelos. Os senhores também têm gatos?

— Tenho algo que parece ser um gato, mas que, com certeza, se trata de uma espécie ainda não estudada pela ciência — respondeu Nicolas pensando em Érica. — Quanto ao que lhe perguntei, a senhora poderia nos ajudar?

— Nunca notei nada de estranho, até porque não sou de ficar espionando o corredor.

— Mas foi exatamente isso o que a senhora fez há pouco. — Devolveu Nicolas.

Anete pareceu um pouco desconcertada.

— Em algumas épocas do ano, os filhos deles vêm visitá-los. — A senhora acariciou o gato gordo, que fechou os olhos em deleite. — É um homem e uma mulher. São simpáticos e sei que não moram em nosso país. E aquele outro rapaz...

— Que rapaz? — Pela primeira vez, Nicolas interessou-se por algo que ela disse.

— O que vinha visitar Serena. Ele sempre aparecia quando Fagner não estava. — Ela tornou a empurrar os óculos para cima do nariz. — Não tenho nada a ver com a vida dos outros, mas a gente repara.

— Consegue me descrever esse homem?

— Não muito bem, porque não presto atenção nos outros. — Anete liberou Raimundo, que, considerando seu peso, saltara com incrível agilidade. — Tinha mais de trinta anos, pele clara, cabelo preto espetado, corpo de atleta e um brinco na orelha. O rosto, que Deus me perdoe se isso for pecado, era tão bonito que me despertava sensações há muito adormecidas. — De repente, ela corou vivamente. — Desculpe-me se isso lhes pareceu muito despudorado.

— Sabe o nome dele?

— Não, porque não me intrometo na vida de ninguém. Não nasci para cuidar da vida dos outros.

Como Nicolas já tinha um nome em mente, entrou em contato com Moira.

— Por gentileza, Moira, tente conseguir uma foto recente de Djalma, o gerente do setor de Recursos Humanos da TV da Cidade.

Consiga o nome completo dele com Miah, que deve ter essa informação. Ela sempre sabe de tudo. Procure nas redes sociais ou no banco de dados da polícia. Preciso disso com urgência. Preciso também que use sua eficiência em pesquisa para descobrir o endereço atual de um homem chamado Walcir, ex-funcionário da emissora. Ele foi demitido há menos de um mês.

— Deixe comigo — disse Moira antes de encerrar o chamado.

— Serena estava recebendo o funcionário dela aqui? — Anete estava espantada. — Por qual motivo? Não me diga que eles eram...

— Não lhe direi o que não sei. Quando a senhora o via chegar, quanto tempo ele se demorava no apartamento?

— Nunca menos de uma hora. Costumava vir à tarde, uma ou duas vezes na semana. Ele frequenta o apartamento de Serena há uns seis meses. — Anete tornou a sorrir, piscando um olho. — Que danadinha ela era, hein?

— Não sabemos se estamos falando do mesmo rapaz. E, se for, isso não acontecerá mais. — Cortou Nicolas.

— Foi ele quem os matou?

Nicolas não respondeu, porque Moira já enviara uma mensagem para o celular dele com uma foto nítida e recente de Djalma. Abaixo da imagem, o endereço residencial de Walcir. Como sempre, a policial mal-encarada era de uma competência surpreendente.

— Este era o homem que a senhora via por aqui frequentemente?

— É o próprio. Minha memória e minhas vistas nunca me traíram.

— É tudo, por enquanto. Obrigado por sua atenção, dona Anete.

Nicolas e Mike saíram do apartamento antes que ela fizesse mais perguntas ou os gatos decidissem atacá-los. Já na rua, o celular do investigador tocou. Era Alain do outro lado da linha. Nicolas ativou o modo viva-voz para que Mike também acompanhasse a conversa.

— Bartole, já temos um delegado interino que trabalhará com você neste caso e até a conclusão da investigação, isto é, até o retorno de Elias da licença-médica.

— E qual é o nome do cara?

— Na verdade, é uma mulher. Ela se chama Hadassa. É uma profissional muito competente, com alguns anos de experiência no âmbito criminalista. Deve chegar à delegacia daqui a pouco. Creio que vocês formarão uma dupla muito boa.

— Obrigado pelo retorno, senhor. Mais tarde, escreverei um relatório com o que descobri até o momento e o encaminharei para sua apreciação.

— Estou aguardando. Boa sorte, Bartole!

— Um último assunto, comandante. Estive na emissora e fui surpreendido ao saber que o supervisor Benício convocou todos os funcionários a trabalharem hoje, porque o investigador Duarte liberou o acesso à cena de crime. Com todo o respeito, senhor, mas gostaria de saber quem é Duarte na fila do pão! Com que autoridade ele toma essa decisão sem me consultar e sem me deixar ciente disso? Essa atitude insana da parte dele pode atrapalhar muito meu trabalho.

O breve silêncio que se seguiu indicava que Alain estava digerindo aquelas informações. A única resposta dele foi:

— Conversarei com Duarte sobre isso. Quanto à investigação, a partir de agora, você se reportará à doutora Hadassa. Estarei esperando seu relatório.

Sem mais nada a acrescentar, Alain desligou bruscamente.

Capítulo 8

Ao contrário de Serena, Fagner e Anete, Walcir residia em um bairro popular. Ali não havia luxo, veículos caros nas garagens nem seguranças particulares monitorando as residências. Naquela área, havia vendedores de drogas, prostitutas, trombadinhas e trabalhadores que saíam cedo de casa e voltavam no fim do dia. Estranhamente, era naquele tipo de região que Nicolas se sentia muito mais confortável para trabalhar.

A casa do ex-funcionário da TV da Cidade era geminada, e a fachada da casa ao lado mostrava que o vizinho realizava manutenções no imóvel com muito mais frequência do que Walcir.

Nicolas tocou a campainha e aguardou. Enquanto isso, olhou para o parceiro:

— Espero que ele não esteja embriagado, senão suas informações não serão muito confiáveis.

— Bartole, é justamente quando as pessoas estão bêbadas que elas confessam todos os detalhes, até mesmo a senha da conta bancária.

Para sorte — ou azar — de Nicolas, Walcir não demonstrou estar alcoolizado. Parecia bastante mal-humorado, mas estava mais lúcido que o próprio Nicolas ao ser despertado de repente no meio da madrugada.

— Quem são vocês? — Ele abriu o portão com fúria e reparou na farda de Mike. — O que querem aqui? Não fiz nada que justifique a polícia em minha porta. Eu...

— Baixe sua bola, amigo. — Cortou Nicolas com voz gélida. — Precisamos lhe fazer algumas perguntas.

Walcir tinha menos de cinquenta anos, mas sua aparência envelhecida jogava-o na casa dos sessenta. Seus poucos cabelos grisalhos, em meio a uma cabeça quase calva, estavam espetados para cima. Os olhos avermelhados e inchados sinalizavam que ele estivera chorando. A barba grisalha não era feita havia mais de uma semana. Era bem mais baixo do que Nicolas e tinha uma barriguinha estufada causada pelo uso excessivo de bebidas.

Quando ele tornou a falar, Nicolas e Mike sentiram no hálito do homem o odor de álcool. Não estava embriagado, mas certamente andara ingerindo alguma bebida.

— Não fiz nada e não tenho por que receber a polícia em minha casa.

— Prefere que o levemos para prestar depoimento formalmente na delegacia? — indagou Nicolas com uma serenidade inquietante no olhar.

Ele estreitou os olhos, franziu a testa e entortou a boca. Por fim, quando seu rosto voltou ao normal, retrucou:

— Está bem, podem entrar. Só não reparem na bagunça.

Bagunça, Nicolas percebeu, era uma forma carinhosa de nomear o caos instaurado naquela sala. Em um relance, viu uma cadeira tombada em um canto, sapatos fedendo a chulé jogados de qualquer jeito sobre um tapete puído, um montinho de lixo recolhido ao lado de uma vassoura, um aquário sem água e peixes e dentro do qual havia latinhas vazias de cerveja, uma televisão sintonizada em um jogo de futebol e sentiu também o cheiro azedo de alguma coisa há muito estragada pairando no ar.

— Querem beber algo? — Walcir ofereceu de má vontade.

Como Nicolas prezava pela própria vida e sabia que Mike não era louco de aceitar alguma coisa ali, recusou com a cabeça.

— O que desejam? — Ele ainda parecia bastante zangado.

— Seus ex-patrões, Fagner e Serena, foram assassinados na noite de ontem.

Ele não demonstrou surpresa ou espanto. Apenas permaneceu olhando para Nicolas e manteve no semblante um ar de neutralidade, como se tivesse acabado de ouvir que o dia após o sábado era o domingo.

— Parece que você não ficou abalado com a informação.

— Estou chocado. Mesmo aborrecido com a decisão que tomaram a meu respeito, não posso falar mal deles. — Walcir deu de ombros. — Sempre foram excelentes patrões.

— De que decisão está falando? — Atalhou Mike, embora já soubesse a resposta.

— Eles me demitiram, desrespeitando meus problemas pessoais. Não tiveram um pingo de consideração por mim nem pela difícil situação que tenho vivido.

— Estivemos na emissora e conversamos com o supervisor Benício. — Nicolas cruzou os braços, atento às reações do homem. — Ele nos adiantou que você foi despedido após chegar para trabalhar, em mais de uma ocasião, completamente alcoolizado. Mesmo após orientá-lo, você repetiu o ato pela terceira vez, e eles se viram obrigados a desligá-lo da empresa.

— Como lhe disse, sempre os admirei, mas eles foram injustos, impacientes e insensíveis comigo. Estou apenas passando por uma fase ruim.

— Pode nos falar um pouco sobre essa fase?

— Olha, eu não matei aqueles dois, está bem? — Imitando Nicolas, Walcir também cruzou os braços. — Já fui mandado embora de outros empregos desde que tirei minha carteira de trabalho. Imagine se eu tivesse assassinado todos os meus ex-chefes só porque eles não quiseram mais meus serviços!

— Você ficou com raiva de Serena e de Fagner por eles terem o despedido?

— Sim, fiquei com muita raiva e ainda estou. Realmente, estava meio alto quando fui trabalhar, mas nada que atrapalhasse meu desempenho durante o expediente. Sou especialista em Tecnologia da Informação e consigo realizar meu trabalho com a mão nas costas. Então, alegrinho ou não, meu serviço seria o mesmo. Eles foram cruéis demais comigo. — Os olhos apertados de Walcir encheram-se de ódio e indignação.

— Agora, conte-nos um pouco sobre o que aconteceu com você. Por que começou a se embriagar tanto? — Nicolas mostrou a sala, que parecia ter sido visitada por um furacão. — Veja a situação em que está vivendo. Aposto que você sempre foi um homem zeloso e organizado com seus pertences pessoais e, principalmente, com a própria casa.

Walcir fez que sim com a cabeça e, de repente, começou a chorar como um bebê. Soluçava muito e precisou sentar-se no braço do sofá, que estava todo rasgado.

— Valdirene é o amor da minha vida. Estamos juntos há dois anos. Nunca pensei que uma mulher tão elegante e bonita, de boa condição financeira, pudesse se interessar por um homem simples como eu, que está longe de ser bonito, rico ou interessante.

Aquelas palavras automaticamente acenderam uma luzinha de alerta na mente de Nicolas.

— Por que ela o deixou?

— Porque Valdirene decidiu dar mais uma chance ao seu casamento. Ela é casada, sabe...

— Acho que sei. Ela ficou algum tempo ao seu lado e terminou o relacionamento de repente, porque repensou bastante e decidiu que o marido merecia mais uma oportunidade. E aí você, magoado, desiludido, depressivo e muito triste, encontrou refúgio no álcool, o que lhe valeu o emprego e está lhe custando a própria vida também.

Assim que Nicolas terminou de falar, Walcir chorou ainda mais alto. As lágrimas insistentes rolavam de seus olhos e pingavam em seu colo.

— Foi exatamente o que aconteceu. Não tenho mais vontade de viver depois que Valdirene me deixou. Só não acabo com tudo porque tenho medo do que possa acontecer com minha alma, caso eu me suicide.

— Você pode nos mostrar uma foto de Valdirene?

— Desde que estamos juntos, ela nunca tirou uma única foto comigo. Acontece que a pobrezinha, mesmo sendo tão linda, tem horrores a fotografias. Traumas de infância, ela me disse uma vez.

— Sei... — Nicolas ergueu uma sobrancelha.

— Mas como não sou bobo, um dia eu tirei uma foto dela quando Valdirene estava distraída. Se ela tivesse visto, teria me obrigado a apagá-la. — Walcir foi até uma gaveta, desviando-se dos obstáculos espalhados pelo chão da sala, e voltou com uma foto em um porta-retratos. — Aqui está ela. Vejam como é linda.

Nicolas olhou para a fotografia, que mostrava uma mulher de rosto parcialmente voltado para o lado. Era uma mulher loira, com mais de quarenta anos, muito maquiada e bonita. As roupas que ela exibia na foto revelavam sua procedência nobre. Além disso, Nicolas teve total certeza de que já a vira antes.

— Onde Valdirene trabalha?

— Isso eu não posso dizer — respondeu Walcir pegando o porta-retratos de volta. — Ela sempre me pediu segredo quanto a isso.

— Mas para um investigador policial você pode contar, não é mesmo?

Walcir assentiu, limpando as lágrimas do rosto.

— Ela é a esposa do presidente de uma emissora concorrente chamada Canal local. Às vezes, ela me fazia perguntas sobre o funcionamento da TV da Cidade, e eu lhe dizia algumas coisas que eu sabia. Meu cargo me permitia ter acesso a conversas importantes, que depois eu compartilhava com ela.

Nicolas lembrou-se de que Valdirene e seu marido haviam escorraçado Miah da emissora meses atrás, assim que ela saiu da prisão e tentou reaver seu emprego. Demitida da concorrente, ela conseguiu empregar-se novamente em sua área profissional graças a Fagner e Serena.

— Que tipo de informações ela lhe pedia?

— Ela queria saber toda a programação, os índices de audiência, os possíveis furos jornalísticos, os projetos que eles tinham em andamento... — Walcir deu de ombros. — Sei que isso que eu fazia era errado e que estava traindo a confiança de meus patrões... Mas meu amor por Valdirene era tamanho que...

— Você julga errada a atitude deles em demiti-lo, mesmo após duas conversas e orientações para que melhorasse, porque não o queriam embriagado na empresa... — disparou Nicolas. — Mas não é capaz de julgar a si mesmo e sua atitude de levar para além dos muros da emissora assuntos que não diziam respeito a mais ninguém. Antes de apontar o dedo para os outros, olhe para si mesmo diante do espelho e pergunte para a imagem refletida se a consciência dela está tranquila.

Ele fez um sinal para Mike, indicando a saída.

— Mantenha-se por perto, Walcir, porque certamente voltaremos a nos ver — ordenou Nicolas, com o semblante fechado. — E eu gostaria muito que você guardasse sigilo sobre nossa conversa. Se eu descobrir que Valdirene soube de algo a respeito, você estará encrencado comigo. Fui claro ou ficou alguma dúvida?

— Entendi tudo — respondeu Walcir quase gaguejando.

— É assim que eu prefiro. Até logo!

Enquanto Nicolas e Mike voltavam ao carro do investigador, não notaram o quanto as mãos de Walcir estavam trêmulas.

Capítulo 9

Mesmo já acostumado com o apetite voraz de Mike, Nicolas nunca deixava de se espantar quando o via comer. O policial estava repetindo o prato pela terceira vez. Sua refeição era uma verdadeira colcha de retalhos, pois de tudo ele se servia um pouco. Em seu prato havia peixe frito, frango cozido, um pouco de carne assada, arroz à grega, três tipos de salada, feijão, ovos e nhoque. Nicolas não conhecia os mistérios que faziam tanta comida desaparecer no estômago de seu parceiro de trabalho.

— Mike, às vezes eu tenho a impressão de que você viveu em um campo de concentração nazista. Seu apetite não é normal. — Nicolas tomou a última colher do sorvete, enquanto Mike continuava atacando seu prato com uma fúria assassina. — Eu já estou na sobremesa.

— Não gosto de comer com pressa. Além disso, se o rango é de graça, tenho que aproveitar. A gente não sabe se vai viver muito tempo. Vai que eu nem jante hoje! Pelo menos terei morrido de pança cheia.

— Talvez você tenha razão, mas dizem que um dos sete pecados capitais é a gula.

— Estou comendo para saciar minha fome e farei isso nem que precise repetir quatro vezes. — Mike deu uma garfada num pedaço de queijo branco e atirou-o boca adentro. — Ei, Bartole, eu ia falar antes, mas acabei me esquecendo. Você acha que a tal Valdirene usou Walcir durante esses dois anos apenas para se inteirar de tudo o que acontecia na TV da Cidade? Ele foi uma espécie de espião a serviço dela?

— Não tenho a menor dúvida quanto a isso. — Nicolas limpou os lábios com o guardanapo. — A emissora de Fagner e Serena é bem menor que a de Valdirene, mas ela vinha crescendo bastante nos últimos tempos. Provavelmente, ela já teria encerrado esse relacionamento com Walcir há mais tempo, se Miah não tivesse se integrado à nova equipe. Não estou protegendo minha esposa nem me gabando em nome dela, porém, sabemos que foi graças à chegada de Miah que a TV da Cidade começou a crescer. Isso pode ter despertado uma grande dor de cabeça nos concorrentes.

— A ponto de assassinar os donos?

— E por quê não? Sem os dois no comando, a empresa está seriamente ameaçada. Se os filhos optarem por sua venda, a TV da Cidade deixará de existir e, ao mesmo tempo, não será mais uma incômoda pedra no sapato dos concorrentes.

— Caramba, Bartole! — Mike mastigou a comida ainda mais rapidamente. — Eu não tinha pensado por esse ponto de vista.

— Se quisermos prender o assassino e encerrarmos o caso, é fundamental enxergarmos bem adiante e pensarmos em qualquer hipótese, amarrando qualquer ponta solta.

Mike ia responder, quando uma senhora negra, bonita e elegante aproximou-se da mesa. Trazia uma sacola de papel em uma das mãos, sorriu para Nicolas e curvou o corpo para beijar Mike no alto da cabeça, que imediatamente corou.

— Você só pode ser Nicolas Bartole! — Com uma alegria e bom humor contagiantes, ela beijou-o no rosto. — Mike fala muito do senhor, e eu estava curiosa para conhecê-lo. Aliás, prazer! Meu nome é Josélia. — Ela esticou a mão e cumprimentou Nicolas fervorosamente.

Ele olhou de Mike para a simpática senhora com um ar interrogativo no semblante e, antes que perguntasse, Mike explicou:

— Esta é a minha mãe.

— Puxa vida! — Nicolas levantou-se e abraçou Josélia animadamente, notando que ela era quase tão alta quanto ele, o que explicava as proporções físicas quase colossais de Mike. Josélia vestia-se bem, estava maquiada e usava diversos enfeites coloridos nos cabelos. — Mike também sempre fala muito da senhora!

— Pode me chamar de você, por favor. Isso me faz me sentir mais jovem. Eu os vi entrarem aqui no *Caseiros*, porque estava do outro lado da rua fazendo uma comprinha básica. — Ela apontou para a sacola que segurava. — Posso sentar-me com vocês? — Eles assentiram, e Josélia sentou-se. Olhou para a mesa e ampliou o sorriso: — Bem, vejo que cheguei atrasada para almoçar com vocês, então, comerei algo em casa.

75

— Mike está no terceiro prato... ainda — comentou Nicolas.

— Já estou terminando — resmungou Mike.

— Ele só repetiu três vezes? — parecendo preocupada, Josélia esticou a mão bem cuidada e acariciou o rosto do filho. — Você está se sentindo mal, meu filho? Desde que entrou na polícia, notei que tem perdido alguns quilos. Por que está comendo tão pouco?

— O quê? — Nicolas arregalou os olhos.

— Sim! Antes era comum meu Michael repetir quatro ou cinco vezes uma refeição de que ele gosta muito ou quando está com muita fome. — Josélia curvou o corpo para frente e baixou o tom de voz: — O senhor não tem exigido muito dele, não é mesmo?

— Eu? — Nicolas olhava de Josélia para Mike com expressão de assombro no olhar.

— Apesar de ele parecer fortão e resistente, Mike é frágil como uma joaninha. Se ele continuar a se alimentar mal, pode parar em uma cama de hospital. E, então, de quem será a culpa? — Apesar da leve acusação, Josélia sorria para Nicolas.

— Eu fui comparado a uma joaninha? — Mike parou de mastigar e passou os dedos pelos músculos potentes do braço. — Mãe, a senhora acabou comigo agora! Bartole vai me zoar até o fim dos meus dias.

— Vai nada! — Com um jeito todo maternal, Josélia cobriu a mão de Nicolas com a própria mão. — Trate bem meu menino, sim? Mike é o meu único tesouro. Não o deixe enfraquecer.

Nicolas apenas assentia com a cabeça, sem encontrar palavras para responder. Olhou para Mike, que implorava silenciosamente para que ele ficasse calado.

— Farei o melhor que puder pela saúde do meu auxiliar — prometeu Nicolas.

— É tudo o que eu esperava de um homem tão capacitado quanto o senhor. — Josélia sorriu. — Acompanhei pela televisão as notícias sobre suas últimas investigações. Quando eu era pequena, esta cidade era tão tranquila quanto um convento, mas, de uns tempos para cá, a violência chegou e fez morada. Até coloquei mais trancas na porta de casa, mesmo tendo um policial morando comigo, não é mesmo, Mike?

Ele apenas assentiu. Josélia esfregou as mãos, como se ficasse satisfeita de repente.

— Ah, senhor Bartole, faremos um churrasco neste domingo a pedido do meu marido. Acho que não preciso dizer que o senhor já está convidado, certo?

— Não sei se ele poderá ir, mãe, porque a esposa deve ganhar bebê nos próximos dias. — Mike mastigou a última porção da comida que restava em seu prato. — Ela e Bartole são tão companheiros quanto um padre e sua batina. Sempre estão juntos e ele a leva para todos os lugares para os quais vai.

— Quase todos. — Acrescentou Nicolas.

— Não há problema. Eu adoro aquela moça, embora só a conheça pela televisão. Ela é tão intrigante...

— A senhora não sabe o quanto — tornou Nicolas.

— Vai haver carne de sobra. — Animada, Josélia levantou-se. — Bem, acho que já atrapalhei demais o almoço dos dois. De qualquer forma, aproveitei para lhe fazer o convite. — Ela apoiou a mão no ombro de Nicolas e apertou-o com carinho. — Mais uma vez, repito que fiquei encantada em conhecê-lo.

— O prazer foi todo meu, dona Josélia.

Ela pousou um beijo na cabeça do filho e partiu em seguida. Mike acompanhou a mãe com o olhar e, assim que ela saiu, desviou os olhos para Nicolas, que o observava ironicamente.

— Gostou do almoço, minha dócil joaninha? — provocou Nicolas, soltando uma gargalhada zombeteira em seguida.

— Minha mãe me paga — afirmou Mike entredentes. — Eu sabia que isso me tornaria alvo de chacotas.

Nicolas caiu na risada vendo o parceiro ficar cada vez mais irritado. Depois, mais sério, continuou:

— Melhor você se apressar, pois sairemos daqui diretamente para a delegacia. Lembre-se de que temos uma nova chefia para conhecermos.

Mike concordou e começou a comer mais depressa. Ao tornar a fitar Nicolas e reparar em seu olhar sarcástico e zombeteiro, só conseguiu sentir o rosto arder de vergonha.

***

Nicolas preferiu parar seu carro na rua em vez de deixá-lo no estacionamento da delegacia. Comprou uma garrafa de água mineral na mão de um vendedor ambulante e entrou no prédio. Com alívio, sentiu a brisa fresca proporcionada pelo ar-condicionado.

Moira estava no balcão da recepção. Nicolas olhou diretamente para o rosto belo e pouco expressivo da policial, que mais se parecia com o de um androide.

— Alguma novidade por aqui? — ele perguntou.

— Temos duas. — Moira retirou algo da parte debaixo do balcão. — A primeira é que o supervisor da TV da Cidade esteve aqui há pouco e pediu que lhe entregasse isso.

Ela estendeu um envelope branco e lacrado a Nicolas.

— Ele disse que aqui dentro há três HDs com as imagens das câmeras da empresa dos últimos trinta dias.

— O que achou de Benício? Ele entrou aqui sozinho?

— Sim, não estava acompanhado. É um homem estranho, e toda aquela barba branca lhe concede a aparência de um sábio ancião. Não demorou mais do que cinco minutos aqui. Foi o tempo que levei para lhe entregar o recibo por nos deixar este material.

— Fique com isso. — Nicolas devolveu o envelope. — Você já pode começar a fazer as análises, embora eu tenha certeza de que não encontraremos nada que nos favoreça aí. As imagens foram editadas e manipuladas, pode acreditar nisso.

— Começarei a análise agora mesmo — Moira guardou o envelope, hesitou um pouco e, falando em tom quase sussurrado, completou: — A nova delegada está aqui e já ocupou a sala do doutor Elias. Chegou um pouco antes de Benício nos entregar os HDs. Essa é a segunda novidade.

— Quais são suas primeiras impressões? — Interessou-se Nicolas, usando o mesmo tom de voz.

— Ela parece ser simpática. Pelo menos foi educada e cumprimentou a todos quando chegou, apresentando-se com polidez. É uma mulher muito bonita. Disse que está no cargo há alguns anos. — Moira olhou para Nicolas fixamente. — A primeira ordem que recebi dela foi que, assim que o senhor chegasse, fosse procurá-la imediatamente.

— A mulher está apressada? Ótimo, gosto de profissionais assim.

Nicolas agradeceu a Moira e afastou-se, acompanhado por Mike.

— Sempre sinto certa estranheza e algum desconforto quando trocam o delegado, sabe... — cochichou Mike, vendo Nicolas parar diante da sala onde encontrariam a desconhecida. — Quando o doutor Elias chegou aqui, demorei muito para me acostumar com ele.

— Tranquilize-se, Mike. Ela não ficará aqui por muito tempo. Assim que Elias se recuperar e reassumir suas funções, tudo voltará a ser como antes — dizendo isso, Nicolas bateu à porta e ouviu uma voz suave autorizar a entrada. — Preparado?

— Não apenas preparado, como também ansioso e curioso.

Nicolas abriu a porta e mal acreditou no que viu.

Capítulo 10

Após muito tempo trabalhando como investigador de polícia, poucas coisas ainda surpreendiam Nicolas, no entanto, ele não conseguiu conter a surpresa e o espanto ao se deparar com a mulher sentada do outro lado da mesa. Ao ver os dois homens entrarem, ela levantou-se, jogando para trás dos ombros a massa de cabelos longos e encaracolados, tingidos com um tom forte de vermelho.

Ela era jovem e certamente não tinha mais do que trinta e cinco anos. O rosto parecia o de uma atriz de novelas. Os olhos verdes como duas esmeraldas emitiam um brilho misterioso. Os lábios, tingidos por um batom de cor vermelha, eram carnudos e sensuais. Nas orelhas, dois brincos de argola combinavam com o delicado colar que ela usava, parcialmente ocultado pelo distintivo policial, que também carregava no pescoço como se fosse um pingente. Com os sapatos de saltos finos que usava, tornava-se quase tão alta quanto Nicolas. O vestido preto, que ia até um pouco acima dos joelhos, estava colado ao corpo e revelava uma silhueta repleta de curvas provocantes. Cintura fina, seios firmes, quadril arredondado. O trecho visível de suas pernas mostrava o quanto eram torneadas e bem cuidadas. Quando estendeu o braço direito para cumprimentar Nicolas, ele notou a tatuagem de uma borboleta vermelha em seu pulso.

— Que emoção conhecer o famoso investigador Nicolas Bartole! — Ela sorriu, mostrando dentes muito brancos e corretamente enfileirados. — Saiba que sua fama já chegou à minha cidade e a outros municípios da região. Meu nome é Hadassa.

Nicolas sentiu a mão pequena e macia da delegada na sua e reparou também que ela trazia um anel prateado no dedo médio que representava uma estrela de Davi.

— Muito prazer. Seja bem-vinda! Só não fazia ideia de que estava tão famoso assim.

— Mais do que possa imaginar! — Ainda sorrindo, ela olhou para Mike. — Olá, policial.

— Meu nome é Mike, mas, se a senhora preferir, pode me chamar de Michael, porque soa mais americano. — Ele também apertou a mão dela.

Percebendo que Hadassa parecia não ter compreendido a frase de seu parceiro, Nicolas interveio:

— Não dê muita importância a isso. Meu companheiro de trabalho é muito expressivo.

— Admito que fiquei muito empolgada quando o comandante Alain me comunicou que eu viria para cá temporariamente e atuaria em conjunto com você na investigação em andamento. — Hadassa deu as costas para os dois policiais e retornou para sua cadeira. Tanto Nicolas quanto Mike notaram que ela balançava excessivamente o quadril ao caminhar. — Soube por alto do ocorrido, mas agora gostaria de um relatório oral bastante minucioso.

— Farei isso agora.

Quando Nicolas ia puxar a cadeira para sentar-se, Hadassa olhou para Mike.

— Policial, preciso de uma gentileza sua. Soube há pouco que chegaram alguns HDs com imagens gravadas que podem nos ajudar a elucidar o caso. Analise o que conseguir, por gentileza. — Como Mike permaneceu parado, ela acrescentou: — Vá agora!

— Eu já pedi para a policial Moira realizar essa função — redarguiu Nicolas, percebendo que, por alguma razão, a delegada queria tirar Mike da sala. — Ela é mais experiente nessa tarefa.

— Então, ele pode auxiliá-la, pois assim aprenderá melhor o serviço.

— Desculpe, doutora, mas Mike é policial e não técnico em informática.

Hadassa ergueu uma sobrancelha para Nicolas e direcionou um olhar enigmático para Mike.

— Todos os policiais sempre fazem mais do que suas atribuições. Faça o que lhe mandei, policial — e, num tom mais delicado, enfatizou: — Agora, por favor.

Mike não disse nada. Simplesmente virou as costas e saiu.

— Com todo respeito, gostaria muito que meu parceiro acompanhasse nossa conversa, delegada Hadassa. — Nicolas sentou-se e colocou a garrafa de água sobre a mesa. — Ele esteve comigo em todos os lugares pelos quais passei desde que fui informado dos assassinatos. É um policial de mente aguçada e muito observador. A opinião dele é sempre muito importante para mim.

— Ele participará de nossas reuniões em outras oportunidades. — Hadassa olhou tão fixamente para Nicolas que ele se sentiu levemente incomodado. — O que se sabe até agora sobre o duplo homicídio?

Ainda contrariado porque Mike não estava presente, Nicolas começou a falar:

— Os proprietários de uma emissora televisiva chamada TV da Cidade foram encontrados mortos na noite de ontem. Fagner e Serena Alvarez eram casados e administravam a empresa há muitos anos. Seus corpos foram localizados no escritório em que trabalhavam. Uma bala na nuca de cada um colocou fim em suas vidas. Não há indícios de enfrentamento corporal nem quaisquer hematomas que indiquem uma possível agressão física.

— Suspeitos?

— Temos alguns, mas acredito que há vários outros. No horário aproximado da morte, apenas dois funcionários estavam no prédio. São dois seguranças que trabalham lá há alguns anos e cobriam o período noturno. — Nicolas respirou fundo antes de continuar: — Além deles, Miah, minha esposa e jornalista da emissora, também estava lá. O casal a recebeu com um bolo para celebrar sua licença-maternidade e comemorar a chegada do nosso filho. Miah ficou até mais tarde na emissora porque estava organizando algumas coisas.

— Além dos dois seguranças, ela foi a última funcionária a sair?

— Sim.

Hadassa tornou a lançar um olhar penetrante para Nicolas com seus misteriosos olhos verdes, e mais uma vez aquilo o inquietou. Ele percebeu que a delegada baixara o olhar lentamente, analisando o pescoço dele, e depois descera para o peito do investigador. De repente, tornou a fixá-lo.

— Obviamente, estou informada do histórico criminal de sua esposa. Percebe que, com isso, ela se torna suspeita desse duplo homicídio?

— Miah não é uma assassina.

— Sua absolvição realmente confirma isso ou ela não estaria novamente nas ruas. Entretanto, se ela foi a última pessoa a sair do prédio pouco antes de o crime ocorrer, devo pensar...

— Ao longo da minha carreira, aprendi que devemos agir mais e pensar menos, principalmente quando uma investigação está no início e não temos muito material em mãos para trabalhar. — Interrompeu Nicolas. — Conheço a mulher com quem me casei. Miah não teria motivo algum para matá-los, sabendo que, cedo ou tarde, eu descobriria e a prenderia.

— Entende que ela deverá ser intimada para prestar depoimento?

— Fiz um interrogatório formal com ela e que está gravado, caso queira ter acesso à conversa.

— Isso não prova muita coisa, Bartole. Aliás, posso chamá-lo assim? — Nicolas assentiu, e ela enfatizou: — Já você pode me chamar apenas de Hadassa.

— Como lhe disse, meu filho está em vias de nascer. Deslocá-la à delegacia é desnecessário no momento. Há várias outras pessoas com quem conversei que podem ter envolvimento no assassinato. O caso foi tão bem planejado pelo criminoso que a presença de Miah no local foi um trunfo a favor dele, um meio de desviar a atenção da polícia de si mesmo.

Hadassa permaneceu calada e com os olhos cravados em Nicolas.

— Se vamos trabalhar juntos neste caso, preciso que confie em mim. Nunca defendi minha esposa perante seus atos passados, porque discordava completamente deles. No entanto, não vou admitir que a rotulem de assassina novamente apenas porque "parece" que ela fez algo errado.

— Compreendo seu posicionamento, Bartole. Continue seu relato, por favor.

— Os dois seguranças do plantão noturno não me despertaram suspeitas. Se um deles ou os dois os tivessem matado, teriam de sustentar a mentira com absoluta perfeição, e eu perceberia as rachaduras nesse muro de falsas verdades. Já Benício, o supervisor da empresa, é um homem frio, que não demonstrou qualquer emoção ao saber do assassinato dos patrões. Convocou todos os funcionários para trabalharem hoje e é um dos meus suspeitos, embora o motivo do crime, se ele foi o autor, ainda não esteja muito claro.

Hadassa percorreu o olhar pelos braços musculosos de Nicolas, detendo-se na aliança dourada que ele trazia no dedo anelar esquerdo. Ignorando aquela verificação visual que ela fazia, ele continuou a passar-lhe as informações:

— Ao que parece, o gerente do setor de Recursos Humanos frequentava a casa de Serena. Ainda não sei se eles se encontravam para tratarem de negócios ou se tinham um relacionamento íntimo. Voltarei a conversar com ele em breve. Se Djalma os matou, isso pode ter a ver com a possibilidade de uma ameaça da parte de Serena. Talvez ela quisesse acabar com a relação, algo que ele se recusou a aceitar. Então, decidiu puni-la junto com o marido.

Nicolas abriu a garrafa de água que trouxera e bebeu um gole.

— Há ainda um ex-funcionário chamado Walcir, que foi demitido há cerca de vinte dias. Ele apresentou problemas com bebidas alcoólicas e tentou trabalhar embriagado em algumas ocasiões. Cansados dessa situação, os Alvarez o demitiram. Há pouco, estivemos na casa dele. Walcir declarou sentir mágoa e raiva dos ex-patrões pela atitude cometida contra ele, que julga ser injusta. Também descobri que a ex-namorada do suspeito é Valdirene, esposa do presidente do Canal local, emissora concorrente aqui da cidade. Ela o usava como bode expiatório para conseguir informações privilegiadas dos adversários. Ainda não fui procurá-la.

— Por que acha que surgirão novos suspeitos?

— Porque a TV da Cidade conta com mais de cinquenta funcionários, além de anunciantes, prestadores de serviço, equipe terceirizada etc. Não conversei nem com um terço dessas pessoas. Todos com quem falei até agora foram unânimes em dizer que Serena e Fagner eram muito queridos, corretos, íntegros, justos e transparentes. Os funcionários — ou a maior parte deles — parecem nutrir grande admiração pelos dois. Estão chocados e tristes com o crime.

— Mas sua esposa foi a última a vê-los com vida. — Reforçou Hadassa, como se apenas aquela informação tivesse ficado gravada em sua memória.

— O fato de ter sido a última a vê-los não significa que foi ela quem os matou.

Hadassa pegou uma caneta dourada e começou a girá-la entre os dedos.

— Sabe, Bartole, venho de uma cidade próxima muito menor que esta. Lá também acontecem crimes, inclusive homicídios de vez em quando. Não sou boba e sei o quanto as pessoas podem dissimular seus verdadeiros sentimentos.

— Elas não conseguem me enganar por muito tempo.

— Miah conseguiu?

Aquilo foi o bastante para irritar Nicolas.

— Minha vida pessoal não lhe diz respeito, Hadassa. Se, para você, Miah é suspeita de dois assassinatos, para mim ela é somente mais uma vítima de um ardiloso e inteligente assassino, que age nas sombras e ainda está impune. O que Miah e eu enfrentamos para chegarmos até aqui interessa apenas a nós dois. Assim como sua vida privada não é da minha conta, meu relacionamento com minha esposa também não é da sua.

As bochechas da delegada ficaram da mesma cor de seus cabelos, e ela sentiu um calor tomar conta de seu corpo. No entanto, era um calor prazeroso, quase sensual, que lhe provocou um desejo ardente pelo homem que tinha diante de si.

— Perdoe-me pela forma como abordei o assunto. — Ela baixou as pestanas, mostrando-se arrependida. — Não queria irritá-lo. Vamos trabalhar juntos e precisamos ser uma equipe.

— Então, mais uma vez, peço que confie em mim. Miah não é o alvo principal, por mais que pareça ser. Elias sempre me concedeu carta branca para trabalhar, e espero o mesmo de sua parte.

— Tudo bem. Mais uma vez, peço-lhe que me desculpe se o aborreci. Não era minha intenção. Gosto de estar por dentro de tudo e gostaria que confiasse em mim também. E acho que, por enquanto, é só isso. Qual será seu próximo passo?

— Verificar o conteúdo das gravações das câmeras de segurança. Depois, pretendo procurar Valdirene e apertá-la até arrancar dela alguma confissão que faça minha visita valer a pena. Mike estará comigo. E, se for possível, quero que ele participe de nossas próximas discussões.

— Tudo bem. Será feito da maneira como está pedindo. Por enquanto, estarei hospedada neste endereço. — Hadassa usou a caneta dourada para escrever algo em um pedaço de papel. — É um *flat* no centro. Como não ficarei na cidade por muito tempo, decidi ficar hospedada nesse lugar. Aí também está o número do meu celular. Pode me chamar a qualquer momento, mesmo de madrugada, sem pensar duas vezes.

— Muito obrigado. — Nicolas guardou o papel no bolso da calça.

— Eu o acompanho até a porta.

Ambos se levantaram. Nicolas fez um aceno discreto com a cabeça e virou-se para sair. Hadassa admirou-o por trás, notando as costas largas e musculosas, as coxas grossas e o traseiro bem-feito do investigador, e passou a língua nos lábios.

Sim, de fato, poucas coisas surpreendiam Nicolas, mas ele teria ficado assombrado se conhecesse os pensamentos que assomavam a mente da delegada naquele momento. Pensamentos nos quais ele era o foco.

Capítulo 11

Como já era esperado, as gravações das câmeras de segurança não mostraram nada que pudessem auxiliá-los. Nicolas deteve-se diante do monitor por mais de duas horas e praticamente acompanhou toda a movimentação dentro e fora da emissora, por diferentes ângulos, conforme a posição de cada câmera. Viu pessoas em suas estações de trabalho e diante de seus *notebooks*; os apresentadores dos telejornais olhando para as câmeras; auxiliares de limpeza fazendo seu serviço discretamente; *vans* entrando e saindo do estacionamento; maquiadores passando base no rosto dos âncoras; pessoas reunidas em uma sala grande e sentadas a uma mesa de formato oval, em uma reunião presidida por Serena e Fagner; e, por fim, Benício dando ordens aos funcionários. Em alguns momentos, Miah surgia nas imagens, conversando com algumas pessoas, mas, na maior parte do tempo, ela manteve-se sentada à sua mesa, trabalhando no *notebook*, exatamente como dissera.

Sob a tela de cada câmera havia o registro da data e do horário em que as imagens foram realizadas, todas coloridas e com bastante nitidez. Após as 18 horas, o número de funcionários diminuiu bastante, e Serena e Fagner partiram. Depois das 22 horas, apenas Miah, Ludmila e Fernanda, as duas auxiliares de Djalma, estavam na empresa. Antes de irem embora, as duas moças foram até Miah, conversaram com ela e abraçaram-na. Certamente, estavam despedindo-se da colega que se afastaria devido à licença-maternidade. As câmeras mostravam as duas mulheres deixando o prédio. Uma delas entrou em seu carro e a outra seguiu a pé para a rua. Talvez tivesse ido embora de ônibus.

A partir desse horário, Nicolas concentrou-se nas próximas imagens. Miah continuava sentada, digitando rapidamente alguma coisa em seu *notebook*. Os fios negros de seu cabelo, cortados em diferentes tamanhos, cobriam um pouco seu rosto. Uma imagem mostrava um dos seguranças fazendo a ronda no primeiro piso. O outro estava na entrada do prédio.

Por mais incrível que pudesse parecer, nenhuma das câmeras concedia visão aos quadros de energia elétrica, instalados em cada pavimento. Infelizmente, elas também não mostravam a área da central de monitoramento, onde ficava a matriz que armazenava as imagens. O assassino sabia desses detalhes. Nicolas tinha certeza disso.

Novas imagens mostravam Serena e Fagner retornando à emissora. Os dois estavam sozinhos e caminhavam com tranquilidade após saírem do carro. Ela estava de braços dados com o marido, que levava algo na mão. Certamente, o bolo que ofereceriam a Miah.

O casal cumprimentou um dos seguranças, passou pela recepção vazia e subiu pelo elevador. Os dois, então, foram diretamente para a sala onde trabalhavam e colocaram o bolo sobre a mesa. Paralelamente, outra imagem mostrava Miah saindo de sua sala. Nesse momento, todas as telas ficaram escuras e não voltaram a registrar mais nenhuma imagem.

— O que aconteceu? — perguntou Mike.

— Esse foi o momento em que houve o corte de energia elétrica — esclareceu Nicolas.

— Mas por que sumiu tudo? Miah não disse que o apagão durou pouco tempo?

— Não percebeu ainda, Mike?

Mike olhou para Nicolas, depois para Moira e, por fim, sacudiu a cabeça para os lados, resmungando:

— Acho que meu cérebro não está funcionando a contento. O que eu perdi?

— O assassino chegou ao quadro de força, desligou a energia, e isso afetou diretamente as câmeras do prédio inteiro. Nos andares abaixo, houve um breve apagão nas máquinas, mas as lâmpadas não chegaram a se apagar. Quando estivemos lá, Mike, notamos que cada andar tem seu quadro de energia. Foi por isso que os seguranças nos avisaram que sabiam do apagão.

— Eu ainda não entendi o que o assassino fez no escuro.

— Ele aproveitou-se desse tempo para chegar à central de monitoramento e bloquear as gravações seguintes. — Nicolas apontou para o HD, que estava conectado a um computador via cabo USB. Não fora necessário instalar os outros dois que haviam sido entregues, porque eles guardavam imagens bem mais antigas. Nicolas só os acessaria se quisesse procurar os dias em que Serena e Fagner conversaram com Walcir e o demitiram. Se sobrasse tempo, faria isso depois. — Desde ontem à noite, as câmeras não gravam mais nada. Ele não alterou as imagens. Ele simplesmente suspendeu as gravações, porque isso lhe daria bem menos trabalho.

— Então, podemos afirmar que o assassino tem conhecimento em informática, principalmente sobre a parte de segurança. — Concluiu Moira. — Além disso, penso eu que, para ter acesso às imagens e bloqueá-las, seria necessário ter a senha de administrador. Geralmente, funciona assim.

— O que nos remete à possibilidade de o assassino ser um funcionário da emissora — opinou Mike.

— Infelizmente, há duas situações aqui e nenhuma delas é muito animadora. — Nicolas tocou no monitor, que estava escuro agora. — Dessa maneira, Miah continuará sendo a principal suspeita, além dos dois seguranças, mesmo que ela não tenha aparecido em nenhum momento na área do quadro de força. Quando as luzes tornaram a se acender, as câmeras não estavam mais gravando nada. Não veremos Miah indo até a sala dos Alvarez. A outra questão é que ela esteve o tempo todo bem próximo ao assassino. Se ele quisesse, também poderia tê-la incluído no pacote.

Aquele pensamento causou um calafrio de pânico na espinha de Nicolas.

— Ele tinha dois alvos em mente, e nenhum deles era Miah. — Moira começou a desconectar o HD. — Só teria atirado nela se fosse visto e descoberto.

— Pode ser. Moira, você disse que Benício nos trouxe os HDs. Vou perguntar a ele se notou alguma tentativa de violação na central de monitoramento.

Nicolas telefonou para o supervisor da emissora e agradeceu-lhe pela entrega dos arquivos. Ao indagá-lo sobre as condições em que ele encontrara os HDs, ouviu de Benício que tudo estava certo e que não percebera nada estranho. Nicolas pediu-lhe que fizesse um levantamento de todos os visitantes que estiveram na empresa naquele dia, bem como o nome dos funcionários que foram trabalhar e dos que faltaram. Benício reclamou, mas comprometeu-se a atender à solicitação com urgência.

— Se ele é o assassino, nos entregará a lista com os nomes do jeito que ele desejar, não acha? — perguntou Mike a Nicolas.

87

— Ele tentará limpar a própria barra de todas as maneiras possíveis. Porém, se for inocente, a lista nos será útil.

Um policial fardado aproximou-se deles:

— Com licença, Bartole. Há um homem e uma mulher aguardando para conversarem com o senhor. Disseram que são os filhos das vítimas. Explicaram que deixaram as bagagens em um hotel e estão acompanhados de um advogado. A mulher parece histérica.

— Que maravilha! — Nicolas fez uma careta.

— E a doutora Hadassa disse que vai acompanhar a conversa.

— Que maravilha multiplicada por dois! — Respirou fundo. — Obrigado, Rodolfo.

O policial fez uma continência e afastou-se. Mike não se conteve:

— Bartole, sei que deverei me reportar a essa mulher de agora em diante, mas não gostei da maneira como ela me tirou da sala. Tive certeza de que ela queria ficar a sós com você.

— Eu tenho a mesma certeza, Mike. Venha comigo. Moira, assista às imagens novamente e anote se todos os funcionários que entraram no prédio saíram depois. Como são muitos, é possível que alguém não tenha deixado o prédio e nós não tenhamos percebido.

— Deixe comigo. — Moira tornou a conectar o HD ao computador.

Nicolas já estava caminhando para a sala onde os interrogatórios costumavam acontecer e que quase sempre também funcionava como uma sala de visitas destinada a atendimentos diversos. Assim que ele entrou seguido de Mike, notou os três estranhos sentados diante de Hadassa, que parecia estar ainda mais bonita.

A filha de Serena era bastante parecida com a mãe. Tinha mais de vinte anos e cabelos castanhos, que estavam presos no alto da cabeça e de onde alguns fios escapavam. Os olhos da mesma cor contemplaram Nicolas com atenção. Possuía um rosto comum, sem grandes atrativos.

O filho era muito parecido com a irmã — embora fosse um pouco mais velho — e estava alguns quilos acima do peso. A barba por fazer e as olheiras escuras mostravam que ele não dormira desde que soube do assassinato dos pais, o que era justificável. Como alguém, ao receber tal notícia, conseguiria simplesmente encostar a cabeça no travesseiro e dormir com tranquilidade?

O advogado tinha os cabelos e o bigode brancos, e seu olhar estreito dizia a Nicolas que ele não estava a fim de perder tempo e que faria o impossível para defender seus clientes.

Após os devidos cumprimentos, Hadassa adiantou-se:

— Bartole, os filhos do casal Alvarez estão aqui para conversar com os responsáveis pela investigação do assassinato de seus pais. Sente-se, por favor.

Um tanto contrariado, Nicolas puxou uma cadeira. Seus instintos, somando-se às expressões estampadas naqueles rostos, diziam-lhe que aquelas pessoas estavam ali para comprar briga.

— Benício nos telefonou para dar a notícia da tragédia. — Começou a mulher com firmeza. Nada de voz trêmula ou vacilante. Nada de demonstrações gratuitas de tristeza ou abatimento. — Meu nome é Úrsula, e este é meu irmão Matteo.

— Lamento conhecê-los nessas circunstâncias. — Nicolas desviou o olhar para Hadassa, que novamente o encarava com aquela fixação desconfortável. Ele percebeu que era melhor focar sua atenção nos visitantes. — Soube que vocês não residem no Brasil.

— Eu moro em Londres, mas nunca estaria aqui neste horário se tivesse vindo diretamente da Inglaterra. — Úrsula mostrou sinal de cansaço, o preço de uma noite em claro. — Estou de férias e decidi passar alguns dias na casa do meu irmão, que mora em Buenos Aires. Depois, eu viria para cá, porque passaria o restante dos meus dias de férias com meus pais antes de retornar à terra da rainha.

— Quando Benício nos telefonou, eu e minha irmã tivemos de agilizar nossa rápida e inesperada viagem. — Matteo coçou o rosto. — O voo entre Buenos Aires e Guarulhos ocorreu sem problemas. Tivemos um pequeno atraso no voo seguinte, que nos deixou em Ribeirão Preto.

— Soubemos que o apartamento de nossos pais foi interditado por vocês, então, nos hospedamos em um hotel. — Era Úrsula novamente. — Não temos parentes aqui. Depois de nos instalarmos, procuramos Benício, que nos contou que o senhor e seu guarda-costas foram até ele, usaram um tom não muito simpático para conversar e quiseram saber sobre uma provável venda da emissora. Então, decidimos chamar o doutor Adilson, aqui presente, para nos assistir.

— Se vocês vieram nos perguntar se já sabemos quem cometeu o crime, a resposta é não — informou Nicolas. — Em breve, teremos essa informação, porque estamos trabalhando sem parar para solucionar o caso.

— A questão é que a polícia brasileira é uma porcaria! — Úrsula apertou os lábios, e seu rosto ficou vermelho de raiva. — Vocês não têm competência suficiente! Se fosse em Londres, o assassino dos meus pais já estaria preso.

— Úrsula, acalme-se — pediu Matteo, colocando uma mão no ombro da irmã.

— Não tenho que me acalmar! — Úrsula livrou-se da mão do irmão com um tapa. — Nossos pais estão mortos, e nem sequer pudemos ver seus corpos. Eles não fazem ideia de quem tenha cometido essa atrocidade, e você me pede calma? Esses imbecis aqui não os trarão de volta! Só querem sugar o dinheiro do Estado, mais nada.

— Atacar-nos não ajudará na conclusão do caso. — Hadassa tamborilou os dedos na mesa, batendo com suas unhas vermelhas. — Precisamos da colaboração de vocês e de todas as informações que considerarem úteis para que possamos...

— Chegamos aqui na delegacia de repente... — Úrsula olhou feio para Hadassa. — E encontramos a delegada e o investigador principal trancados aqui dentro, quando o assassino está lá fora, rindo da cara de vocês! — Apontou para trás com o dedo polegar. — Sabe o que isso me parece? Uma tremenda falta de profissionalismo. Se não sabem trabalhar, deixem que alguém mais capacitado assuma...

— Sua falta de educação termina aqui. — Cortou Nicolas abruptamente. — Não vou admitir que me trate desse jeito! Você não está em Londres, caso não tenha percebido, e o atual presidente deste país está longe de ser comparado a uma rainha.

— Como se atreve...

— Como você se atreve a vir aqui nos desacatar desse jeito? — Mais uma vez, Nicolas interrompeu Úrsula. — Seus pais eram muito queridos pelos funcionários, mas parece que falharam na educação da filha. Que falta de modos! Quanta arrogância, só porque se acha britânica! Lamento pela perda de vocês e faço ideia do quanto esse momento esteja sendo doloroso, mas não vou permitir que ofenda minha equipe! Mike, este homem que está de pé, não é meu guarda-costas e sim um policial muito bem treinado, preparado e inteligente, que estudou muito para passar no concurso público. Ele é meu parceiro de trabalho, porque não preciso de ninguém para me defender.

— Não estou interessada em saber do currículo dele. — Úrsula mastigou as palavras, furiosa. — Apenas quero que o assassino dos meus pais seja preso!

— Isso acontecerá, mas não neste exato minuto — garantiu Nicolas. — Então, já que vieram aqui, quero que nos respondam a algumas perguntas.

— Meus clientes responderão apenas se assim o desejarem — enfatizou o advogado.

— Eles responderão o que eu quiser saber, no momento que eu preferir. Não são eles que decidem isso. E se eu perceber que estão me escondendo informações, vou intimá-los a um depoimento formal na sala de interrogatórios. E adivinhem só! — Nicolas abriu os braços com um sorriso matreiro nos lábios. — Que é justamente a sala onde estamos.

— Meus clientes...

— Deixe, doutor Adilson. O investigador e a delegada querem nos ajudar. Eles não são nossos adversários. — Matteo, sempre parecendo estar a favor da paz, olhou para Nicolas. — Pode perguntar o que quiser saber, senhor.

— Os pais de vocês tinham inimigos?

— Que saibamos, não — informou Matteo. — Eram queridos por todos.

— Eles lhes relataram alguma discussão recente com alguém?

— Eles nunca falavam sobre trabalho conosco. — Úrsula torceu a boca. — Porque sabiam que não estávamos interessados ou teríamos nos formado em jornalismo.

— Vocês têm filhos?

— Não — Matteo e Úrsula responderam juntos.

— São casados? — questionou Nicolas.

— Sou solteiro. — Matteo pigarreou. — Bem... namoro uma pessoa em Buenos Aires.

— Também tenho um namorado em Londres. Mas o que isso tem a ver com a investigação?

— Sei que talvez essa pergunta soe indelicada agora, mas é de crucial importância... o que farão com a empresa?

— Isso é simples. — Úrsula deu de ombros. — Possivelmente, a venderemos a alguma emissora concorrente, demitiremos todos os funcionários e dividiremos o dinheiro entre nós dois.

— Ainda não temos certeza disso. — Matteo lançou um olhar severo à irmã.

— Temos sim! Pelo menos é isso o que eu quero. Até parece que vou assumir aquela bomba de empresa! — Ao dizer isso, Úrsula só faltou cuspir no chão. — Tenho emprego fixo em Londres e não quero saber dessa terra de tupiniquins.

— Podemos, com calma, verificar os prós e os contras desse projeto — propôs Adilson, tentando agradar seus clientes.

— Tudo bem. — Úrsula olhou com ar zangado para Nicolas. — Mais alguma coisa?

— Enquanto a investigação não se encerrar, gostaria que permanecessem na cidade. — Era Hadassa falando com voz suave. — Os corpos serão liberados para o velório e o enterro assim que a autópsia for finalizada. Reforço as palavras do meu investigador: lamentamos pela perda de vocês e expressamos aqui nosso pesar. Que Deus conforte o coração de ambos.

Nicolas olhou-a de soslaio e pensou: "E desde quando eu sou o *seu* investigador?".

— Não acredito em Deus. — Úrsula levantou-se. — Para mim, é apenas um nome qualquer, inventado por pessoas imbecis e cultuado por outras ainda mais retardadas. O meu deus se chama dinheiro. Sem ele, não há vida. E não se preocupem, porque não iremos a lugar algum enquanto o assassino não for preso. Aqui está o endereço do hotel em que estamos. — Ela atirou de qualquer jeito um cartão de visita sobre a mesa. — Estamos liberados?

— Por enquanto, sim. — Nicolas pegou o cartãozinho. — Mas saiba que em breve conversaremos de novo. E, na próxima vez, Úrsula, espero que seu humor esteja melhor, para que o meu também esteja. Até mais.

Todos saíram da sala, inclusive Nicolas. Hadassa permaneceu ali por mais alguns minutos, de olhos fechados, a mente em devaneio. Viu-se deitada em uma cama junto de Nicolas, com o brilho das chamas de velas amarelando seus corpos. Era tudo o que mais desejava.

Aquele breve pensamento a deixara tão excitada que Hadassa precisou beber um pouco de água para se acalmar. Sorrindo para si mesma, também saiu da sala.

Capítulo 12

Nicolas não costumava fazer pausas durante seu horário de expediente, exceto para almoçar ou comer alguma coisa que distraísse seu estômago. Por isso, até mesmo o porteiro de seu condomínio estranhou quando o viu entrar às 16 horas.

Ele só faria aquela breve parada em casa para verificar como Miah estava, não somente por conta da gravidez e do parto iminente, mas principalmente para saber como estava o estado de espírito da esposa após a morte de duas pessoas queridas para ela. E, como se não bastasse, ela estava no olho do furacão, numa situação que a colocava como uma das principais suspeitas do duplo homicídio.

Enquanto Nicolas aguardava o elevador, Moira contatou-o para explicar que vira novamente as imagens das câmeras de segurança, porém, a quantidade de pessoas que entravam e saíam do prédio era enorme. Seria uma análise bastante trabalhosa, principalmente se algum funcionário tivesse chegado pela manhã com uma roupa e saído à noite com outra. Ela explicou também que Hadassa sugerira que o HD fosse levado aos cuidados de uma equipe técnica especializada, que faria as buscas com muito mais minúcia e atenção. Nicolas concordou e agradeceu-lhe pelas informações.

Assim que Nicolas saiu do elevador em seu andar e se aproximou da porta de casa, escutou vozes animadas, gargalhadas altas, gritinhos empolgados e um *funk* estilo "batidão" ecoando em altos brados. Quando conseguiu identificar a quem pertencia cada som, esfregou a testa e fechou os olhos.

— Meu Deus, por favor, dê-me paciência — murmurou para si mesmo.

Ao destrancar a porta, Nicolas foi engolido por um mundo verde, que mais parecia um pequeno trecho da floresta amazônica.

Nas paredes, ao lado de alguns quadros que Marian pintara e lhe dera, havia suportes para vasos de plantas — muitos deles. Nicolas contou pelo menos dez. No chão, vasos ainda maiores enfeitavam a sala. Sobre a mesa, um arranjo de amarílis vermelhas com detalhes brancos concedia um detalhe especial ao cenário. Mais flores coloridas estavam próximas à janela.

De um lado da sala, Ariadne e Thierry arrastavam juntos um vaso enorme de comigo-ninguém-pode, que foi colocado ao lado da porta do banheiro. E, enquanto puxavam o vaso, rebolavam ao som do *funk*. Do outro lado, Marian terminava de limpar os vidros da janela usando uma bola feita de jornal amassado. Lourdes esfregava freneticamente os batentes da porta da cozinha, e, sentada no sofá com a gata no colo, estava Miah, cujos olhos esbugalhados denotavam o pânico que estava sentindo diante da presença dos invasores.

— Boa tarde! — Nicolas elevou sua voz acima do som ensurdecedor. — Alguém poderia me explicar o que está acontecendo aqui?

Sem hesitar, ele foi até a caixa de som e desligou-a com um gesto brusco. Thierry e Ariadne pararam de dançar na mesma hora.

— Ei, maninho, como você é estraga-prazer! — Descalça, Ariadne foi até ele. — Não vê que estamos dando uma geral no seu apartamento?

— E por que não estou sabendo de nada disso? — Rosnou Nicolas, olhando para Miah.

— Vieram com boa intenção — disse Miah com voz apagada. Seus tímpanos ainda estavam vibrando. — Limparam todo o apartamento, e Thierry nos presenteou com alguns vasinhos de plantas. Ele chegou há pouco com três funcionários, que descarregarem todos esses mimos naturais do caminhão.

— Que maravilha! — Resmungando, Nicolas caminhou pela sala. — Agora, mal poderei caminhar por aqui sem tropeçar em algum vaso ou bater minha cabeça em outro. Se eu quisesse morar no mato, teria me mudado para o Pantanal.

— Que mau humor, Bartolinho! — Thierry foi pulando até Nicolas. — Não devemos falar mal dos presentes que recebemos, principalmente diante de quem os deu.

O dono da mais famosa floricultura da cidade, a *Que Amores de Flores*, vestia uma camiseta apertada, vermelha como *ketchup*, com pequenas bolotinhas roxas grudadas no tecido como uvas penduradas na parreira. Uma faixa amarela, que só Deus sabia sua utilidade, estava amarrada em torno de sua cintura. E as calças, de um verde berrante que quase fizeram Nicolas lacrimejar, traziam grudadas no tecido outras bolotinhas também verdes. Assim como Ariadne, ele também estava descalço.

— Thierry, alguém lhe falou que você está parecendo um semáforo? — indagou Nicolas, ainda bravo. — Pelo menos tem todas as cores.

Thierry riu alto, jogando a cabeça para trás. Seus olhos muito verdes brilhavam de alegria, enquanto ele ajeitava com os dedos seus fios loiros de cabelo.

— As plantas e as flores trazem vida a qualquer ambiente. As energias são renovadas e até o ar se torna mais puro. — Thierry bateu um dedo comprido no ombro de Nicolas. — Portanto, garotão, pare de reclamar. As pessoas chatas e ranzinzas envelhecem mais rápido.

Miah não perdeu a oportunidade:

— Então, nesse caso, minha querida sogra já pode ser comparada à irmã gêmea de Matusalém.

— Você é a última que tem direito de falar alguma coisa. — Lourdes foi até Miah segurando um trapo encardido na mão. — Não moveu uma palha para nos ajudar. Ficou o tempo todo aí sentada como uma estátua de Buda. Pela cor deste pano que estou segurando, todos podem perceber o quanto você é higiênica com seu apartamento.

— Mãe, temos uma diarista que vem aqui frequentemente — informou Nicolas, sentindo a cabeça começar a doer.

— Ah, é? — Lourdes virou a cabeça para Nicolas, e seus cabelos loiros rodaram junto. — E com que frequência ela aparece aqui? Uma vez a cada encarnação?

— De qualquer forma, nós praticamente já terminamos. — Sorriu Marian. — Miah deve ganhar bebê nos próximos dias, e nem ela nem você teriam tempo para cuidar do apartamento. Fizemos uma boa limpeza para recebermos com amor e carinho a nossa querida criança.

— Boa limpeza? — Lourdes olhou feio para Miah. — Praticamente entregamos outro apartamento a vocês. Sua obrigação, mocinha, seria no mínimo abaixar-se aos meus pés e me agradecer. Só não vou lhe exigir isso porque sua barriga, que a deixa parecida com um pequeno javali, não permite que se esforce muito. — Ao dizer isso, a mãe de Nicolas soltou uma risadinha malvada.

— E você esperava mesmo que eu fosse me abaixar diante de você para idolatrá-la? — Miah também riu e olhou para Nicolas. — Meu amor, é na Índia que as pessoas cultuam e consagram as vacas?

Em vez de responder, Nicolas mudou o assunto:

— Pessoal, é o seguinte: estou no meio de uma investigação séria e bem complexa. Vim aqui para conversar com Miah, já que ela pode contribuir com algumas informações. Adorei a gentileza que vocês fizeram pelo nosso apartamento e também as plantas e as flores fornecidas por Thierry, mesmo achando um pouco exagerado. Agora, preciso ficar sozinho com ela, porque terei de retornar à delegacia mais tarde. Marian, eu gostaria que você também ficasse conosco.

— Estamos sendo expulsos, depois de horas de limpeza exaustiva? — Lourdes fez um biquinho. — Meu próprio filho está me colocando para fora? É isso mesmo?

— Mãe, não tenho tempo para drama nem para choramingo. O caso em aberto requer urgência. Obrigado por tudo o que vocês fizeram, mas agora precisam ir.

Thierry acercou-se de Lourdes e abraçou-a.

— Não fique triste, Lulu. Nossa parte está feita. Agora, o bonitão do seu filho precisa trabalhar, e eu tenho que voltar à minha floricultura.

Lourdes fez que sim com a cabeça, fungando um pouco para demonstrar um pranto que estava longe de acontecer. Depois que Ariadne e Thierry calçaram seus sapatos, ela assoprou um beijo para Nicolas.

— Estamos indo, meu amor. — Lourdes foi andando devagar até a porta. — Peço que nos comunique imediatamente quando nosso neto se desprender das entranhas da repórter magricela, que logo voltará a ficar magra como uma vara de caju.

— Você será bem-vinda para visitá-lo. — Miah sorriu para ela. — Poderá conhecê-lo no dia em que ele prestar o vestibular.

Antes que outra discussão entre as duas começasse, Nicolas conduziu os três para fora. Depois que saíram, ele soltou a respiração devagar.

— Que alívio!

— Devo dizer que não aprecio *funk*, embora respeite quem gosta, mas Ariadne e Thierry me matariam se eu reclamasse. — Expressou-se Marian.

— Não sei como sobrevivi até agora. — Miah bateu as mãos nas orelhas. — Em breve, farei um teste de audiometria. Tenho certeza de que perdi parte da audição.

Nicolas sentou-se no sofá e indicou uma poltrona à irmã.

— Marian, foi bom encontrá-la aqui. Há algum tempo, Miah e eu queremos lhe falar sobre algo que aconteceu dois meses atrás e para o qual ainda não encontramos uma resposta. Na realidade, não sabemos o que pensar sobre isso.

Marian sentou-se e aguardou que Nicolas continuasse.

— Você se lembra de que recentemente enfrentei uma quadrilha de criminosos que nomeamos de Grupo da Luz?

— Sim. — Marian sorriu. — Não me esquecerei daquela mulher nos apontando uma arma.

— Pois é. Logo que finalizei o caso e voltei para casa, Miah e eu ficamos conversando na sacada. Falamos um pouco sobre o desenrolar dos últimos acontecimentos e a conclusão dessa investigação. Durante nossa conversa, Miah passou mal, perdeu toda a cor do rosto, e, se eu não estivesse por perto, creio que ela teria desabado no chão. Quando ela recobrou a consciência e se sentiu melhor, perguntei o que havia acontecido. Ela me disse que teve outra visão com nosso filho, a pior de todas elas.

— Eu também não vou me esquecer disso tão cedo. — Completou Miah.

— Miah me contou que havia sonhado com o parto. Mas não foi um parto comum... Ela se viu em uma maca, e havia sangue espalhado por todos os lados. Viu quando a criança nasceu, mas ela se sentia tão fraca que sabia que não resistiria. Mais tarde, eu lhe disse que ela estava apenas impressionada e que não morreria durante nem após o parto.

— Como se tudo isso já não fosse ruim o suficiente, ainda houve algo pior, Marian. Uma imagem horrenda da qual, se eu fechar os olhos, conseguirei me lembrar com total nitidez. — Miah colocou as mãos no rosto e massageou-o. — Queria poder apenas me esquecer de tudo isso.

— E o que você viu? Um bebê com cabeça de homem adulto?

— Não, Marian. Se tivesse sido isso, acho que seria menos chocante. — Miah fez uma breve pausa para tomar fôlego. — Vi um rostinho normal de bebê, tingido de sangue e bastante enrugado. Quando ele me olhou nos olhos, senti um mal-estar tão grande, uma dor tão profunda, que tive vontade de atirá-lo longe. Pode me taxar de louca, se quiser, mas senti maldade sendo emanada daquela criança. Senti seu ódio por mim e todo o seu desejo de vingança. Como alguém poderia ter medo de uma criança que havia acabado de nascer? Eu tive. Seu rosto era assustador, mesmo não tendo nenhuma característica diferente. Quando alguém veio buscá-lo, senti que eu estava morrendo, que minhas forças

97

diminuíam aos poucos. E, antes de tudo ficar escuro, o bebê virou-se para mim e esboçou um leve sorriso.

— Quando Miah me contou tudo isso, confesso que fiquei muito preocupado. — Nicolas segurou a mão da esposa. — Combinamos que não falaríamos mais nada sobre nosso filho, a menos que as visões voltassem. Graças a Deus nada mais aconteceu. Ela não tem tido mais sonhos estranhos, e eu também não. Estamos em paz, pelo menos por enquanto.

— Marian, você, que é uma mulher espiritualizada, estudiosa nata do mundo espiritual, poderia me dizer se eu estou em vias de enlouquecer? — Miah parecia nervosa. — Devo procurar um sanatório no Google?

— Não é necessário tomar nenhuma decisão radical. — Marian mostrou um sorriso. — Sei que você não está louca. Vou tentar lhes explicar o que eu compreendo de toda essa situação. Primeiramente, gostaria de deixar claro que a reencarnação é um processo tão natural quanto a morte. Enquanto uma faz o espírito deixar o corpo físico, a outra permite que o espírito retorne à matéria. São processos com funções opostas, que envolvem tudo o que possui vida. Antes de reencarnar, os espíritos são preparados para esse regresso. Cada um volta com projetos de vida que gostaria de realizar na nova oportunidade que terá na Terra. Alguns preferem chamar isso de missão, outros de objetivos, outros de planejamento. O nome não importa e sim que cada espírito consiga, com sucesso, realizar tudo aquilo a que se propôs. A preparação para o reencarne não é um privilégio apenas de espíritos que residem em cidades astrais mais evoluídas. Irmãos das sombras, que vivem em regiões densas no mundo espiritual, também conseguem preparar espíritos para o retorno.

— Meu filho será um espírito cruel, sei disso. — Lamentou Miah.

— Você está se adiantando a algo que ainda não tem certeza de como será. Imagine se tivesse sonhado ou tido diversas visões com um homem sanguinário, que assassinava friamente as pessoas com sua espada. Isso sem falar em estupros, agressões, torturas... E de repente descobrisse que esse homem seria seu filho.

— Você está se referindo a Sebastian? — Nicolas perguntou à irmã.

— Exatamente. Essa foi a experiência de Nicolas quando esteve reencarnado como esse homem frio, violento e impiedoso. E aí você descobre que está casada com ele. O que mudou para você, Miah?

— Nada. Eu me apaixonei por Nicolas e não pelo Sebastian.

— Mas a Angelique, sim, que era você mesma em outra existência. — Completou Marian. — Percebe como a vida faz tudo certo e que não cabem aqui julgamentos nem questionamentos? Se a criança que está em seu ventre foi um feiticeiro maldoso, ela agora é apenas uma criança. Obviamente, com o mesmo espírito, mas ainda assim uma criança, cujo passado ficou para trás. Ou acha que ele nascerá murmurando magias?

— Eu já lhe contei o ocorrido, quando ele pareceu invadir a mente de um criminoso. — Considerou Miah pensativa. — Isso porque ele nem estava totalmente formado em minha barriga.

— Sim, e eu lhe pedi que aguardasse os próximos acontecimentos. — Lembrou Marian com tranquilidade. — Você desconhece os preparativos que esse espírito teve antes de reencarnar, Miah. Ele veio de uma comunidade espiritual superior ou de uma cidade do umbral? Quais eram seus projetos antes de reencarnar? A que ele se propôs? Por que decidiu voltar à Terra como seu filho?

— Vingança?

— Você pensa dessa forma devido aos sonhos que teve. — Contrapôs Marian. — O melhor a fazer é ter paciência, Miah. Independente de onde esse espírito esteja vindo, seja das mais altas esferas espirituais ou do submundo astral, não mudará nada em sua vida. Você não morrerá logo após o parto, não terá uma criança com cabeça de homem adulto, não o verá sorrindo perversamente. Você está deixando o medo e a pressão desses acontecimentos a dominarem. Está alimentando uma ilusão, que só a colocará para baixo. O melhor meio de vencer os medos é confrontá-los. Aquiete seu espírito e se tranquilize.

— É difícil demais vencer os medos.

— Nós aprendemos a ter medo, mas não nascemos com ele. Se você colocar um bebê recém-nascido diante de um lobo feroz, ele apenas contemplará o animal. Mas, se o mesmo acontecer com um adulto, a pessoa ficará apavorada. Quando você alimenta o medo, alimenta também o mal, o negativo, a ilusão. Já a coragem, essa sim nasce conosco. É necessária muita coragem da parte do espírito ao reencarnar, porque ele terá uma nova experiência na Terra, ainda que dure poucos minutos ou mais de cem anos. O medo atrasa nossa evolução, enquanto a coragem nos impulsiona para frente. O medo bloqueia caminhos, enquanto a coragem fornece as chaves para abrir portas fechadas. Desapegue-se do medo. Por que não faz essa tentativa? Por que não arrisca seguir por uma direção pela qual jamais iria antes, apenas para ver como você se sai?

Mesmo sabendo que aquele assunto era delicado para Nicolas e Miah, Marian o abordou:

— Miah, por muitos anos você assumiu outra identidade, fugiu, viveu em várias cidades, alterou seu sobrenome, modificou a aparência. Guardou consigo um segredo porque tinha medo de ser descoberta e aí percebeu que esses medos se desvaneceram no ar feito fumaça, já que uma hora ou outra a verdade absoluta sempre aparece. Seu passado foi revelado, e todos os seus esforços para mantê-lo oculto foram em vão. Medo é dar força ao mal, Miah. Coragem é se conectar ao bem. Essa é a principal diferença.

— Miah, acho que Marian tem razão — tornou Nicolas. — Esperamos nove meses para conhecer nosso filho, e muitas coisas esquisitas envolvendo esse bebê já aconteceram. Isso nós não podemos negar. Mas agora que faltam poucos dias para o nascimento, não temos o que fazer a não ser esperar. A ansiedade está prestes a acabar.

— Vocês estão certos. Obrigada, Marian, por ser minha melhor amiga.

Miah estava pesada demais para se levantar e abraçar a cunhada. Marian percebeu a intenção dela, levantou-se da poltrona e abraçou-a com carinho.

— Agora preciso voltar para casa. Quero tomar um banho e esperar Enzo. Hoje vamos jantar no shopping.

— E como vocês estão? — sondou Nicolas. — Refiro-me ao comportamento de Enzo.

— Graças a Deus, ele nunca mais colocou uma gota de álcool na boca, pelo menos não que eu saiba. — Ainda abraçada a Miah, Marian olhava para Nicolas. — Depois daquela situação difícil que ele e eu vivenciamos, decidimos recomeçar do zero. Enzo tem feito tratamento no centro de estudos espiritualistas que estou frequentando. Mesmo descrente do que seus olhos não podem enxergar, ele me diz que está gostando e que se sente melhor sempre que sai de lá. Passou também por um trabalho de desobsessão para afastar aqueles irmãozinhos espirituais que tentavam convencê-lo a beber. Nunca mais voltou a me desrespeitar. Estou muito feliz, porque acredito que agora nosso casamento realmente vai deslanchar.

— Vocês merecem toda a alegria do mundo, Marian. Sei o quanto você o ama.

— Sim, Miah, eu o amo muito. O major Lucena também o está ajudando. A reaproximação com a família há muito perdida tem surtido efeito positivo também.

Conversaram um pouco mais, e logo depois Marian os cumprimentou com beijos antes de se despedir.

Capítulo 13

A sós com Miah, Nicolas a pôs a par do andamento da investigação. Quando lhe contou sobre a possibilidade de Serena ter como amante o chefe do setor de RH, ela não se conteve:

— Não consigo acreditar na hipótese de que Serena e Djalma fossem amantes, mas também não acho impossível. Para mim, ela sempre me pareceu ser muito apaixonada pelo marido e vice-versa. Desde que comecei a trabalhar lá, nunca ouvi qualquer fofoca ou boato que indicasse um possível adultério da parte de um deles.

— Ainda voltarei a conversar com Djalma a respeito disso — garantiu Nicolas. — Se eles não escondiam um relacionamento amoroso, então, por que se encontravam no apartamento de Serena quando o marido não estava?

— Djalma é solteiro, muito bonito e bem-apessoado. É o sonho de várias funcionárias solteiras e também de algumas casadas.

— Espero que você não esteja na lista das funcionárias casadas.

Miah riu:

— Prefiro meu investigador de homicídios. Ele é bem mais bonito, cheiroso, másculo e sedutor. — Miah curvou o corpo para frente e fez um biquinho para Nicolas beijá-la.

— Você conseguiu me convencer. — Sorrindo, ele continuou: — As novidades não param por aí. Fui à casa de Walcir, que foi demitido por embriaguez. Ele terminou seu relacionamento com uma mulher, cujo nome você nunca conseguirá descobrir.

— Não faço a menor ideia de quem seja.

— Valdirene, sua ex-chefe.

Os olhos dourados de Miah abriram-se muito.

— A esposa do presidente do Canal local?

— A própria. Ele me mostrou uma foto que tirou escondido dela, em que Valdirene aparece sentadinha no sofá da casa de Walcir.

— Estou boquiaberta, Nicolas! Ao contrário de Serena, todos sabiam que Valdirene dava seus saltinhos por cima da cerca. A língua ferina do povo dava conta de que ela se relacionava com vários rapazes jovens, de preferência com metade da idade dela, e que só estava casada com um homem velho por causa do dinheiro e do *status* que ele lhe oferecia. Mas Walcir... Ele não tinha absolutamente nada que a interessasse. Nem dinheiro, nem beleza, nem juventude...

— Tem certeza de que ele não tinha nenhuma utilidade para ela?

Miah pensou um pouco e logo matou a charada:

— Ele estava dentro da maior concorrente do Canal local. Valdirene provavelmente usou o pobre coitado para descobrir tudo o que fazíamos, para que ela pudesse se adiantar e movimentar sua equipe para angariar mais audiência.

— E, quando ele não foi mais necessário, ela lhe deu um bom chute no traseiro.

— Que vadia! — esbravejou Miah. — Como ela pode usar as pessoas desse jeito?

— Foi o que também pensei. Walcir está perdidamente apaixonado por ela e certamente faria qualquer coisa que Valdirene lhe pedisse, desde que pudessem retomar o romance.

— Acha que ela o mandou assassinar Serena e Fagner, com a promessa de reatarem o relacionamento?

— É uma possibilidade, mas precisarei investigar mais a fundo para ter certeza. Por outro lado, também temos Djalma e Benício e muitos outros com os quais ainda não conversei. — Nicolas refletiu por alguns instantes antes de completar: — Miah, preciso que faça uma busca mental de todos os funcionários e tente se lembrar de pessoas que teriam um possível motivo para cometer o crime. Sei que me dirá que todos amavam os Alvarez, porém, quem atirou no casal certamente os odiava.

— Farei isso. Posso pedir ajuda a Ed? Ele também trabalha lá, é de minha inteira confiança e poderá nos ser útil.

— Pode, mas lhe peça total sigilo e discrição. Se ele precisar entrar em contato com você, deverá fazê-lo de sua casa, na rua ou em algum local seguro. Jamais de dentro da emissora.

— OK. Vou conversar com ele. Quanto a Valdirene, todas as sextas-feiras, às 18 horas, ela vai a um salão de beleza para ajeitar sua juba loira. Eu poderia aparecer por lá hoje, como quem não quer nada, e tentar descobrir alguma coisa.

— Você ficará quietinha dentro de casa. Não a quero zanzando para cima e para baixo, quando nosso bebê-monstro está perto de chegar.

Qualquer outra mãe teria ficado irritada com o marido ao ouvi-lo se referir ao filho daquela maneira. Em vez disso, Miah começou a rir.

— Eu tomarei todos os cuidados na rua, meu amor.

— Você ficará aqui. Nada de me desobedecer. Ah, mais uma coisa, Miah. Conheci os filhos dos Alvarez. A mulher é insuportavelmente chata. O homem é mais tolerável. No que depender dela, a emissora será vendida e todos vocês serão dispensados.

— Eu já imaginava isso. — Miah suspirou com desânimo. — Mais uma vez, estarei desempregada, pedindo serviço de porta em porta.

— Eles têm álibi forte. Não estavam no país e podem provar isso facilmente. Ainda não descobri se eles realmente amavam os pais ou se um deles seria capaz de mandar alguém assassinar o casal apenas para ficar com a herança, que, aliás, deve ser bem gorducha.

O celular de Nicolas começou a tocar, e ele viu pelo visor que estavam telefonando da delegacia.

— Bartole...

— Olá, sou eu... — A voz macia da delegada preencheu seu ouvido. — Parece que temos um pequeno problema.

— O que foi desta vez, Hadassa?

— A imprensa está aqui à nossa porta. Querem uma entrevista coletiva. Até que demorou muito para vazar a informação da morte daquele casal. Todos estão cientes do ocorrido e querem esclarecimentos da polícia.

— Quer que eu vá até aí?

— Agradecerei se puder vir, assim responderemos juntos. Lembre-se, Bartole, nós dois somos uma equipe.

Nicolas desligou o telefone fingindo não perceber a ênfase especial que ela imprimira em sua última frase.

— Hadassa? Que nome diferente! — comentou Miah.

— É a nova delegada. Veio substituir Elias até o fim de seu período de licença.

— Que bom! O que achou dela?

— Parece ser organizada. Ela fez algumas coisas de que não gostei muito, como tirar Mike da sala quando eu o queria comigo, mas acho que vamos nos entender daqui para frente.

— E como ela é?

Nicolas percebeu aonde Miah queria chegar e decidiu ser sincero, o mais verdadeiro possível.

— É a mulher mais bonita que vi trabalhando na corporação policial, Miah. Admito que a beleza dela me surpreendeu.

Miah sentiu os dentes afiados do ciúme mordiscando-a por dentro.

— Como não tenho por que lhe esconder nada, acho que ela está se insinuando para mim. Ela sabe que sou casado, inclusive tentou colocá-la como a principal suspeita do duplo homicídio.

— Preciso lhe dizer que não gostei dessa mulher mesmo sem conhecê-la?

— Ela me encara de um modo que me incomoda e fica me admirando. Não fez nenhuma proposta indecorosa, talvez porque hoje seja ainda seu primeiro dia de trabalho, mas tenho certeza de que ainda tentará me propor algo.

As mordidas de ciúme tornaram-se muito mais dolorosas agora.

— Devo ficar preocupada?

— Você sabe que eu não a trairia, Miah. Não vou jogar no lixo meu casamento por uma transa qualquer. Conhecendo minha índole, nem deveria esquentar sua cabeça com isso.

— Tudo bem, mas, na próxima vez que ela lhe telefonar e você estiver em casa, pode deixar que eu mesma irei atendê-la.

— Você não pode arrumar confusão com uma delegada.

— Se essa mulher tentar se meter com o que é meu, a confusão estará armada. Mesmo que ela seja a esposa do presidente da República.

— Essa é a Miah que eu aprendi a amar.

Nicolas beijou-a, conversaram mais um pouco e despediram-se com um beijo longo e lento.

Miah aguardou mais uns cinco minutos, foi até o quarto e colocou um vestido mais confortável. Comprara várias roupas adequadas à sua nova silhueta e ainda não sabia para quem as doaria depois.

Antes de sair, colocou mais ração para Érica e trocou a água do potinho. Nicolas que a perdoasse, mas ela tentaria obter informações por seus próprios meios. Faria o que mais amava: entrevistaria informalmente Valdirene no salão de beleza.

104

Com a alça da bolsa no ombro, deu uma última olhada em seu apartamento, agora recendendo a produtos de limpeza e abarrotado de plantas, trancou tudo e saiu.

***

Miah nunca estivera naquele salão antes, até porque os valores estavam bem acima de suas posses. Um corte simples ou um penteado bem elaborado não saía por menos de trezentos reais. Localizado na região mais cara da cidade, atendia apenas mulheres da alta cúpula do município.

Ela desceu do táxi e contemplou a elegante fachada. Talvez valesse a pena gastar um dinheiro, desde que isso ajudasse Nicolas a encontrar mais rapidamente os assassinos de seus patrões. A cada vez que abria sua geladeira e via o bolo que eles haviam lhe dado, sentia vontade de chorar. Não tivera coragem de experimentá-lo e era provável que nunca o fizesse.

Por Nicolas, mas principalmente por Serena e Fagner, Miah queria agilidade naquela investigação. Além disso, mostraria a todos que estivessem desconfiados dela que sua inocência poderia ser comprovada.

Miah entrou no salão, e uma miscelânea de aromas e odores atingiram suas narinas. Três manicures já trabalhavam nas unhas de suas clientes, enquanto outras modificavam os cortes de cabelo das clientes. Havia mais duas que liam uma revista, enquanto aguardavam o produto sob a touca térmica fazer o efeito esperado.

Miah viu Valdirene conversando com uma mulher que ela sabia ser a proprietária do salão e que estava no fundo do espaço. Não era preciso frequentar um lugar para saber quem mandava nele. Perguntou-se por que todo dono ou gerente de estabelecimento gostava de ficar na parte dos fundos. Certamente, era para obter uma visão privilegiada do trabalho de seus funcionários.

"Nicolas ficará furioso comigo, mas não estou nem aí", pensou Miah, enquanto ligava o minigravador, que discretamente trazia colado à parte interna do vestido, na região do decote.

Exibindo um sorriso de orelha a orelha, ela caminhou até os fundos do salão e ao encontro de Valdirene.

— Boa tarde! Valdirene, que prazer em revê-la! — Ainda sorrindo, Miah olhou para a proprietária do salão. — Olá, como vai?

— O que está fazendo aqui? — Valdirene apontou para as clientes.
— Como pode ver, todas as cabeleireiras estão ocupadas. Estou aguardando meu horário enquanto converso com Annie.

Miah deu um tapinha na própria testa.

— Eu deveria ter telefonado antes para reservar meu horário. A gestação tem me deixado confusa.

— Quando você ganhará o bebê? — Quis saber Annie, sendo amável.

— Disseram que até segunda-feira, mas talvez ele nasça antes.

— Você é corajosa por estar na rua. — Annie tocou na própria barriga. — Quando engravidei da minha filha, meu médico me recomendou que não saísse mais de casa, mesmo faltando ainda quinze dias para o parto.

— Estou bem e muito obrigada pela preocupação. — Miah voltou o rosto para Valdirene e sorriu. — Você está tão bonita! Seus cabelos estão mais longos.

— Eu estava deixando-os crescerem, mas mudei de ideia e vim aqui cortá-los. — Valdirene, uma mulher de rosto esticado por cirurgias plásticas e muito bem maquiado para disfarçar qualquer ruga, também mostrou um sorriso. — Por que veio cortar aqui? Não há um salão mais próximo de sua casa?

— Que indelicadeza! — Miah não murchou o sorriso. — Eu sempre tive vontade de conhecer o trabalho das cabeleireiras da Annie. Infelizmente, nunca sobrava uma graninha para vir aqui.

— E, pelo jeito, você está ganhando muito bem. — Valdirene olhou com desprezo para Miah. — Este local não é para qualquer uma.

— Exato, ou nenhuma de nós duas estaria aqui. — Notando Valdirene corar de raiva, Miah completou com sarcasmo e sempre sorridente: — Porque nós somos mulheres respeitáveis e não qualquer uma. Quanto ao meu novo salário, sim, é bem melhor do que aquele que recebia em sua emissora.

— Annie, diga a ela que hoje você não terá horário para atendê-la. — Valdirene mal podia conter o ódio. — Peça que retorne outro dia.

— Mas eu tenho horário, sim. — Annie estava atordoada diante da animosidade entre as duas mulheres. — Se ninguém conseguir cortar, Miah, eu mesma a atenderei.

— Obrigada. — O sorriso de Miah estava mais largo agora. — Sabe, Valdirene, eu ainda me lembro de quando nos vimos pela última vez. Está lembrada?

— O que você queria? Manter-se em nossa empresa, mesmo após sua passagem pela prisão? Queria manchar nossa reputação? Isso nós nunca permitiríamos.

— E por acaso sua reputação é limpa?

Valdirene empalideceu e precisou se apoiar em um balcão para manter o controle. Se aquela idiota à sua frente não estivesse grávida, teria voado nos cabelos dela.

— Do que está falando, Miah?

— Qual é, Valdirene?! Vai bancar a inocente para cima de mim? Se meu currículo está queimado por conta de meus antecedentes criminais, dos quais fui absolvida, suas ações, contudo, deixam sua índole mais suja do que banheiro de boteco.

— Como se atreve? — gritou Valdirene, atraindo a atenção de todas as demais mulheres que estavam no salão, tanto das clientes quanto das funcionárias.

— Vai começar a bancar a escandalosa? Posso começar a falar alto também e garanto que não vai querer que as outras pessoas me ouçam.

Valdirene estava arfante, e seu rosto, lívido. As mãos tremiam, e seu coração batia num ritmo enlouquecedor.

— Vocês me humilharam naquela reunião em que fui pedir meu emprego de volta. — Continuou Miah com firmeza na voz. — Só faltaram me agarrar pelos braços e me jogar no meio da calçada. Você não faz ideia do quanto chorei depois, mas não que isso lhe importe.

— Com certeza não me interessa.

— Mas eu renasci e venci. — Orgulho e triunfo fizeram Miah empinar o queixo. — Na emissora que me acolheu, consegui recuperar meu nome no mercado midiático. Vocês sabem que os anunciantes escolhem fechar contrato de seus produtos nos horários em que eu estou no ar, e, quando perceberam o erro que haviam cometido, já era tarde demais.

— Você está se achando muito importante, querida. Uma ex-criminosa bancando a celebridade da cidade! — Valdirene riu para disfarçar a ira. — Você está esperando que as pessoas deste salão lhe peçam autógrafos?

— Ah, eu sou realmente importante, Val... — Miah aguardou enquanto a outra mulher só faltava morder os lábios de raiva. — Tão importante que, quando a audiência da TV da Cidade começou a subir graças aos meus esforços, você, seu marido e toda a diretoria do Canal local ficaram preocupados.

— Você não nos ofusca, Miah. É apenas um barquinho flutuando no meio do oceano.

— Então, por que você não terminou antes seu relacionamento secreto com Walcir? Para que continuar arrancando informações do pobrezinho?

Miah sabia que tinha acertado o alvo em cheio. Valdirene ficou branca como cera. Por um instante, quando Miah viu os olhos da mulher girarem nas órbitas, pensou que ela fosse perder os sentidos. Mas, em vez de cair, Valdirene puxou uma cadeira e sentou-se.

— Meninas, não acham que seria mais prudente evitarem essa discussão aqui? — Annie sugeriu tentando apaziguar o clima entre as duas clientes.

— Quem é Walcir? — Arfou Valdirene. — Não conheço nenhum...

— O técnico em TI que você iludiu para lhe arrancar informações da concorrência. Quando ele deixou de lhe ser útil, foi dispensado. Eu já sei de tudo, Val. Negar é perda de tempo.

— Não lhe devo satisfações da minha vida.

— É verdade, mas terá de abrir o bico para meu marido, porque ele vai procurá-la. E lhe garanto que ele é bem menos paciente do que eu.

Valdirene olhou para frente e viu vários rostos virados em sua direção. Agarrou a bolsa e mal encarou Annie ao dizer:

— Cancele meu horário, por favor. Não estou me sentindo bem.

Ela não se virou para trás. Marchando como um soldado, Valdirene seguiu diretamente para a rua e foi até onde deixara seu carro estacionado.

Totalmente desnorteada, Annie fitou Miah.

— Você ainda vai cortar?

— Mas é claro! — Embora fosse gastar uma fortuna desnecessária, sua visita até ali valera a pena. — Corte apenas uns dois dedos nas pontas, por favor.

Capítulo 14

Apesar de estar casado com uma jornalista, Nicolas detestava lidar com a imprensa. A infinidade de perguntas que lhe eram feitas, os *flashes* das câmeras piscando, os microfones quase enfiados dentro de sua boca, as câmeras observando-o com seus olhos de vidro. Nada disso o agradava, e ele só estava ali porque era uma formalidade a ser cumprida.

Obviamente, quando havia uma investigação em curso, a polícia só informava à mídia aquilo que podia ser compartilhado. Nada que pudesse comprometer o caso, espantar o criminoso nem dar detalhes em demasia.

Durante aquela coletiva, contudo, havia um diferencial. Os repórteres não estavam focados em Nicolas, mas em Hadassa — pelo menos os homens presentes com seus auxiliares de iluminação e operadores de câmeras. Prova disso é que eles dirigiam suas perguntas somente à delegada:

— Soubemos que os donos da TV da Cidade estão mortos. Como eles foram assassinados?

— O crime foi cometido por um funcionário da emissora?

— Quantos suspeitos vocês já têm em vista?

— Qual será a próxima ação da polícia?

Nicolas deixou Hadassa conduzir o jogo, já que ela se tornara a atração principal ali. Percebeu que ela tinha jogo de cintura e respondia às perguntas de forma ampla, informando apenas o básico. Não mencionou nada sobre os suspeitos e disse que não poderiam compartilhar a linha investigativa que estavam seguindo para evitar falhas ou vazamento de informações.

Quando questionada sobre o futuro da emissora — o que provavelmente muito interessava aos concorrentes ali presentes —, Hadassa explicou que não tinha essa informação. Não mencionou que os filhos dos Alvarez estavam no Brasil justamente para que os repórteres não fossem pressioná-los.

A noite já havia caído quando eles, saciados como hienas, voltaram para suas *vans* e foram embora.

Nicolas estava exausto. Tudo o que queria era dar aquele dia por encerrado, embora ainda houvesse muito trabalho para ser feito em casa. Traçaria uma espécie de linha do tempo cruzando os nomes das vítimas com os dos suspeitos que localizara até então. Depois, faria um organograma, esboçando flechas que indicassem os possíveis motivos pelos quais Serena e Fagner haviam sido mortos: vingança, punição, revolta, dinheiro, inveja, ambição etc. O que se passava na mente do assassino no instante em que puxou o gatilho? Por que o casal estava se preparando para uma difícil conversa com alguém naquele mesmo momento?

No dia seguinte, pediria para alguns policiais retornarem ao condomínio do casal e entrevistarem outros vizinhos, além da própria Anete. E também seria bom se Hadassa destinasse mais alguns policiais para ficarem de olho em Matteo e Úrsula. Os filhos dos Alvarez não inspiraram confiança a Nicolas.

A presença de Hadassa, que entrou na sala de Nicolas sem bater, tirou-o de seus devaneios.

— Desculpe a intromissão. Você vai direto para casa?

— Vou, Hadassa. Preciso de um banho refrescante e, além disso, estou faminto.

Algum pensamento sensual atravessou a mente da delegada, porque ela engoliu em seco.

— Pensei que você poderia me dar uma carona até o *flat* onde estou hospedada, se o endereço ficar no seu caminho, claro. Deixei meu carro em minha cidade. Minha mãe ficou tomando conta dele. — E como achou que Nicolas nunca lhe perguntaria seu estado civil, resolveu acrescentar: — É mania de mulher solteira que ainda mora com os pais.

— Não consegue disponibilizar uma viatura para sua locomoção? Muitos delegados utilizam os veículos de trabalho em vez do pessoal.

— Não acho muito correto. Nunca quis fazer uso do patrimônio público em benefício próprio. — Hadassa baixou o olhar e, em seguida, o rosto. — Mas tudo bem. Acho que você não gostou do meu pedido. Vou tentar conseguir um táxi. Perdoe-me se fui inoportuna.

Ela deu as costas a Nicolas, e seus longos cabelos vermelhos quase lhe tocavam a cintura. Hadassa estava avançando até a porta quando o ouviu dizer:

— Eu lhe darei carona, Hadassa. Não se preocupe. Até porque hoje é seu primeiro dia aqui. A partir de amanhã, você se organiza melhor com seu transporte.

Ainda de costas para ele, Hadassa abriu um sorriso repleto de malícia. Ao se virar, seu semblante estava sério novamente.

— Obrigada. Vou pegar minhas coisas e o encontro daqui a pouco.

No carro, Nicolas dirigia em silêncio. Hadassa tentou puxar conversa sobre a entrevista coletiva, mas, ao notar que ele só estava grunhindo alguns monossílabos, desistiu.

Quando se aproximaram do *flat*, ela pediu a Nicolas que a deixasse na esquina, porque não havia vagas diante da entrada do edifício. Ele parou o carro junto ao meio-fio e destrancou as portas.

— Obrigada. — Hadassa colocou a mão sobre a de Nicolas, que estava pousada no câmbio do carro. — Prometo que até amanhã colocarei minha vida em ordem.

— Está certo. Boa noite!

Hadassa fez menção de saltar do carro, mas, num gesto veloz, colocou a mão entre as pernas de Nicolas, que se assustou e afastou a mão da delegada na mesma hora.

— Que diabos você pensa que está fazendo, Hadassa?

— Oh, perdoe-me! — Ela fingiu estar constrangida e muito arrependida. — Eu pensei... achei... que você também quisesse alguma coisa comigo.

— Sou muito bem casado e amo a minha esposa, Hadassa. Acho que isso é o suficiente para eliminar qualquer plano seu com relação à minha pessoa. Bom descanso!

Corada, muito mais de raiva do que de vergonha, Hadassa desceu sem dizer nenhuma palavra. A delegada mal dera dois passos na calçada quando viu Nicolas arrancar o carro, saindo dali com um cantar de pneus.

Quando entrou em seu apartamento, Hadassa despejou o conteúdo da bolsa sobre um aparador. Ali estava seu distintivo, sua arma, seu celular e uma carteira com documentos, cartões de crédito e dinheiro. Também encontrou uma cartela incompleta de comprimidos.

— Serei obrigada a engolir uma porcaria dessas, se quiser pegar no sono — falou consigo mesma. — Ele não tem o direito de me tratar desse jeito! Não pode me dispensar só por causa daquela mulher

111

imbecil com quem escolheu se casar. Sou muito melhor do que ela. Tomara que fique provado que foi Miah quem matou Fagner e Serena. Ou, com um pouco mais de sorte, tomara que ela não sobreviva ao parto.

Hadassa despiu o vestido, a calcinha e o sutiã para entrar no banho. Nua, contemplou-se no espelho, orgulhosa de seu corpo escultural.

— Olha o que você está perdendo, Nicolas. Se eu tivesse tempo para convencê-lo a subir aqui, tenho certeza de que não resistiria a mim. Você perceberia que sou muito melhor do que a insossa da sua esposa.

Hadassa dirigiu-se ao banheiro. Gostava de tomar banho morno, porém, quando se lembrou das múltiplas sensações de prazer experimentadas no breve instante em que tocou na região íntima de Nicolas, picos violentos de calor explodiram no seu corpo, obrigando-a a tomar uma ducha gelada para se acalmar.

***

A esposa insossa estava dentro de um táxi, ansiosa para chegar ao apartamento antes de Nicolas. Se ele aparecesse lá primeiro e não a encontrasse, Miah tinha certeza de que a bronca duraria mais de meia hora. Ela amava aquele homem, contudo, sabia o quanto ele conseguia ser chato quando queria.

Miah guardou seu gravador portátil novamente. Mostraria a Nicolas a conversa altercada que tivera com Valdirene para que ele expressasse sua opinião. Quanto ao seu novo visual, não estava muito diferente de antes. Mantivera o corte na altura do maxilar, com alguns fios mais longos na frente e outros mais curtos na nuca. Achava aquele corte moderno, despretensioso, e que ele combinava bem com seu rostinho redondo. Gastara o olho da cara para Annie lhe cortar apenas as pontas dos fios e já estava amargamente arrependida. Durante o corte, tentou perscrutar a proprietária do salão em busca de alguma fofoca interessante sobre Valdirene, mas a mulher se mantivera calada como um bloco.

Seu relógio marcava mais de 19 horas. Como Nicolas ainda não telefonara, provavelmente não estava no apartamento. Quase pediu ao motorista que acelerasse um pouco mais, contudo, se conteve, pois sabia que ouviria um não como resposta. Ninguém ultrapassaria o limite de velocidade das vias, sujeitando-se a receber uma multa, só porque estava levando uma gestante apressadinha.

Quando chegou ao seu endereço, Miah pagou a corrida ao motorista e desceu. Viu uma senhora passeando com uma cadelinha, que usava um laço amarelo entre as orelhas, e dois homens que passeavam de mãos dadas e se olhavam amorosamente. "Viva a diversidade", ela pensou sorrindo.

De repente, sentiu um baque forte dentro da barriga, como se alguma coisa em seu interior tivesse explodido. Não era possível que aquilo fosse uma contração. Não funcionava daquele jeito. Ela tivera algumas aulas sobre o assunto.

A pancada seguinte em seu útero fez tudo escurecer à sua volta. O casal de namorados nem percebeu o que estava acontecendo, mas a senhora e a cadelinha pararam. Miah cambaleou, sentindo uma vertigem forte tomar conta dela.

— Moça, você está bem? — A senhora aproximou-se, segurando com firmeza a coleira da cachorrinha. — Parece que está passando mal.

Miah murmurou algo indecifrável e tentou esticar a mão para apoiar-se na mulher, e então, algo doeu muito em seu baixo-ventre e um líquido escorreu por suas pernas.

— Menina, sua bolsa estourou! — murmurou a senhora.

Miah já não estava ouvindo mais nada. A tontura piorara, as vistas da repórter estavam completamente às escuras, e as dores castigavam sua barriga com força descomunal. Miah tombou para o lado, despencando em cima da senhora, que caiu também. Desesperada, a cadelinha começou a latir.

Um dos homens virou o rosto para trás e, ao ver o ocorrido, soltou a mão do namorado e correu para acudir Miah. A repórter estava caída em cima da idosa, praticamente esmagando-a. A senhora já começava a perder o fôlego, sem forças suficientes para mover a jornalista para o lado.

***

Jeferson sempre quis trabalhar na área da segurança, mas desde pequeno sabia que ser policial não era sua vocação. Assim que surgiu a oportunidade, fez cursos para atuar como segurança particular. Também realizou treinamento para aprender a manusear uma arma e atirar com ela, caso fosse necessário. E, para completar, praticou artes marciais. Era faixa marrom em judô, umas das mais altas na ordem da graduação, e estava se esforçando para chegar à preta.

Era segurança da emissora TV da Cidade havia três anos. Gostava de lá, e o salário que recebia estava bem acima da média. Serena e Fagner pagavam bem aos seus funcionários, porque sabiam que isso

113

representava fidelidade e produtividade. Funcionários com bons ordenados trabalhavam com mais disposição e motivação.

Mas, às vezes, a ganância cobra do ser humano um valor alto demais, que muitos não podem pagar. De que adiantara receber um dinheiro extra para facilitar o acesso daquela pessoa ao prédio? Fora enganado. Nunca imaginaria que a intenção era assassinar os patrões. Jamais teria sido conivente com isso. Até porque ninguém jamais desconfiaria justamente daquela pessoa. Ele mesmo não acreditaria, se lhe dissessem.

Como se não bastasse, o investigador Bartole era linha-dura. Conseguira passar despercebido no primeiro depoimento que prestara, mas sabia que seria pressionado novamente e corria o risco de cair em contradição. Como pudera tomar parte daquilo, mesmo sem saber que estava facilitando dois assassinatos? Por que fizera vista grossa, ciente de que, dentro do banheiro, às escuras, em completo silêncio, alguém aguardava para cometer um crime?

Deveria ter desconfiado de que aquela história sobre conversar a sós com Serena e Fagner, àquela hora, era pura balela. Que burrice! Porém, vendo Miah sair e os Alvarez permanecerem na emissora, a história pareceu-lhe ter um fundo de verdade. Não ouvira o som dos tiros, porque a arma utilizada no crime certamente tinha silenciador. Seu colega de trabalho não percebera nada. A pessoa de quem Jeferson receberia o dinheiro saíra tranquilamente pela entrada principal. Quando os corpos foram descobertos, ele teve vontade de abrir a boca e contar tudo, mesmo sabendo que seria preso por participação e cumplicidade nos assassinatos.

Agora era o momento de receber o pagamento pela ajuda que prestara à pessoa, e esperava que não houvesse enrolação, porque ele também sabia usar uma arma. Poderia telefonar para Bartole anonimamente e contar-lhe o que sabia. Sim, faria isso na manhã seguinte. Aguardaria mais uns dois meses para não despertar suspeitas e, então, se demitiria. Isso se a empresa não fechasse até lá.

Jeferson caminhava depressa por ruas vazias, uma mera figura solitária à noite. O dinheiro seria um "cala a boca" para ele. Que Deus o perdoasse por ter tomado parte naquelas mortes indiretamente, mesmo que ele jamais tivesse desconfiado de que isso aconteceria.

O carro preto, de vidros escuros e faróis desligados, era praticamente uma sombra se movimentando. Surgiu do nada, porque seu motor era silencioso. Jeferson estava atravessando a rua a caminho do ponto de encontro, quando percebeu o vislumbre do veículo, que avançava para cima dele em alta velocidade.

O impacto atirou-o longe. O barulho da pancada foi alto. Jeferson caiu e ficou esparramado no asfalto, com a cabeça sangrando e alguns ossos quebrados. Mesmo assim, ele estava consciente quando viu o vidro do motorista ser baixado. E ali enxergou o rosto da pessoa que matara Serena e Fagner. Mas como era possível que...

A bala, tão silenciosa quanto o carro, atingiu-o no centro da testa. O veículo logo ganhou distância, o vidro foi novamente erguido, largando no chão o corpo de mais uma vítima.

Capítulo 15

Nicolas entrou em alerta assim que viu uma ambulância do SAMU estacionada diante de seu prédio e as luzes vermelhas do *giroflex* do veículo. Imediatamente, uma sensação ruim envolveu-o. Estacionou o carro de qualquer jeito e desceu correndo. Ao ver o porteiro acenar-lhe, seu coração disparou.

— Senhor Nicolas, a dona Miah passou mal e desmaiou bem aqui, diante da entrada do edifício. — O homem parecia mais assustado do que o próprio Nicolas. — Elas estão naquela ambulância.

— Elas?

— Miah e a senhora que ela derrubou ao desmaiar. Parece que a mulher bateu a cabeça no chão e está ferida.

— Você sabe aonde Miah estava indo?

— Na verdade, ela estava voltando de algum lugar.

"Mas que droga! Por que Miah nunca segue minhas recomendações?", pensou Nicolas dividido entre a tensão e a irritação. "Se ela estivesse dentro de casa, isso talvez não tivesse acontecido".

Nicolas identificou-se para os paramédicos, que o autorizaram a subir na ambulância. Miah estava deitada na maca, murmurando alguma coisa, entre caretas causadas pela dor que estava sentindo. Ao lado dela e no fundo da ambulância, a senhora estava sentada em uma banqueta dobrável, recebendo um curativo na cabeça. Sua cachorrinha gania baixinho, fitando a dona com olhos tristonhos.

— O que aconteceu? — Nicolas dirigiu a pergunta tanto para Miah quanto para o paramédico que estava mais próximo.

— Ela está entrando em trabalho de parto — informou o rapaz. — Acreditamos que dará tempo de chegar ao hospital.

— Não fique bravo comigo — disse Miah, sendo interrompida pelo próprio grito de dor. — Ai! Isso dói demais!

— Vocês não podem fazer nada para reduzir a dor de minha esposa? — Nicolas perguntou ao paramédico.

— A bolsa amniótica rompeu-se. A criança está nascendo. Estamos acompanhando a dilatação. As dores se devem às contrações. É natural.

Mas, para Nicolas, nada daquilo parecia normal. Miah voltou a gritar, e desta vez ele gritou também. E, em meio ao ruído estridente da sirene que costurava o tráfego, a senhora gemia e a cachorrinha latia. Era uma cacofonia de ruídos horríveis, que deixaria qualquer um com dor de cabeça.

— Dilatação de dois centímetros — informou a mulher que estava monitorando Miah. — Acho que dará tempo de a paciente dar entrada no hospital.

— Fui procurar Valdirene no salão... — Miah fechou os olhos e tornou a gritar. — Desculpe.

— Depois falamos sobre isso. — Nicolas segurou a mão de Miah e sentiu-a gelada. Aquilo o deixou desesperado, porque o que ela falara sobre sua visão no momento do nascimento da criança ressoou com força em sua memória. — A temperatura dela está muito baixa. Isso é normal?

— A pressão arterial está 14 por 10, razoavelmente alta — disse a mulher ao colega. — Os batimentos cardíacos estão acelerados, mas ela está aguentando bem. Temperatura corporal em 35,9.

— Nicolaaasss! — Miah gritou de novo. — Faça essa dor parar, por favor!

Agoniado, ele não sabia o que fazer. A velha estava gemendo ainda mais alto; a cadelinha ecoava um coro sofrido, os paramédicos conversavam entre si, usando termos médicos que ele não estava entendendo, e a sirene ardida castigava seus ouvidos. A vontade de Nicolas era atirar todo mundo para fora da ambulância e assumir o volante para chegar mais depressa ao hospital.

— Dilatação de três centímetros — resmungou a mulher, olhando entre as pernas de Miah como um visitante apreciando uma obra de arte em um museu. — Ela está aguentando bem.

— Diz isso porque não é com você! — retrucou Miah, berrando ainda mais alto. A repórter tinha a impressão de que alguém estava moendo seu corpo de dentro para fora e apertou a mão de Nicolas com tanta força que quase quebrou seus ossos.

117

— Estamos bem próximos ao hospital — anunciou o paramédico alegremente, como se tivesse acabado de ganhar na loteria. — Chegaremos em menos de cinco minutos.

Para Nicolas e principalmente para Miah, os cinco minutos pareceram durar três horas. Ao abrirem as portas, colocaram a maca em que Miah estava no chão e três enfermeiros fizeram-na deslizar velozmente com suas rodinhas. Atrás deles, Nicolas corria, enquanto o suor gotejava de sua testa.

Quando eles cruzaram uma porta dupla com Miah, um segurança enorme como um armário bloqueou a passagem de Nicolas.

— A partir daqui o senhor não pode passar. Deverá aguardar na sala de espera.

— Quem disse que não vou passar? — Nicolas mostrou seu distintivo ao segurança, contornou-o e empurrou as portas duplas.

Nicolas viu-se em uma bifurcação, mas não foi difícil saber para qual direção Miah fora levada, porque era possível se orientar graças aos gritos sofridos que ela emitia. Ele seguiu depressa na direção dos berros a tempo de vê-la entrar em uma sala. Por sorte, uma das paredes era de vidro, e ele pôde acompanhá-la dali.

Despiram o vestido de Miah e cobriram-na com um avental. Ela continuava gritando. Virou o rosto e tentou sorrir ao ver o marido do outro lado do vidro. Alguém prendeu-lhe os cabelos com uma touca azul. O médico responsável pelo parto já estava ditando várias orientações à sua equipe.

Uma enfermeira, vendo Nicolas ali, saiu para conversar com ele.

— O senhor é o marido?

— Sim. — Ele apresentou novamente sua identificação policial. — Posso acompanhar o parto, não é mesmo?

— Sim, a legislação permite que o senhor acompanhe o parto, porém, ainda vai demorar um pouco para o nascimento. A dilatação dela ainda está muito pequena. Vamos chamá-lo daqui a pouco. Aguarde naquela sala ali na frente. Há cadeiras, televisão, água e café.

Nicolas esperou Miah tornar a se virar para vê-lo. Observar o rosto dela, que estava muito vermelho, e ver as lágrimas verterem de seus olhos fizeram o coração do investigador ficar oprimido. Mais uma vez, ele lembrou-se das palavras da esposa ao relatar que, em sua trágica visão, morrera logo após o parto.

— Ela ficará bem, não é? — Nicolas quase suplicou à enfermeira que confirmasse sua afirmação.

— Vai dar tudo certo. O senhor pode esperar onde lhe indiquei, por gentileza.

Ele enviou um beijo assoprado para Miah e gesticulou dizendo que dali a pouco estaria de volta. Depois, tocou o peito no lugar do coração para sinalizar que a amava.

A tal sala de espera continha seis longarinas, com três cadeiras cada. Cinco pessoas aguardavam ali. Nicolas sentou-se ao lado de um homem, cuja cabeça estava caída para frente, enquanto seus lábios tremulavam sempre que ele emitia um ronco.

Inquieto e ansioso demais para conseguir se concentrar na televisão, ele apanhou o celular e telefonou para Mike.

— Diga, Bartole! Estou aqui com meus pais terminando de preparar as carnes para nossa churrascada de domingo...

— Mike, estou no hospital. Miah veio para cá. Meu filho está nascendo.

— Arre égua! Já estou indo me encontrar com você.

— Se puder, avise também a Moira. Acredito que ela gostaria de saber disso.

Em seguida, Nicolas telefonou para Marian e transmitiu-lhe o mesmo recado. Depois, ligou para a mãe, que começou a gritar ao telefone, dizendo que também estava a caminho e que levaria consigo Ariadne, Willian e Thierry.

Nicolas também achou que Elias talvez quisesse saber do nascimento da criança, então, entrou em contato com ele.

— Bartole, como é bom ouvir sua voz! — Disparou o delegado num tom que misturava ânimo e lamento ao mesmo tempo. — Mal completou vinte e quatro horas desde que rolei por aquela maldita escada e tenho a impressão de que estou nessas condições há dois anos.

— Elias, estou no hospital.

Imediatamente, a voz do outro lado tornou-se séria.

— O que aconteceu? Alguém o feriu?

— Meu filho vai nascer daqui a pouco. Miah acabou de dar entrada no hospital. Minha família está vindo para cá e Mike também. Como o considero um grande amigo, quis avisá-lo, mesmo sabendo que está impossibilitado de vir.

— E quem disse que um pé engessado é o bastante para me impedir de sair de casa? Aguarde-me! Daqui a pouco estarei aí para lhe dar uma força.

Nicolas guardou o celular no bolso e olhou para o homem ao seu lado, que, imerso em um sono profundo, emitia ruídos semelhantes a gorgolejos.

119

Ele tornou a ir até a sala em que Miah estava. A situação era a mesma. A equipe conversava entre si, enquanto contemplava a genitália da paciente. Ela continuava gritando muito e exigindo que fizessem a dor diminuir.

De mãos atadas e sofrendo por Miah, Nicolas voltou à recepção do hospital, porque sabia que seus amigos e familiares estavam chegando. Mike foi o primeiro a aparecer. Sem farda, ele parecia ainda maior e mais musculoso. Atrás dele estava Moira, usando calça jeans e blusa justa no corpo.

— Viemos o mais rápido que pudemos — anunciou Mike.

— Você precisa de alguma coisa? — indagou Moira solícita.

— Por enquanto, estou bem. Miah está sofrendo lá dentro, porque parece que o bebê está se recusando a sair. Por que ele simplesmente não escorrega para fora?

— Nunca tive filhos, mas acho que não é tão simples assim — comentou Moira.

— Imagine a cara que teria o bebê da Moira! — Mike não escondeu a risada. — Em vez de chorar nas mãos dos médicos, mostraria a carranca semelhante à da mãe e todos saíram correndo.

— Como você é engraçadinho. — Moira olhou-o feio.

Gritos foram ouvidos da direção do estacionamento. Vozes alteradas, som de passos correndo e Lourdes Bartole entrando em desabalada carreira. Com ela, vinham Ariadne, Willian e Thierry. De mãos dadas, Marian e Enzo.

Lourdes agarrou-se ao braço de Nicolas:

— Meu netinho já nasceu? Quero muito vê-lo.

— Ainda não. Miah já está na sala de cirurgia.

— Podemos vê-la, Nicolas? — Thierry uniu as palmas das mãos. — Estou preocupado com minha fofolete.

— Por enquanto, não. Virão nos avisar quando o bebê nascer.

— Até para dar à luz aquela mulher é devagar — resmungou Lourdes enfezada.

— Podem se sentar — pediu Nicolas. — Não vamos nos ajudar se ficarmos aqui de pé, falando ao mesmo tempo.

Enquanto o grupo se afastava, conversando entre si, Nicolas sentiu o coração mais feliz ao ver Elias entrar, girando as rodas de sua cadeira. A bota de gesso em sua perna estendia-se até quase o joelho. Ele trazia um sorriso no rosto.

— Achou que eu não fosse aparecer, Bartole?

— Elias, você é demais! — Nicolas curvou-se para abraçá-lo. — Obrigado por ter vindo me prestar apoio.

— Confesso que não vim só por causa disso, embora Miah seja uma pessoa muito querida para mim. Quero saber em que pé está a investigação. Já descobriu quem matou aquele casal?

— Possivelmente, um funcionário da empresa, seja por desejo próprio ou a mando de alguém de fora. Mas quem atirou nos Alvarez trabalha lá, tenho certeza.

— E que tal a delegada que está me cobrindo? Soube que é uma mulher muito bonita.

— Espero que o senhor volte o mais depressa possível, doutor Elias. — Atalhou Mike. — Pelo menos, nunca me expulsou de uma reunião.

— Admito que também não gostei muito dela. — Completou Moira. — Embora seja educada, ela me pareceu um tanto falsa. Sei lá.

— Mike pegou cisma de Hadassa — esclareceu Nicolas. — Este é o nome dela. Quando a vi pela primeira vez e ela me pediu a atualização do caso, ordenou que Mike saísse da sala para nos deixar a sós. Até agora ele não a perdoou por isso.

— E para que fazer isso, se ele é seu parceiro? — quis saber Elias.

— Queria conversar comigo em particular. A princípio, estranhei essa atitude, mas agora já sei o que está acontecendo. Hadassa está dando em cima de mim.

Mike ficou boquiaberto, enquanto Elias começou a rir.

— Bartole, eu não estava sabendo disso! — Mike parecia perplexo.

— Tudo foi muito recente. Não tivemos tempo de conversar, Mike. E não ria, Elias, porque isso é muito sério! — pediu Nicolas. — Pouco antes de vir para cá, ela me pediu carona até o *flat* em que está hospedada. Apesar de contrariado, não vi um grande problema nisso... até ela colocar a mão em minha genitália.

— Uau! — Elias não conseguia parar de rir. — Assédio sexual por parte de sua chefia imediata?

— A questão é que ela me incomoda. Algo nela me parece muito forçado ou falso, como disse Moira. Obviamente, Hadassa não está apaixonada por mim, pois me conheceu hoje. Ela apenas quer uma oportunidade de transar comigo e, consequentemente, ferrar meu casamento.

— Você ainda terá que suportá-la por um bom tempo. — Elias tocou no gesso. — Não vou me livrar dessa porcaria tão cedo.

— Acho que consegui afastá-la. Eu disse que amava minha esposa e que não havia aprovado sua atitude. E, ao saber que Miah havia desmaiado diante do nosso prédio, fiquei ainda mais arrependido de ter dado carona a Hadassa. Se eu tivesse ido direto para casa, poderia ter prestado melhor atendimento a ela.

Nicolas parou de falar, olhou para o outro lado e viu a mulher que Miah derrubara voltando para casa. Entre seus cabelos havia gazes e bandagens. Nicolas não sabia que fim levara a cachorrinha, mas pensou que o animal deveria estar sob os cuidados de alguém enquanto sua dona era medicada.

Quando o celular de Nicolas começou a tocar e ele viu o nome na tela, virou o aparelho para Elias.

— Falando no demônio... — Atendeu com voz exausta. — Diga, Hadassa.

— Um homem foi atropelado e em seguida baleado na região norte da cidade. Não resistiu aos ferimentos. A informação se torna ainda mais interessante porque se trata de um funcionário da TV da Cidade. Estou a caminho e vou encontrá-lo no local. Tome nota do endereço.

— Minha esposa está em trabalho de parto, Hadassa. Estou no hospital. Não poderei ir agora.

— É uma emergência relacionada à sua investigação. Sua presença é indispensável.

— Já disse que não irei, Hadassa. Não enquanto meu filho não nascer e eu tiver certeza de que Miah está bem.

Houve um breve instante de silêncio.

— Bartole, isso é uma ordem. Quero você no local o mais breve possível. E leve seu parceiro Mike e a policial Moira.

— Eles não estão mais em horário de trabalho. Sua ordem não será cumprida. Você pode muito bem dar encaminhamento ao ocorrido com outros policiais até que eu reassuma minhas funções.

— A vítima...

— Ela é importante para mim, mas não mais que minha mulher e meu filho. Espero que você compreenda isso, por favor. Agora preciso desligar.

Nicolas cortou a ligação, interrompendo a próxima frase de Hadassa. Ela telefonou novamente, porém, ele ativou o modo silencioso e ignorou o chamado.

— É assim que ela trabalha — resmungou Nicolas. — E depois vem com um papinho batido de que somos uma equipe.

Elias não encontrou palavras adequadas para responder.

Mike adiantou-se:

— Viu só, doutor Elias? Entende por que o senhor precisar sarar logo e voltar para a delegacia com urgência?

Capítulo 16

Nicolas era inimigo do relógio e adversário da paciência. Se havia algo que ele detestava era ter de esperar por alguma coisa. De vez em quando, alguma enfermeira aparecia diante do grupo para dar notícias de Miah. O bebê estava na posição correta para sair, mas ainda não havia dilatação suficiente. Outra enfermeira explicou que, até aquele momento, a possibilidade de fazerem uma cesárea estava descartada.

O grupo que acompanhava Nicolas estava em polvorosa, e todo aquele barulho só servia para irritá-lo ainda mais. Ele escutava conversas sobre bolsas rompidas, contrações, amamentação e troca de fraldas. Alguém cogitou a hipótese de o bebê estar atravessado e que talvez tivessem de retirá-lo com a ajuda do fórceps. Miah entrara em trabalho de parto há mais de três horas, e, pelo jeito, não havia previsão de finalizar o processo.

Não fazia muito tempo que Nicolas fora cercado por dois assassinos armados, tendo como proteção apenas seu próprio carro. Se pudesse comparar, ele diria que aquele momento fora muito menos estressante do que agora. Talvez porque naquela ocasião ele tivesse o controle da situação, enquanto agora estava totalmente à deriva.

Marian entregou-lhe uma esfirra de carne e um copo com suco de uva. Já que não havia refresco com o sabor de melancia, seu preferido, o investigador aceitou aquele mesmo. Apesar de estar faminto, o nervosismo e a ansiedade do momento fizeram Nicolas mal conseguir engolir alguns pedaços do salgado.

Uma enfermeira com sobrancelhas grisalhas apareceu e gesticulou para Nicolas. Já passava de uma e meia da manhã. A parturiente estava sob os cuidados da equipe desde as 21 horas da noite anterior. Ninguém sabia como Miah estava resistindo.

A balbúrdia entre os amigos e familiares de Nicolas continuava a todo vapor. Será que aquele povo não sentia sono?

— Papai? — A enfermeira sorriu para Nicolas.

Ouvir aquilo lhe causou uma estranheza muito grande. Nunca, em sua vida, uma mulher naquela idade o chamara de papai. Por outro lado, se ela estava sorrindo, era porque a notícia deveria ser boa.

Como em um passe de mágica, a presença da enfermeira silenciou o grupo todo num único instante.

— Seu bebê deve nascer nos próximos minutos. O senhor poderá acompanhar sua esposa, respeitando a lei do acompanhante em trabalhos de parto. Venha comigo.

— Como ela está?

— Aquela mulher é uma verdadeira heroína. Está muito fraca, porém, resistiu com bravura até aqui.

— Nicolas, meu amor, dê notícias para nós assim que for possível — gritou Lourdes, como se fosse a porta-voz do grupo. — Estamos muito ansiosos.

— Avisarei a vocês assim que for possível. — Ele prometeu, seguindo a enfermeira. Recebeu avental, máscara cirúrgica e touca para os cabelos.

A sala em que Miah estava parecia mais quente do que os demais espaços do hospital. O médico fez um aceno para Nicolas, concentrando-se em seu trabalho de retirar a criança do útero da mãe. O rosto de Miah estava tão molhado de suor que ela parecia ter acabado de sair do banho. Ao vê-lo entrar, ela murmurou entredentes:

— Nunca, nunca mais vou pensar na ideia de voltar a ter filhos. Está me ouvindo?

— As mulheres sempre dizem isso no momento da dor. — Sorriu a enfermeira que trouxera Nicolas. — E acabam tendo vários outros bebês depois.

— Continue empurrando, sempre forçando para baixo — pediu o médico gentilmente. — Faça respirações curtas e constantes.

Miah bufou, gritou, gemeu e revirou os olhos. Mordeu os lábios, arqueou o peito e mostrou todos os dentes em uma careta horrível. Nicolas já estava segurando a mão dela, que apertava de volta com a força de um torno.

— Vai ficar tudo bem — Nicolas murmurou a ela, porque ele só queria acreditar naquela opção.

— Inspire, respire e empurre. — Continuou o médico com voz mecânica. — Já estou segurando a cabecinha.

— Esse diabo de criança colou dentro de mim? — Rugiu Miah ofegante. — Não sai nem com oração!

Algumas enfermeiras pareceram chocadas com o modo como aquela mãe se referia ao próprio filho, mas o trabalho não podia ser interrompido.

Miah gritou mais uma vez enquanto empurrava a criança. À beira do pânico, vendo o estado de sofrimento da esposa, Nicolas estava prestes a gritar também.

Miah reuniu o restante de suas forças para expelir aquele ser de dentro dela até que, de repente, o choro vigoroso de uma criança ecoou na sala.

***

Na sala de espera, para conter a euforia de todos os presentes, Marian propôs que o grupo fizesse uma oração ou enviasse vibrações positivas para Miah e para o bebê, independentemente da crença e da fé que cada um professasse. Essa proposta teve o efeito de um bálsamo sagrado e tranquilizante, pois conseguiu aquietar aquelas pessoas.

Observando a mãe murmurando baixinho, Marian sorriu. Tinha certeza de que ela também estava rezando por Miah, mesmo que jamais admitisse isso.

***

Quando ouviu o pranto poderoso de seu filho, Nicolas lembrou-se de Miah contando-lhe a visão premonitória que tivera meses antes. Ao contrário de tudo o que ela visualizara, não havia sangue esparramado por todos os lados, um bebê com cabeça de homem nem indícios de que Miah estava perdendo a vida. No monitor, seus batimentos cardíacos estavam estabilizados, o que certamente era um bom sinal.

Uma enfermeira trouxe a criança para que Nicolas e Miah pudessem conhecer seu rostinho e abaixou o pequeno corpinho à altura do rosto da mãe.

— Parabéns! — ela exclamou com entusiasmo, como uma avó orgulhosa de seu netinho. — É um menino lindo e parece ser muito saudável.

O bebê já estava envolto em um tecido branco. Ele tinha um tufo de cabelos pretos espetados para todos os lados. O rosto estava muito vermelho e enrugado, o que fez Nicolas pensar em um alienígena em miniatura. Já Miah, ao olhar para o bebê, imediatamente mentalizou um grande rolo de mortadela enrolado num pano branco.

— Ele é lindo! — exclamou Miah, porque achava que seria linchada se dissesse o contrário. Como ainda estava muito fraca e dolorida, sua voz saiu com dificuldade. — Não acha, amor?

— Sim, não tem nada mais lindo neste mundo — concordou Nicolas, até porque não havia como dizer outra coisa.

— Ele é a sua cara, papai! — Completou a enfermeira sorridente.

Se ele também tinha aquela cara de maracujá murcho, então, era bom começar a pensar em uma cirurgia facial, refletiu Nicolas.

Ele e Miah já haviam notado os olhos azuis escuros do bebê, idênticos aos do pai. A criança fitou Nicolas rapidamente, mas deteve seu olhar em Miah. O bebê fixou-a por tanto tempo que Miah sentiu um leve mal-estar.

— Acho que vocês podem levá-lo para... sei lá — resmungou Miah. — Fazer qualquer coisa que precise ser feita.

— Vamos limpá-lo agora — a enfermeira anunciou com animação. — Vocês já pensaram em um nome para ele? Aposto que sim.

— Apostou errado. — Nicolas também sorriu. — Ele ainda não tem nome. Por enquanto, é "menino" ou apenas "nosso filho".

A enfermeira deu de ombros e afastou-se carregando o bebê consigo. O médico perguntou como Miah estava, e ela explicou que se sentia esgotada. Ele, então, lhe disse que realizaria nela alguns exames de praxe, mas que o parto fora bem-sucedido e a criança parecia gozar de perfeita saúde.

— Preciso voltar ao saguão e dar a boa notícia às pessoas — avisou Nicolas a Miah. — Tem mais gente lá fora querendo saber notícias suas do que você possa imaginar.

— Fico feliz em saber que as pessoas sentem esse carinho por mim e pela criança. — Miah fez uma expressão estranha, porque ainda estava sentindo dor. — O que você achou do bebê?

— Parece uma criança como qualquer outra, feia de doer por sinal.

— Mas acho que, depois de algum tempo, a aparência vai melhorar. O rosto não ficará daquele jeito para sempre — considerou Miah.

— Tem certeza disso?

— Espero que sim. — Ela fechou os olhos e os manteve cerrados.

— Como já era de se esperar, não simpatizei nem um pouco com nosso filho. Algo na maneira como ele me olhou me fez mal. Nicolas, odeio ser pessimista, mas prevejo problemas muito grandes com essa criança.

— Que tipo de problemas?

— Não sei. — Miah reabriu os olhos para encarar o marido. — Ele não vai gostar de mim, tenho certeza. Eu também não fui com a cara dele.

— E o que nós faremos? Nem sequer pensamos em um nome para ele.

— Tem alguma sugestão?

— Nenhuma.

— Não sei se você vai concordar, mas há um nome que representa uma pessoa muito especial em minha vida. — Miah parou um pouco para tomar fôlego. — Não sei quem está aguardando notícias na sala de espera, mas todas essas pessoas estão aqui por sua causa: sua mãe, seus irmãos, seus colegas de trabalho. Quem está aqui em meu nome? Não tenho familiares.

— Mas tem amigos da emissora — replicou Nicolas acariciando a cabeça da esposa por cima da touca hospitalar. — Eles só não vieram porque não souberam do ocorrido a tempo.

Miah assentiu. O médico aproveitou a deixa para lhe dizer que seria fundamental que ela repousasse para recuperar as energias.

— Afinal, que nome é esse tão importante para você? — interessou-se Nicolas depois que o médico se afastou.

— O nome do único homem que realmente me amou, além de você. O homem que fez o papel de pai em minha infância, de orientador e de melhor amigo: Manoel, meu padrasto. Se você não fizer nenhuma objeção, nossa criança poderia se chamar Manoel.

— Dipak em uma encarnação, Manoel em outra. Tem bastante lógica.

Miah tentou sorrir, mas as dores não permitiram.

— Manoel Fiorentino Bartole. — Concluiu Nicolas. — Até que não está tão mal.

— Agora vá lá avisar às pessoas que estamos bem, o bebê e eu. Diga à sua mãe que estou vivíssima para continuar atormentando-a por muito tempo.

Nicolas riu alto. Em meio à sua risada, extravasou toda a tensão, o pânico, a agonia, o desespero e o suspense que vivenciara nas últimas horas. Miah estava viva e bem, e isso era tudo o que lhe importava.

***

Houve gritos, aplausos, abraços coletivos, sorrisos e lágrimas quando Nicolas reapareceu na sala de espera para compartilhar a boa notícia com o grupo que o aguardava com afoita ansiedade. Ele apenas disse que o filho era muito bonito, que todos poderiam vê-lo quando as visitas fossem liberadas e que ele se chamaria Manoel.

— Manoel? — Lourdes franziu a testa. — Quem deu a ideia desse nome?

— Miah. Ela quis homenagear o padrasto dela — revelou Nicolas.

— Achei que fossem colocar Thierry! — O florista rodou em torno de si mesmo. — Eu também mereço ser homenageado.

Houve mais risadas aliviadas. Todos viveram momentos repletos de ansiedade, apreensão e incerteza. O nervosismo e a preocupação com o parto de Miah foram unânimes. Marian lançou um olhar interrogativo a Nicolas como se perguntasse se tudo correra realmente bem, e ele respondeu com um gesto de positivo com o dedo polegar. Agora, parecia que as coisas se encaixariam aos poucos em seus devidos lugares. A família de Nicolas aumentara, e ele só não sabia como lidaria com essa grande novidade.

Capítulo 17

Seu corpo pedia descanso, e sua mente, repouso. Estava acordado havia quase vinte e quatro horas, e as muitas tarefas que realizara ao longo do dia anterior suprimiram todas as suas energias. Enquanto uma parte de si desejava continuar no hospital com Miah, a outra exigia algumas horas de sono.

Estava quase se arrastando quando entrou em seu apartamento. Sentada sobre o braço do sofá, Érica lançou um olhar indagativo a Nicolas, como se quisesse saber notícias de Miah.

— Ela não voltará hoje e talvez nem amanhã. É melhor controlar sua ansiedade — ele murmurou para a felina.

Nicolas tirou os sapatos, a camiseta e a calça. Tomou um banho gelado por quase dez minutos, permitindo que a água suavizasse os pontos de tensão espalhados por seu corpo.

Saiu do banheiro tendo apenas uma toalha azul enrolada em volta da cintura. Não estava com fome, então decidiu não colocar nada na boca até que o dia clareasse.

Sentou-se no sofá e pegou o celular. Ao vê-lo próximo de si, Érica saiu dali e seguiu para o outro lado da sala, acomodando-se sobre um móvel de madeira envernizada. Ele observou que não havia nenhuma ligação perdida, exceto uma de Hadassa, que propositadamente não quis atender.

Sim, era imprescindível que ele descansasse, porém, concluir a investigação era igualmente necessário. Hadassa atendeu-o no segundo toque.

— Como estão as coisas? — A pergunta dela soou simpática. — Correu tudo bem com sua esposa e seu filho?

— Eles estão bem, obrigado. O parto demorou mais tempo do que prevíamos, mas acabou dando tudo certo.

— Que ótima notícia! — Foi tudo o que Hadassa respondeu.

— Sei que você deve estar fula da vida porque não cumpri sua ordem, mas não vou lhe pedir desculpas. Faria tudo de novo. Como lhe disse, Miah é minha prioridade e ela sempre prevalecerá acima de qualquer demanda de trabalho.

Houve um instante em que Hadassa permaneceu muda. Após alguns segundos de completo silêncio, parecendo não ter ouvido as últimas palavras de Nicolas, ela comentou:

— Um dos seguranças da emissora e do plantão noturno, um rapaz chamado Jeferson, foi atropelado e baleado a doze quilômetros do endereço em que morava. Até o momento, nenhuma testemunha do acidente se apresentou. Minha ideia é, assim que amanhecer, irmos à região onde ocorreu o óbito e verificar a possibilidade de que alguma câmera de segurança das casas daquela rua tenha filmado algo interessante. O que você acha que isso significa, Bartole?

— Várias coisas. — Nicolas recostou-se melhor no sofá. — A primeira delas é que muito provavelmente Jeferson foi morto pela mesma pessoa que matou Serena e Fagner. Talvez o assassino tenha utilizado outro tipo de arma para nos confundir, porém, se tivermos sorte, será constatado que o calibre do projétil disparado é o mesmo que foi encontrado no corpo dos Alvarez. A segunda questão é que estou furioso comigo mesmo por não ter percebido logo de cara que Jeferson sabia mais do que dizia saber. Possivelmente eu teria notado algo em uma segunda conversa, só que, naquele primeiro momento, ele conseguiu se safar. Talvez ele tenha flagrado o assassino cometendo o crime ou foi subornado para se manter calado. A segunda hipótese faz mais sentido para mim.

— Por quê?

— Ele caminhava sozinho, tarde da noite, em uma região bem distante de sua casa. Deveria ser sua noite de folga. As questões são: o que ele estava fazendo ali? E como o assassino sabia que ele estaria naquele bairro, exatamente no mesmo horário?

— O assassino poderia estar seguindo-o.

— Desde a casa de Jeferson? Não acredito nessa versão. Jeferson era segurança particular, treinado para se defender. Ele teria notado um carro o seguindo. Por isso, prefiro pensar que ele marcou um encontro com o criminoso em algum local ali perto. Para receber dinheiro em troca do silêncio? Ou por ter facilitado o acesso do assassino à empresa, mantendo seu colega longe de onde ele estava escondido? Quem sabe pelas duas razões.

— E como Jeferson chantagearia essa pessoa eternamente, o assassino preferiu liquidá-lo para evitar prováveis ameaças e futuras dores de cabeça.

— Com certeza, Jeferson faria isso. Então, alguém decidiu tirá-lo de cena.

— E o que você fará daqui para frente com essa reviravolta no caso?

— Precisamos nos apressar, Hadassa. Meu dia será cheio. Tenho muitos caminhos diferentes para trilhar e sei que um deles me levará ao assassino. Trata-se de alguém extremamente perigoso, que não hesita em descartar vidas humanas. Já eliminou três pessoas em vinte e quatro horas e talvez haja até outros crimes anteriores em seu histórico.

— Entendi. Bem, precisamos dormir e descansar. Não há muito a ser feito agora. O corpo de Jeferson foi levado para o Instituto Médico Legal. Amanhã, certamente teremos mais novidades sobre ele.

— A doutora Ema sempre nos traz boas notícias. Vamos aguardar. Boa noite!

— Boa noite para você também.

Nicolas desligou. Sua mente já estava começando a ficar acelerada outra vez, pensando em dezenas de versões, hipóteses, probabilidades, conexões... Contudo, aquele não era o momento de queimar a cuca. Em uma coisa ele concordava com Hadassa: era preciso dormir e descansar, nem que fosse por algumas poucas horas.

***

O sono de Nicolas durou exatamente três horas e meia, e foi um período em que ele acordou várias vezes, sentindo falta do corpo quente e macio de Miah ao lado do seu. Não estava mais habituado a dormir sozinho, e a ausência dela o afetou bastante.

Às sete horas, já havia se vestido e estava pronto para sair. Comeu alguns biscoitos, mesmo sentindo vontade de experimentar o bolo de Miah, que a aguardava esquecido dentro da geladeira. Ele sabia o quanto aquele doce significava para sua esposa e duvidava que um dia ela o comesse.

Nicolas pegou seu revólver e prendeu-o na calça. Quando ia pegar seu distintivo, que deixara sobre um aparador, viu Érica empurrá-lo com a patinha até derrubá-lo no chão. Em seguida, a gata ergueu a cabecinha branca e fitou-o com seus olhos azuis repletos de pirraça.

— Começou a palhaçada? — Nicolas abaixou-se para pegar o distintivo. — Não pense que a ausência de Miah lhe dá o direito de arrumar confusão comigo.

Érica continuava encarando-o com deboche, como se desafiasse Nicolas a um embate.

— Você não vale nada, sabia? Não sei por que tenho de aturá-la.

A gata rolou de lado e mostrou a barriga a Nicolas, parecendo se divertir com aquela situação. Ele a ignorou, mas somente porque estava com pressa para sair.

— Qualquer hora dessas, comprarei um pitbull para deixá-lo aqui com você. Aí verei até onde vai sua valentia. E nunca mais derrube nada que for meu!

Érica desceu dali e saiu correndo na direção da cozinha. Nicolas guardou seu distintivo e abriu a porta para sair, no mesmo instante em que ouviu alguma coisa de vidro quebrar-se na cozinha. Sim, ela estava desafiando-o novamente.

Já na rua, seu primeiro telefonema foi para Ema e não ficou surpreso ao constatar que ela estava trabalhando. Sim, como de hábito, a eficiente Ema Linhares já estava em seu local de trabalho. Também não foi nenhuma novidade quando ela se adiantou à fala de Nicolas:

— Aposto que quer saber informações sobre Jeferson e como essas notícias podem se cruzar com Serena e Fagner.

— A senhora já tem algo para me dizer?

— A bala que matou Jeferson penetrou em sua cabeça. O disparo foi próximo, talvez a cinco metros de distância, no máximo. O tipo de bala é o mesmo que extraí dos Alvarez. Logo, foi o mesmo assassino.

— Já imaginava isso.

— O corpo do rapaz está bastante ferido, obviamente em virtude do impacto que antecedeu o tiro. Há vários dedos das mãos quebrados, bem como uma perna, um braço, a clavícula e algumas costelas. Mesmo assim, não foi o atropelamento que o matou. Se Jeferson ainda estava consciente, viu quem atirou nele.

Ema fez uma pausa, e Nicolas ouviu um farfalhar de papéis, como se ela estivesse revirando alguns documentos até encontrar o que procurava.

— Como havia informado anteriormente, o tipo de bala utilizada é 9 mm, proveniente de uma pistola pequena, uma das menores que existem atualmente no mercado. Não sei se ajuda muito consultar quem pode ter comprado esse tipo de arma nas lojas da cidade e da região, embora seja possível adquirir esse item pela internet e até no mercado negro anonimamente.

— Obrigado, doutora. Não acredito muito que as tentativas de rastreio da origem da arma nos tragam grandes avanços, mas podemos tentar.

Assim que Nicolas desligou, entrou em contato com Hadassa e a atualizou sobre o que acabara de ouvir de Ema.

— É o que já presumíamos: trata-se do mesmo assassino — resumiu a delegada. — Vou convocar Moira para me acompanhar à casa de Jeferson. A família pode estar preocupada.

— Com certeza. Pretendo retornar à emissora com Mike e conversar com outros funcionários.

— Vamos nos falando. Até mais.

Nicolas efetuou uma terceira ligação, desta vez para o hospital, e recebeu a informação de que Miah e o bebê estavam dormindo, que estavam muito bem e que Nicolas poderia visitá-los a qualquer tempo. Ouvir aquilo o tranquilizou, dando-lhe a certeza de que a esposa finalmente estava fora de perigo.

Ao se encontrar com Mike, Nicolas seguiu diretamente para os estúdios da TV da Cidade. Como já conhecia o caminho, passou pelas recepcionistas e pediu que avisassem Benício de sua presença. O supervisor, mais uma vez, os recebeu no andar em que ficava sua sala e disse:

— Já esperava que vocês retornariam hoje para dar continuidade à investigação. Venham comigo.

Ele rodou nos calcanhares, gesticulando para que Mike e Nicolas o seguissem. À mente do investigador surgiu a imagem de Moisés liderando o povo de Israel.

Assim que entraram na sala do supervisor, Nicolas disparou:

— Jeferson foi assassinado na noite de ontem. As evidências apontam para a mesma pessoa que matou Serena e Fagner.

Não houve o menor vestígio de surpresa, assombro ou tristeza no olhar daquele homem. Absolutamente nada. Ele apenas se limitou a encarar Nicolas como se esperasse um desfecho melhor para aquela história.

— A única coisa que lhe peço é que não divulgue ainda essa informação aos demais funcionários ou instauraremos o pânico entre todos — ordenou Nicolas fixando o olhar no outro homem. — As pessoas podem fazer uma interpretação totalmente errada, pensando, inclusive, na possibilidade de que um assassino em série tenha como missão dar fim a todos os funcionários da emissora.

— Compreendo perfeitamente. Essa informação morrerá aqui.

Sempre com uma frieza espantosa, Benício não fez nenhuma outra pergunta. Não quis saber como nem onde Jeferson morrera, se a família do rapaz fora notificada e muito menos como Nicolas já sabia que a morte do rapaz estava relacionada à dos Alvarez. O investigador apenas trocou um olhar discreto com Mike, que anotou algo em sua caderneta.

Mudando bruscamente de assunto, Benício explicou que já estava de posse das listas com os nomes de todos os funcionários que foram trabalhar no dia em que o primeiro crime ocorreu, bem como os nomes dos que se ausentaram. Nicolas explicou que gostaria de conversar com todos eles ou com a maior quantidade de pessoas possível.

Isso lhe tomou toda a sua manhã. Foi um trabalho extremamente cansativo e demorado. Nicolas e Mike conversaram com o editor-chefe, os produtores, os diretores dos telejornais, os maquiadores, os operadores de câmeras, inclusive com Ed, com os motoristas, os auxiliares de limpeza e com vários jornalistas que estavam na emissora naquele momento, incluindo o rapaz que substituiria Miah.

Alguns demonstraram tranquilidade diante das perguntas dos policiais, outros se mostraram tristes pela morte recente e repentina dos patrões, outros ainda pareceram desconfiados e evasivos. Foi justamente esses que Nicolas escolheu para apertar mais o cerco de perguntas, visando a possíveis contradições, hesitações ou comportamentos que demonstrassem insegurança.

Ao final, Nicolas e Mike haviam conversado com quase cinquenta pessoas individualmente. Com algumas a conversa fora rápida, com outras se estendera um pouco mais. Independentemente da reação que elas exibiam para Nicolas, a conclusão era a mesma: Serena e Fagner Alvarez eram queridos por todos os funcionários. Ele ouviu toda sorte de elogios e adjetivos sobre eles. Disseram que ambos eram respeitáveis, íntegros, justos, corretos, transparentes, bondosos, honestos, decentes e excelentes patrões. Como o enterro aconteceria no período da tarde daquele mesmo dia, muitos disseram que estariam presentes no cemitério para o último adeus ao casal.

À medida que Nicolas conversava com mais pessoas, maior se tornava sua lista de suspeitos, já que seria muito complexo distinguir possíveis inocentes de prováveis culpados. Aparentemente, ninguém tinha motivo para matar o casal, já que todo o grupo alegava nutrir simpatia e respeito pelos Alvarez.

Intencionalmente, Nicolas preferiu deixar Djalma por último. Já passava de meio-dia, e alguns funcionários haviam saído para almoçar. No departamento de Recursos Humanos, encontrou apenas Zaqueu, o rapaz cego, e o próprio Djalma.

— Gostaríamos de conversar com vocês dois, um de cada vez — explicou Nicolas sem rodeios. — Começo com quem?

Zaqueu levantou a mão, usando a outra para arrumar os óculos escuros. Djalma, sem dizer nenhuma palavra, saiu da sala.

— Se vocês estão desconfiados de que um homem cego possa ter atirado com precisão em duas pessoas sem errar a pontaria, devo lhes parabenizar. — Zaqueu mostrou um sorriso desanimado.

— Imagino que, se eu lhe perguntar suas impressões sobre Serena e Fagner, você nos dirá que eles eram excelentes patrões e que todos gostavam de trabalhar sob seu comando — comentou Nicolas.

— Sim, é exatamente o que lhes responderia. Sou o único funcionário com deficiência aqui e sempre fui muito respeitado por eles e meus colegas. Nunca fui segregado ou excluído, ao contrário. Todos me tratam como um igual. A cegueira não me atrapalha na realização de minhas funções. Se as pessoas soubessem da riqueza que possuem simplesmente por contarem com seus cinco sentidos em pleno funcionamento, nunca mais se queixariam por tão pouco.

— Concordo com você. Só que alguém, por razões desconhecidas, além de não valorizar o que possui, ainda encurtou a vida de duas pessoas que pareciam verdadeiros anjos na Terra. Até agora não ouvi nenhum funcionário falar mal deles. — Lembrou Nicolas. Com exceção de Walcir, mas ali a razão era clara.

— E nem ouvirá. — Reforçou Zaqueu. — Porque os Alvarez eram as melhores pessoas do mundo.

O próximo a ser interrogado foi Djalma. O homem parecia estar ainda mais bonito do que no dia anterior. Miah certamente fora muito sincera quando explicou que mulheres solteiras e casadas eram interessadas naquele sujeito.

Mais uma vez, Nicolas foi direto ao ponto:

— Como era sua relação com Fagner e com Serena?

Nicolas notou que a pergunta deixara Djalma intrigado.

— Era uma relação muito respeitosa. Sempre serei muito grato a eles por confiarem tanto em mim a ponto de me nomearem chefe de um departamento.

— Como era sua relação com ambos fora da empresa?

Desta vez, Djalma piscou, parecendo não ter compreendido a indagação.

— Perdão?

— Quero saber como era a amizade entre vocês além dos muros da emissora. Você frequentava a casa deles?

O sangue esvaiu-se do rosto belíssimo de Djalma. Mesmo assim, ele demonstrou calma ao responder:

— Estive uma vez apenas no apartamento deles por questões estritamente profissionais, mas confesso que não estou compreendendo o teor dessas questões, senhor Bartole. Devo chamar um advogado para acompanhar a conversa?

— É um direito seu, assim como é meu direito fazer as perguntas: há quanto tempo você e Serena mantinham uma relação amorosa?

Djalma abriu a boca, como se não conseguisse mais respirar pelas narinas, e suas mãos começaram a tremer. Pontículos de suor brotaram de sua testa.

— Não sei do que está falando, senhor. Eu... vou ligar para meu advogado.

— Já que quer dificultar as coisas, faça isso. Peça que ele o encontre na delegacia. Continuaremos lá a nossa conversa.

Nicolas fez menção de sair da sala, mas Djalma segurou-o pelo braço com força. O olhar gelado que recebeu do investigador o fez soltá-lo na mesma hora.

— Desculpe. Eu quero dizer que... puxa vida, suas perguntas me deixaram nervoso. Acho que podemos conversar sem advogado nenhum.

— Então, responda o que lhe foi perguntado. Desde quando você e Serena eram amantes?

— Meu Deus! Por favor, fale baixo. — Ele colocou o rosto entre as mãos e chiou como uma panela de pressão. Encarou Mike e depois focou o olhar em Nicolas. — Vamos nos sentar, por favor. Esse é um assunto muito delicado.

Nicolas concordou. Puxou uma cadeira para si, enquanto Djalma se acomodava em outra. Como sempre, Mike permaneceu em pé, com a caneta e a caderneta em mãos.

O rapaz de beleza ímpar aguardou calado por alguns instantes, como se refletisse sobre o que iria dizer. Quando tomou coragem suficiente, mantendo a cabeça baixa, explicou:

— Nunca tive nenhuma relação com Serena além da profissional, ao contrário. Sempre a respeitei muito. Mas é verdade que eu frequentava o apartamento deles às escondidas. Mas o grande amor da minha vida nunca foi ela... — Djalma ergueu o olhar para Nicolas. — Eu era amante de Fagner.

Capítulo 18

A declaração de Djalma não causou nenhuma surpresa a Nicolas, que manteve a expressão de seu rosto impassível, à espera de o gerente do RH continuar seu relato.

— Fui contratado pela emissora para realizar serviços gerais. Até mesmo serviços externos eu realizava, como se fosse um *office boy*. Com o decorrer do tempo, Fagner notou que eu tinha capacidade suficiente de exercer funções melhores e me colocou como assistente da gerente aqui no RH. A responsável se aposentou no ano passado, e eu assumi seu lugar. Mais uma vez, foi Fagner, com o consentimento de Serena, quem me colocou no cargo.

— Como e quando a relação afetiva entre vocês teve início? — indagou Nicolas.

— As pessoas dizem que sou muito bonito. Eu apenas me cuido, mas não me considero nenhuma beleza rara. — Djalma começou a brincar com o mouse do computador. — O fato de eu ser solteiro e não ter filhos contribui um pouco para que esse assédio sobre mim se amplie. Frequentemente, muitas mulheres — e alguns homens — demonstram interesse em se relacionar comigo. Foi o que aconteceu com o meu patrão.

— Ele lhe fez alguma proposta?

— Certa vez, há uns três anos, Serena fora acometida por um resfriado muito forte e ficou alguns dias sem vir trabalhar. Fagner vinha para a emissora todos os dias, porém, em tempo reduzido. Ele voltava mais cedo para casa para cuidar da esposa. Em uma dessas ocasiões, ele me pediu que o acompanhasse até lá e levasse alguns documentos, que deveriam ser assinados por ambos. Admito que não achei estranho o seu convite nem percebi segundas intenções. Chegando ao apartamento deles, cumprimentei Serena de longe, porque ela preferiu se manter afastada para não correr o risco de me contaminar. Quando ela assinou os papéis, Fagner me acompanhou até o elevador, e, desta vez, percebi algo estranho no modo como ele me fitava.

— O que havia de estranho?

— Ele estava me olhando com interesse, com desejo. Sabe, senhor Bartole, como lhe disse, estou acostumado a ser paquerado pelas pessoas, a darem em cima de mim. Reconheço os olhares de lascívia e de cobiça. Aquele homem me queria para si e eu sabia disso, mesmo que ele não tenha expressado qualquer palavra nesse sentido. — Djalma trocou o mouse por uma caneta. Seu olhar estava perdido em lembranças. — Semanas depois, ele novamente me pediu que fosse ao seu apartamento. Desta vez, Serena tinha viajado para Londres, onde reside a filha deles. Fagner ficara, alegando que precisaria fechar um contrato com anunciantes para os intervalos comerciais do telejornal noturno. Depois de concluída a negociação, ele também partiria para a Inglaterra. A história era um tanto estranha, já que eles não se desgrudavam.

"Quando cheguei ao apartamento, ele me fez a proposta: perguntou se eu tinha interesse em mudar de cargo na empresa. Eu deixaria de ser um *office boy* para me tornar assistente da gerente de Recursos Humanos, ganhando quase o triplo do que eu ganhava. Naturalmente, aceitei a proposta na mesma hora. Contudo, Fagner me disse que haveria um preço que eu deveria pagar."

— Foi quando vocês tiveram a primeira relação sexual?

— Exatamente. Em troca de favores sexuais, continuei crescendo aqui dentro. Suponho que Serena nunca desconfiou de nada... Ou, se sabia de alguma coisa, fingiu-se de cega. Garanto ao senhor que nunca desconfiaria de que Fagner fosse homossexual ou bissexual, já que ele parecia amar muito sua esposa, tendo três filhos com ela. Penso que Úrsula e Matteo realmente não fazem ideia das preferências do pai.

— Três filhos? — Nicolas ergueu uma sobrancelha. — Não conheci o terceiro filho. Úrsula e Matteo estão na cidade e foram me procurar na delegacia ontem.

— Não poderia conhecê-lo, porque ele faleceu com apenas quinze dias de vida. Foi a primeira criança que tiveram. Se estivesse vivo, seria o filho mais velho. Parece que foi meningite. Nunca chegou a sair do

139

hospital após o nascimento. Foi um parto difícil seguido por dias preocupantes, que, infelizmente, resultaram no óbito do recém-nascido.

Nicolas sabia muito bem como era a experiência de acompanhar um parto difícil.

— Sabe, senhor Bartole, às vezes tenho a impressão de que Fagner e Serena nunca superaram a morte dessa criança. Hoje, ela teria mais ou menos a minha idade. — Djalma fez uma pausa, olhando fixamente para a caneta que ele segurava. — Quanto ao meu relacionamento às escondidas com Fagner, eu lhe garanto que nunca me apaixonei por ele. Nosso "romance" era estruturado em alicerces de puro interesse: eu visava a me desenvolver profissionalmente aqui na empresa e ele queria desfrutar do meu corpo.

— Você e Fagner brigaram recentemente? Houve alguma ameaça da parte de um dos dois de que o relacionamento afetivo precisaria ser interrompido?

— Não, nada. Sempre era ele quem me procurava, e esse era o nosso acordo. Mesmo assim, eu nutria grande estima pelo casal. Eles eram pessoas incríveis. Nada justifica seu assassinato, Bartole. Não me conformo com isso. Por que os mataram com tanta frieza? Quem sentia tanto ódio por eles a ponto de planejar os assassinatos com precisão e de a polícia ainda não ter a menor pista do criminoso?

— Em breve, terei as respostas para essas perguntas, Djalma. — Nicolas levantou-se. — Obrigado por seu tempo e por sua confissão. Suas informações me serão muito úteis.

***

— Djalma pode ter sido sincero sobre muitas coisas que nos contou — comentou Mike assim que saíram do estúdio. Depois de tantas horas dentro do prédio, foi quase um alívio voltar a respirar o ar da rua. — Acredito que ele realmente tenha tido seus momentos de atracação íntima com o chefe visando a cargos cada vez mais altos, porém, não sei se ele me inspira confiança quando alega não ter tido nenhum desentendimento recente com Fagner. Se o patrão disse que não o queria mais ou se o alertou de que a relação estaria em vias de terminar, Djalma pode ter se enfurecido e decidido dar fim aos dois. Se ele não ficaria com Fagner, Serena também não ficaria.

— E, na sequência, teria eliminado Jeferson para silenciá-lo? — considerou Nicolas abrindo a porta de seu carro. — É possível. Um motivo plenamente justificável. Precisamos descobrir onde Djalma realmente estava no horário em que os crimes aconteceram.

Nicolas arrancou dali, olhando para o prédio da TV da Cidade pelo espelho retrovisor. Quantas vezes mais precisariam retornar àquele lugar?

— Sem dúvida alguma, a informação mais interessante é sobre o filho morto. — No tráfego, Nicolas ultrapassou uma senhora que dirigia seu Monza com a velocidade de um bicho-preguiça. — Eu poderia pedir para Moira dar início às pesquisas, Mike, mas sinto que vou ganhar tempo se eu mesmo fizer isso. Estou pressentindo que faremos uma descoberta interessante.

— O que poderia ser tão interessante em uma criança morta? — Mike examinou o rosto de Nicolas, compenetrado no trânsito. — O bebê teve meningite, morreu e foi enterrado. Tempos depois, nasceram os outros dois filhos. E a história continuou da forma como a conhecemos.

— O que me causou estranhamento foi Fagner ter abordado esse assunto tão antigo justamente com outro homem, que era seu funcionário e seu amante. Imagine a cena: os dois terminam de se amar, e, ainda abraçados e nus na cama, Fagner se vira para Djalma e diz: "Meu querido, hoje você caprichou em seu desempenho, mas gostaria de lhe falar que há mais de trinta anos tive um filho que morreu de meningite".

— Realmente, não tem muita lógica.

— Seria interessante tentarmos descobrir por que esse assunto foi discutido com Djalma e com qual objetivo. Todavia, pretendo voltar a conversar com ele apenas quando me atualizar sobre a morte desse bebê. — Nicolas seguiu por uma rua que levava ao endereço preferido de Mike. — Agora, vamos parar no *Caseiros* para almoçar e depois nos separamos. Você voltará à delegacia apenas para que Hadassa o veja por lá e não fique me enchendo a paciência. Pretendo ir ao hospital para ver como Miah e meu filho estão. Assim que eu sair, nos encontramos novamente para irmos à procura dos responsáveis pela emissora concorrente, o Canal local. A tal Valdirene nos deve algumas explicações.

— Bartole, assim que meu cérebro processou o nome do meu restaurante predileto, ele parou de compreender as palavras seguintes. O horário do almoço é sempre precioso para mim. E lembre-se de que você me prometeu pagar o rango dos próximos dias.

— Sei. Você nunca se esquece de nada que lhe seja conveniente.

Mike riu alto enquanto Nicolas dirigia rumo ao restaurante.

***

Nicolas sempre sentia o coração amolecer quando via uma mulher amamentando seu bebê. Para ele, era o símbolo do afeto materno, do amor, da proteção, do zelo e da própria vida. Por isso, ficou muito emocionado quando chegou ao hospital para visitar Miah e a encontrou deitada no quarto, segurando o pequeno embrulho nos braços. Ao chegar mais perto, sem ser notado por ela, percebeu que o bebê sugava o seio de Miah avidamente.

— Preciso registrar esse momento — disse Nicolas pegando o celular para fotografar. — É a cena mais linda que já vi.

— Diz isso porque não é você que está com esse sanguessuga grudado em seu mamilo. — Miah acalentou a criança que segurava. — Ele é muito esganado. Não para de mamar. O que ele pensa? Que sou uma vaca leiteira?

Rindo, Nicolas foi até a cama e beijou Miah nos lábios. Ela estava ainda muito pálida, com marcas escuras sob os olhos. Seu rosto demonstrava sinais de cansaço. Ela baixou o olhar para Manoel, que pareceu pressentir a presença do pai. Ele parou de mamar e abriu os olhos. Miah virou-o um pouco para que o bebê pudesse contemplar o pai com seus lindos olhos azuis escuros.

— E aí, garotão? Quer ter uma conversa de homem para homem?

Nicolas fez menção de pegá-lo. Era a primeira vez que seguraria seu filho no colo, e, mais uma vez, o momento enterneceu seu coração.

— Como eu o seguro, Miah?

— Coloque uma mão atrás da cabeça e a outra nas costas, próximo ao bumbum. A enfermeira me disse que essa é a técnica mais segura para mantê-lo no colo.

Nicolas obedeceu. Esticou os braços e ergueu o filho com o mesmo cuidado que teria se estivesse manejando uma bomba ativada. O bebê continuava admirando-o. Seu rostinho estava ainda muito enrugado, e os cabelos escuros eram espetados para todos os lados. Nicolas contemplou os dedinhos tão perfeitos, os pezinhos minúsculos, as orelhinhas delicadas e os lábios repletos de saliva e gotículas de leite.

— Durante meses, ficamos preocupados com sua chegada, garoto — comentou Nicolas para o filho, que mantinha o olhar fixo no pai. — Sua mãe passou por momentos horríveis por sua causa. Teve visões, desmaios, pesadelos, sensações ruins, arrepios, sustos... Sabemos que, em uma de suas muitas vidas anteriores, você foi um cara endiabrado. Tinha habilidades poderosas e as utilizava para o mal. Na verdade, eu nem posso julgá-lo, porque, nessa época, eu me chamava Sebastian e também não era nenhum santo. E agora, vendo-o assim, tão inocente, tão ingênuo, tão pequenininho, compreendo o que Marian quis dizer quando falou sobre a bênção do esquecimento através da reencarnação.

— Há algo errado com ele, Nicolas — da cama, Miah balbuciou em voz baixa. — Ele não me traz uma sensação boa.

— Miah, você só está preocupada porque se deixou impressionar pelo histórico espiritual desta criança.

— Você sabe muito bem que não é apenas isso — ela contrapôs irritada. — A presença dele me faz mal, mas não tenho outra opção. Não posso simplesmente deixá-lo em uma caixa e fugir correndo daqui.

— O que você está sentindo exatamente?

— Veja isso. — Miah exibiu os dois seios ao marido. Ele olhou para as rodelas avermelhadas em volta de ambos os mamilos. — Estamos falando de uma criança que não possui dentes, com pouco mais de doze horas de vida, e que, ao mamar pela primeira vez, apertou e sugou meus seios a ponto de marcá-los. Para você, isso é normal?

— Nós não sabemos, Miah. Não temos contato com ninguém que tenha sido mãe recentemente para lhe fazermos essa pergunta.

— Perguntei à enfermeira sobre a possibilidade de amamentá-lo com uma mamadeira, e a mulher me olhou como se eu fosse uma insana completa, principalmente após constatar que meus seios estão repletos de leite. Depois, ela ainda me deu uma bronca, dizendo que não há razão para eu não oferecer o leite materno, tão rico em proteínas, nutrientes e blá-blá-blá.

— Qual é sua ideia sobre tudo isso? — perguntou Nicolas, acariciando a mãozinha do bebê. — O que acha que podemos fazer?

— Não sei. Também estou procurando essas respostas. Marian sugere que tenhamos paciência e resiliência. Diz que é fundamental contermos a ansiedade, porque ela nos atrapalha, alimenta nossa cabeça com bobagens e nos faz tomar atitudes precipitadas.

— Então, vamos aguardar. Acho que é indispensável observarmos o comportamento dele. Um bebê de menos de um dia de vida não deve ser capaz de fazer muitas coisas, não acha?

— Sim... — Miah suspirou com resignação quando Nicolas lhe estendeu a criança. — Vamos aguardar — ela repetiu.

— A propósito, quero lhe falar que, amanhã à tarde, haverá um churrasco na casa de Mike. Eu não iria sem você, mas foi a mãe dele quem me convidou pessoalmente.

143

— Acredito que eu receberei alta até, no máximo, segunda-feira, porque já passei por alguns exames. Então, dependendo do resultado, poderei ir logo para casa. Mas é claro que não estou liberada para sair daqui diretamente para uma churrascada.

Nicolas sorriu vendo Miah acomodar melhor a criança junto de si. O bebê já queria mamar novamente.

— Prometo que me manterei na linha na casa de Mike. — Continuou Nicolas.

— Se houver mulheres bonitas lá, dê meia-volta e retorne imediatamente para o nosso apartamento.

— Isso é um pedido?

— Uma ordem. — Miah piscou um olho para Nicolas. — Lembre-se de que um poderoso feiticeiro está reencarnado e ele está em minhas mãos.

Sem saber se aquilo era realmente um motivo para rir, Nicolas soltou uma gargalhada.

Capítulo 19

A residência em que Valdirene e o marido moravam merecia levar o título de mansão. Tratava-se de um imóvel imenso e espaçoso de dois andares, voltado para uma piscina olímpica e uma área verde tão extensa quanto algumas praças da cidade. Quase todas as paredes haviam sido substituídas por janelões de vidro, o que permitia que os visitantes, após ultrapassarem os ornamentados portões de ferro, tivessem vista para o interior da casa mesmo sem entrar nela.

Após se identificarem na guarita e receberem autorização para entrar, Nicolas dirigiu até encontrar uma vaga entre arbustos floridos e bem cuidados. A tarde estava morrendo aos poucos, e o sol, que se punha lentamente, refletia seus raios alaranjados na água azul-turquesa da piscina, criando um efeito mágico, digno de uma fotografia.

Nicolas e Mike desceram do carro e seguiram em direção à casa. Espreguiçadeiras estavam dispostas em torno da piscina, e, sobre uma mesa branca, havia uma toalha colorida ainda úmida e um chapéu de praia. Alguém estivera mergulhando havia pouco tempo.

Como ninguém apareceu para recebê-los, os dois continuaram andando em direção ao que parecia ser uma gigantesca sala de estar, já que as paredes de vidro permitiam uma visão antecipada do que encontrariam lá dentro. Nicolas parou de repente ao ouvir o silvo agudo de Mike.

— Bartole, veja aquilo — sussurrou o policial estacado no mesmo lugar.

Nicolas já estava encarando o robusto cachorro da raça rottweiler, que os encarava de volta com um olhar bastante sugestivo, a boca aberta, a língua pendendo para fora. O animal não estava preso a nenhuma coleira, o que fez Nicolas automaticamente levar a mão ao cabo do revólver preso em sua cintura.

— Ei, amiguinho, nada de me engolir, OK? — murmurou Mike, pronto para reagir se o cão avançasse. — Eu já almocei, mas quero sobreviver ao churrasco que haverá em minha casa amanhã.

— Seu corpanzil o alimentaria por, no mínimo, três meses, Mike. — Nicolas sorriu e olhou para uma mulher de meia-idade que surgiu de avental e uma coleira na mão.

— Sinto muito se Bruce os assustou — ela desculpou-se sorrindo. — Ele é delicado e inocente como uma sereia. Nunca morderia ninguém.

Eles observaram a mulher colocar a coleira no cachorro e, em seguida, prendê-la em uma argola na parede. Mais ao fundo, do outro lado da parede de vidro, havia um veículo importado último tipo, outra prova do poder aquisitivo do proprietário.

— Venham comigo. O senhor Mauro e a senhora Valdirene os esperam no salão principal.

— Sereias não são inocentes ou delicadas — cochichou Mike para Nicolas enquanto seguiam a senhora. — Elas cantam para atrair os homens e arrastá-los para o fundo do mar, onde os matam.

— Não seja dramático, meu amigo. Se você encarar o cachorro com mais atenção, ele é até amigável.

Adentrar o salão principal da casa era como penetrar em um mundo imaginário. Quadros com pinturas de cores vibrantes estavam presos nas poucas partes em que havia paredes de concreto. Vidraças multicoloridas, semelhantes a vitrais de igrejas, recebiam a luz solar e refletiam um caleidoscópio de cores no centro daquele cômodo e também sobre os móveis, causando um belíssimo efeito psicodélico. Os móveis eram tão coloridos quanto a paleta de um pintor. Parecia um ambiente projetado para agradar crianças, mas o homem e a mulher que os aguardavam sentados em um sofá verde-esmeralda há muito deixaram de ser crianças.

Mauro era um homem de cerca de sessenta anos, pele bem cuidada, cabelos grisalhos, porte distinto e bem-apessoado, dono de uma compleição atlética e jovial, que certamente praticava esportes físicos para manter o corpo malhado. Não usava barba nem bigode, o que o rejuvenescia ainda mais. Seus olhos escuros espelhavam as luzes coloridas que os vitrais refletiam.

Valdirene era cerca de vinte anos mais jovem que o marido, tinha os cabelos loiros cortados à altura dos ombros, rosto maquiado quase ao ponto de parecer exagerado, olhos escuros, e sua boca carnuda estava pintada de vermelho. Brincos e pulseiras, que deveriam custar mais que o salário de muitos trabalhadores, a adornavam.

— É um prazer recebê-lo, senhor investigador. Sabia que cedo ou tarde o senhor viria falar comigo. — Mauro apontou duas poltronas, uma amarela e outra cor de abóbora para que eles se acomodassem. Nicolas sentou-se, mas Mike permaneceu de pé, respeitando as normas de sua farda. — O que poderia lhes servir?

— Nada, obrigado. Nós já almoçamos — respondeu Nicolas, sendo mais rápido que Mike. — Como é do conhecimento dos senhores, Fagner e Serena, proprietários da TV da Cidade, foram assassinados na noite retrasada.

— Foi com grande pesar que recebemos essa trágica notícia. — Mauro olhou para a esposa, que assentiu concordando. — Acima do fato de eles serem nossos concorrentes diretos, temos um código de ética e conduta. Publicamos uma nota em nosso jornal matutino, que será reprisado no programa da noite.

— Sabendo de sua eficiência em investigações de homicídio, senhor Bartole! Aposto que você já tem alguma pista sobre o assassino. — Valdirene mostrou um sorriso repleto de ironia. — Ou já o prendeu e veio apenas nos informar?

— O assassino ainda não foi encontrado. Estamos atuando em várias frentes para que ele seja capturado o quanto antes. — Nicolas também sorriu, sendo igualmente debochado. — Soube que, com o falecimento dos dois, há a possibilidade de venda da emissora, caso os filhos não queiram assumi-la. Vocês teriam interesse em comprar o canal concorrente?

Os olhos de Mauro brilharam de cobiça.

— Não vou lhe esconder que sim, senhor Bartole, pois isso nos tornaria a maior rede televisiva da região. É visando a tornar o Canal local ainda mais próspero que temos trabalhado com tanto empenho, removendo máculas que possam nos atrapalhar.

— O que seriam exatamente essas "máculas"? — Nicolas olhava de um para o outro.

Foi Valdirene quem respondeu sem hesitação:

— Qualquer coisa que ateste contra nossa reputação, incluindo funcionários que deixaram a desejar. Miah, sua esposa, infelizmente, representava uma mácula para a nossa imagem. Não podíamos abrigar uma criminosa.

Nicolas percebeu que os dois estavam preparados para atacá-lo nos pontos fracos, então, decidiu atacá-los primeiro.

— A opinião que vocês têm de Miah não me diz respeito. O fato de ela ter se integrado à equipe da TV da Cidade e feito grande sucesso lá, causando arrependimento e amargura em vocês dois, também não é problema meu. O que realmente me interessa é identificar e prender um assassino que está solto e pode ser qualquer um. Além disso, a morte de Serena e Fagner poderia beneficiar a concorrência, não?

— O que está insinuando, senhor Bartole? — Mauro endureceu a voz.

— Exatamente o que o senhor entendeu. Caçar assassinos é meu trabalho, senhores, e eu o realizo muito bem. Assim, qualquer coisa que me pareça estranha ou que não se encaixe será alvo de minha investigação. Por isso, quero saber uma coisa... Havia na TV da Cidade um funcionário chamado Walcir, que foi demitido menos de um mês antes de os Alvarez serem assassinados. Estivemos em sua casa, e ele nos deu uma informação muito interessante. — Nicolas quase sorriu novamente, notando que Valdirene empalidecera. — Ele nos contou que sua namorada o deixou. Sem conseguir aceitar o término do relacionamento, começou a se embebedar e a ir trabalhar totalmente alcoolizado, o que resultou em sua demissão.

— E o que nós temos a ver com isso? — inquiriu Mauro, cada vez mais nervoso.

— Valdirene é quem nos deve tal resposta, já que ela era a namorada desse funcionário.

Mauro olhou vivamente para Valdirene, cujos dentes batiam como se estivesse trêmula de frio. Ela sacudia a cabeça negativamente para os lados.

— O que você está me dizendo é mentira! Nunca conheci esse homem! Nem sei de quem se trata.

— Há uma foto sua que ele tirou num momento de distração, Valdirene. — Nicolas continuou tranquilamente. — O cenário da imagem revela que você estava na casa dele na ocasião em que a fotografia foi tirada. Eu me pergunto como uma mulher como você, tão distinta e elegante, prestou-se a um papel tão baixo, vendendo-se a um coitado, iludindo-o apenas para lhe arrancar informações sobre a emissora rival.

— Senhor Bartole, sua postura me enoja! — Mauro torceu os lábios. — Não tem direito de vir à minha residência levantar falso testemunho contra minha mulher.

— Valdirene, você contou ao seu marido sobre sua conversa com Miah no salão de beleza? — Provocou Nicolas, mantendo-se no controle da situação.

Ela não respondeu. Esforçava-se com tanto empenho para tentar verter algumas lágrimas que estava quase fazendo uma careta. Mesmo assim, seus olhos estavam mais secos que o solo da caatinga.

— Não contou? — questionou Nicolas, reparando que a mulher não responderia nada. — Que coisa mais feia manter segredos do próprio marido!

— Senhor Bartole, saia da minha casa agora mesmo! — Mauro saltou do sofá e esticou o braço para frente, apontando na direção da saída. — Você e seu policial podem dar o fora daqui neste instante! Não aceitaremos suas insinuações maldosas. Minha esposa sempre foi fiel a mim. Você a está julgando.

— Vocês também julgaram minha esposa tempos atrás, embora isso não seja tema da discussão neste exato momento. — Nicolas continuou sentado no sofá, alheio à ordem e à postura altiva de Mauro. — Com a morte de Serena e Fagner, vocês dois seriam muito beneficiados. Diga-me, Valdirene, de quem mais você se aproveitou para conseguir o que desejava?

— Eu já os mandei saírem da minha casa! — gritando, Mauro avançou na direção de Nicolas, com as mãos em punho.

Mike colocou-se na frente de Nicolas e recebeu o murro no peito. Mauro teve a impressão de que acabara de esmurrar uma muralha. Quando ele se preparou para atacar novamente, Nicolas ergueu-se e ordenou:

— Pode algemá-lo, Mike. Assim ele aprenderá a nunca mais agredir um policial fardado.

— Esperem, por favor! — Valdirene gritava, e desta vez as lágrimas brotaram de seus olhos. — Não prendam meu marido por um motivo tão idiota! Se o deixarem em paz, eu contarei tudo o que vocês quiserem saber.

— Do que está falando, meu amor? — Mauro gemeu, com os braços para trás, imobilizados por Mike.

— Eu usei mesmo aquele caipira tosco, e isso não é crime! — Valdirene hesitou entre tentar libertar o marido das mãos de Mike e ficar parada, observando-os. Escolheu a segunda opção. — Desculpe, Mauro, mas eu precisava me inteirar de tudo o que acontecia lá dentro. Os projetos, as matérias, a dinâmica de trabalho... Walcir nunca representou nada para mim. Era menos que um lixo, mas sabia cantar a bola direitinho. Usei muitas ideias deles a nosso favor. Ideias que deram certo quando as adaptei para nossa realidade.

— Você me traiu, Valdirene? — Mauro gemeu, parecendo incrédulo. — Como pôde fazer isso comigo?

— Ora, pensa que não sei das suas escapadinhas? Que tal abrir o jogo?

Nicolas fez um gesto com a cabeça, e Mike soltou Mauro, que massageou os pulsos com força. Ele postou-se ao lado da esposa, e ambos pareciam assustados.

— Seria uma cena digna de novela. Duas pessoas que demonstram se amar, mas que, de repente, descobrem que são adúlteros. Revelações bombásticas e acusações dramáticas levantam a audiência daquele capítulo! — Nicolas aplaudiu. — Eu estou me perguntando se vocês já haviam ensaiado toda essa encenação, afinal, não esperem que eu acredite que apenas agora Mauro soube que a esposa lhe é infiel. Há tempos Miah já me contava que você, Valdirene, adorava se encontrar com homens bonitões e atléticos, de preferência com menos de trinta anos. Quanto a Mauro, ele certamente fazia o mesmo. Mulheres bonitas, que não dependem de maquiagem para esconder as imperfeições do rosto.

Os dois continuaram calados, corados de ódio.

— É preciso mais que um espetáculo desses para me convencer — continuou Nicolas. — Um sempre soube das puladas de cerca do outro, e agora estão tentando se fazer de horrorizados e achando que vão me tapear com isso. Não me julguem um completo idiota, porque eu não sou. Vocês até podem ser inocentes na morte dos Alvarez, mas com certeza têm culpa no cartório por outras razões. Por exemplo: vocês têm uma vida muito luxuosa. Ganham tanto dinheiro assim graças à emissora? Embora Serena e Fagner morassem em um amplo apartamento e em um bairro luxuoso, ele não se comparava a uma casa como esta.

O casal continuou em silêncio. Estavam mudos como um par de estátuas.

— Só espero que minhas investigações não apontem para situações fraudulentas, porque, se isso acontecer, vocês estarão seriamente encrencados. — Nicolas encarou Mauro com desprezo no olhar. — Peça desculpas ao policial Mike pela agressão.

Mauro só faltou mastigar as palavras, tentando não demonstrar a raiva que estava sentindo.

— Perdoe-me pela minha descompostura, policial. Confesso que me exaltei, e essa não era minha intenção.

— Muito bem. — Nicolas abriu um sorriso brilhante. — Mike, pode algemá-lo.

— O quê? — Mauro gritou, incapaz de acreditar naquilo.

Antes que conseguisse armar um berreiro, seus braços já estavam novamente voltados para trás, desta vez com os pulsos unidos pela pulseira de aço.

— Eu jamais deixaria impune uma agressão a um policial em serviço. Aliás, viram como Mike e eu também somos bons em uma encenação? — Nicolas olhou para Valdirene, que parecia prestes a ter um desmaio. — Acione seu advogado e nos encontre na delegacia. Vamos, Mike! Pode levá-lo.

Capítulo 20

Acertadamente, Nicolas deduziu que Mauro e Valdirene moveriam céus e terra para que ele recuperasse a liberdade. Em um país como o Brasil, em que muitos crimes graves e hediondos acabam resultando em penas curtas ou na total liberdade dos acusados, principalmente quando estes possuíam contas bancárias bem abastecidas, um simples murro em um policial não manteria atrás das grades uma pessoa endinheirada como o presidente de uma emissora de televisão.

Valdirene convocou um pequeno time de advogados para livrar o marido daquilo que ela, repetidas vezes, nomeara de chateação e perda de tempo. A própria Hadassa informou a Nicolas que seria estabelecido um valor de fiança para a soltura de Mauro e que ela tinha certeza de que o montante seria pago sem questionamentos.

Como Nicolas sabia que eles ainda tentariam serem os últimos a rir da situação, ironizando o investigador por uma prisão infundada e que não resultaria em nada, ele decidiu tomar uma posição. Efetuou duas ligações e aguardou.

Nicolas estava parado próximo a Moira, com Mike ao seu lado, discutindo possíveis conexões de alguns funcionários da TV da Cidade com os patrões, quando ouviu vozes altas e olhou naquela direção. Valdirene caminhava de braços dados com Mauro, o nariz arrebitado e um sorriso de desforra nos lábios. Atrás deles, vinham cinco homens engravatados, seus advogados. Todos eles olhavam de relance para a delegada, que usava um vestido da cor do céu de verão e que ressaltava suas curvas perfeitas.

Quando pararam diante de Nicolas, Valdirene não se conteve:

— Satisfeito, senhor Bartole? Voltaremos para nossa casa de cabeça erguida, com a consciência limpa e tranquila de quem não cometeu nenhum crime. E saiba que, com sua atitude, todo o nosso conceito sobre seu trabalho foi para o esgoto.

— O senhor me envergonhou, sabia? — Mauro só faltou cuspir no chão. — Nunca mais será bem-vindo à minha residência.

— Podem grunhir o quanto quiserem. — Nicolas sorriu e enfiou as mãos nos bolsos da calça. — Porque, se eu descobrir que vocês, de alguma maneira, têm qualquer parcela de responsabilidade nos assassinatos recentes, saibam que irei caçá-los impiedosamente.

— Está ameaçando nossos clientes outra vez? — Um dos advogados deu um passo à frente, na defensiva. — Porque se for isso...

— Abaixe a crista e vá cantar de galo em outra freguesia, meu querido. — Nicolas também deu um passo à frente. — Não faço ameaças. Eu alerto! Estou procurando o ou os responsáveis pela morte de três pessoas. Se seus clientes forem quem estou buscando, eu lhes darei o que merecem. E saibam que nenhum de vocês ou quantos mais quiserem vir poderão salvá-los de seu destino. Portanto, rezem, torçam ou façam vibrações positivas para que a única infração mais grave deles, além de bater em um policial em exercício, seja a infidelidade conjugal.

O advogado preparou-se para retrucar, contudo, Mauro gesticulou com a mão, como se dissesse que Nicolas não merecia o tempo precioso de cada um ali. O grupo encaminhou-se para a saída, até o local onde Valdirene deixara estacionado seu carro. Seu plano era enfiar o marido no veículo e desaparecer dali o mais rápido possível, antes que alguém os flagrasse.

Assim que eles se viram do lado de fora da delegacia, foram recepcionados por *flashes*, câmeras de vídeo e por pelo menos meia dúzia de repórteres, dentre eles um do próprio Canal local. As perguntas foram espontâneas:

— É verdade que o senhor Mauro foi detido? O que houve?

— Por que estão saindo da delegacia acompanhados de seus advogados?

— Poderiam nos dar mais detalhes sobre sua passagem pela polícia?

Não havia como aqueles repórteres abelhudos tomarem conhecimento do ocorrido, já que a própria Valdirene adotara todos os cuidados para que nenhuma informação vazasse. Ela estava convicta de que alguém os delatara e tinha quase certeza de quem o fizera, mesmo

153

que não pudesse provar. Agora, seu rosto e de seu marido estampariam todos os matutinos na manhã seguinte, isso sem falar das imagens transmitidas nos telejornais.

Automaticamente, Valdirene virou-se para trás e deparou-se com um sorriso dissimulado nos lábios de Nicolas. Um sorriso que sugeria que a guerra ainda não estava totalmente vencida.

Hadassa, que também percebera a expressão sarcástica de Nicolas, chamou-o para sua sala. Desta vez, ele foi taxativo:

— Gostaria que Mike acompanhasse nossa conversa.

A delegada assentiu, tentando controlar a raiva que explodia dentro de si. Era óbvio que ele não a queria por perto e evitava ficar sozinho com ela. Se não tivesse sido tão precipitada a ponto de tocá-lo em locais indevidos, seus planos poderiam ter funcionado de forma mais assertiva.

Assim que Nicolas, Mike e Hadassa se acomodaram na sala que pertencia a Elias, a belíssima mulher foi prática ao perguntar:

— Bartole, você tem alguma coisa a ver com a denúncia que a mídia recebeu sobre a prisão provisória do presidente do Canal local?

— Eu também fui surpreendido, Hadassa.

Hadassa examinou-o com atenção e notou o brilho de diversão nos olhos dele. A resposta estava clara ali, e, intimamente, ela não podia recriminá-lo por sua atitude. Mauro e Valdirene também haviam sido grosseiros com ela momentos antes. Hadassa não suportava aquele tipo de gente que se considerava superior a todos somente porque o dinheiro lhe concedia muitos benefícios.

Como insistir naquele assunto seria perda de tempo, ela mudou o foco da conversa:

— Descobri que Jeferson, o segurança baleado, morava sozinho. Seu único parente próximo é um tio que reside em Ribeirão Preto. Contatei esse homem, que lamentou muito pela morte do sobrinho, mas disse que eles não mantinham contato. A residência de Jeferson era bem humilde, por isso, a teoria de que ele estava aguardando o assassino para receber algum dinheiro, seja através de algum combinado entre eles ou mesmo de chantagem, torna-se cada vez mais válida.

— Não tenho dúvidas quanto a isso, Hadassa. Penso que Jeferson facilitou a entrada ou a permanência do criminoso na empresa. Previamente, os dois já tinham combinado alguma coisa. Porém, o segurança não era um alvo primordial. O assassino queria apenas eliminar os Alvarez. Jeferson só teve sua vida encurtada porque se meteu com quem não devia.

Hadassa concordou, analisando Nicolas com seu olhar fixo e penetrante. Parecia que Mike estava invisível naquela sala, porque ela não o fitava.

— Gostaria de lhe resumir nossa visita de hoje à emissora. — Prosseguiu Nicolas tentando ganhar tempo, antes que o clima ali ficasse novamente pesado. — Conversamos com muitos funcionários. Com quase todos, na verdade. No entanto, a informação mais interessante que descobrimos foi a que recebemos de Djalma, o gerente de Recursos Humanos.

Nicolas narrou todos os detalhes à delegada. Contou que Djalma revelara sua relação secreta com Fagner e comentara sobre o filho do casal, morto ainda em tenra idade. Ao final, concluiu:

— Quero seguir essa linha investigativa com base na história da criança morta. Algo está desencaixado em toda essa trama. Não sei por que Fagner contaria ao amante esse fato, que, para ele e a esposa, era algo certamente muito doloroso. Eu poderia ter questionado Djalma a respeito, mas ele mentiria e me daria uma resposta vaga e pouco convincente.

— Tudo bem! Espero que você dê sorte seguindo essa linha de abordagem e encontre algo que nos faça avançar nesse caso. Gostaria de estarmos num nível mais avançado do que este em que nos encontramos agora. Sabemos de poucas coisas ainda, e já temos três pessoas mortas. — Hadassa olhou para o relógio preso à parede, que marcava quase dezoito horas. — Bem, o sábado está terminando. Queria muito encerrar o caso até amanhã.

— Pois eu penso o contrário. — Rebateu Nicolas. — Avançamos, sim, em muitas coisas. Temos vários suspeitos até o momento: Benício, o supervisor arrogante, enigmático e frio, que parece não se importar com a morte das pessoas que trabalham com ele; Djalma, amante do patrão, que pode ter tido razões amorosas para cometer o primeiro crime; Walcir, que estava furioso por ter sido demitido; Valdirene e seu marido, que podem ter apelado para o caminho do crime para se livrarem de seus principais concorrentes; e até mesmo Úrsula e Matteo, os filhos dos Alvarez. Eles podem ter pedido ao próprio Jeferson para cometer o crime, tanto que o rapaz foi morto somente após a chegada deles à cidade. Um deles pode ser o assassino que estamos procurando.

— E sei que você vai me odiar por dizer isso, mas quero lembrá-lo de que, infelizmente, sua esposa Miah também integra o time de suspeitos.

Nicolas pareceu despejar dardos envenenados através do olhar que dirigiu à delegada, que simplesmente encolheu os ombros.

— Sei que isso o ofende, mas não podemos simplesmente descartar o fato de que ela foi a última a vê-los vivos.

— Quem os viu com vida pela última vez foi quem os matou, e essa pessoa não foi Miah. Ela não é uma assassina. Espero não ter de repetir isso novamente, Hadassa. Fui claro?

Percebendo que a atmosfera da sala estava se tornando quente como um forno, Mike decidiu intervir, mudando bruscamente de assunto:

— Doutora Hadassa, se a senhora me permite, gostaria de ser dispensado. — Ele mostrou o relógio na parede. — Já terminou meu horário de expediente, e, como amanhã é minha folga, meus pais farão um churrasco em minha casa. Quero ajudá-los com os preparativos ainda hoje.

— Um churrasco? — perguntou Hadassa parecendo interessada.

Nicolas esticou a perna para dar um leve chute na canela de Mike, mas o policial já estava tagarelando outra vez:

— Sim. Minha mãe convidou Bartole e alguns amigos da família. Moramos em uma casa simples, mas tem piscina. Os convidados gostam de dar um mergulho antes do almoço. Amanhã fará calor. Consultei a previsão do tempo pela internet.

A mente ágil da delegada já estava trabalhando a todo vapor, com muito mais agilidade do que quando ela estava refletindo sobre a investigação em aberto.

— Sabe, Mike, gostaria de me desculpar por minha atitude de ontem, quando lhe pedi que saísse da sala. Queria conversar a sós com Nicolas e acabei sendo indelicada e desrespeitosa, uma vez que vocês trabalham em parceria.

— Ah, doutora Hadassa, fique tranquila... Eu... — Sem jeito, Mike enrubesceu. — A senhora é quem manda, e eu só obedeço.

—Tem certeza de que não guarda mágoas de mim? — Sondou Hadassa.

Nicolas, que já previra aonde a delegada pretendia chegar, voltou a dar um chute na canela de Mike, desta vez com mais força. O policial olhou-o ainda sem entender o que Bartole desejava e então disparou:

— Para lhe provar que não estou ofendido, doutora Hadassa, gostaria de convidá-la para o churrasco em minha casa amanhã. Isso se a senhora puder ir, é claro.

— Quanta gentileza! — Fazendo-se de rogada, ela mostrou um sorriso que derrubaria qualquer homem. — Acredito que eu não tenha nada agendado para amanhã. Pretendo apenas passar em minha cidade para ver como meus pais estão, mas farei isso na parte da manhã. Estarei livre à tarde.

— Combinado. A senhora será muito bem-vinda.

Nicolas estava a ponto de dar um pontapé em Mike desta vez. Hadassa era excelente manipuladora e controlara o policial como se ele fosse uma marionete. Tudo o que ela mais queria era uma oportunidade para estar onde Nicolas também estivesse.

Ele estava pensando em alternativas para tentar reverter aquela situação, quando Moira bateu na porta e colocou a cabeça para dentro:

— O filho dos Alvarez está aqui, Bartole. Ele pediu para conversar com você.

— Trouxe a petulante da irmã?

— Não. Nem o advogado. Está sozinho.

— Vou conversar com ele na sala de interrogatórios. — Nicolas virou o rosto para Hadassa. — Você me acompanha?

— Com certeza — respondeu a delegada. — Mike, você pode ir para sua casa. Está dispensado por hoje. Depois, Bartole o atualizará sobre as novidades.

Mike nem perdeu tempo discutindo. Desapareceu dali como fumaça.

Quando Nicolas e Hadassa entraram na sala reservada, o rapaz já os aguardava. Parecia impaciente, porque batia ritmicamente o pé direito no chão. Seus olhos estavam avermelhados, e, a menos que tivesse consumido alguma substância ilícita, ele provavelmente estivera chorando.

— Como podemos ajudá-lo, Matteo? — Começou Hadassa.

Assim como ela fizera havia pouco com Mike, Matteo praticamente a ignorou. Concentrou toda a sua atenção em Nicolas.

— Estou aqui porque não lhe disse tudo o que eu queria falar. Não sei se teria coragem de expor tanta intimidade perto de minha irmã e do advogado que ela contratou.

— Caso se sinta à vontade, pode se abrir conosco. — Incentivou Nicolas. — Estamos aqui para ouvi-lo.

— Eu amava minha mãe e estou muito triste e abalado com sua morte. Quanto ao meu pai... — Matteo piscou quando seus olhos começaram a lacrimejar. — Você não faz ideia de como fiquei feliz ao saber que aquele velho desgraçado estava morto.

— Por que você ficou feliz ao saber da morte de seu próprio pai? — Quis saber Nicolas.

— Pai? Ele ajudou a me gerar e me registrou quando nasci. O velho Fagner nunca gostou de mim desde que...

157

— Desde que descobriu que você é homossexual?

Matteo colocou uma mão sobre a boca.

— Como você sabe?

— Eu não sabia, apenas desconfiava. Quando você esteve aqui ontem, contou que mora em Buenos Aires com uma pessoa. Poderia ter dito que vive com sua namorada, sua esposa, sua companheira... enfim. Essa discrição de sua parte me levantou a possibilidade de que você pudesse morar com outro homem.

— Consegui uma bolsa de mestrado em Buenos Aires e me mudei para lá, onde conheci Santiago, um colega do mesmo curso. Passamos a estudar juntos e fomos nos aproximando cada vez mais. Da amizade surgiu o amor. Moramos no mesmo apartamento há quase dois anos e formamos um casal incrível.

— Mas seu pai sempre soube de sua orientação sexual.

— Sim. Quando eu morava aqui, também ficava com alguns rapazes, mas sempre escondido. Uma vez, duas amigas de meus pais me flagraram saindo do cinema de mãos dadas com meu namorado na época. As vagabundas fizeram questão de nos fotografar sem que percebêssemos e enviaram as imagens aos meus pais. Ele ficou furioso comigo, me agrediu várias vezes e me mandou sair de casa. Disse que me deserdaria. Como já era maior de idade e tinha emprego, consegui me manter em uma pensão no centro da cidade. Morei sozinho por alguns anos até surgir a oportunidade de me mudar para Buenos Aires e continuar meus estudos. Não pretendia voltar a residir aqui enquanto meu pai vivesse.

Matteo parou de falar e massageou o pescoço. Parecia que cada palavra dita feria sua garganta.

— Agora, após sua morte, descobrimos que ele nunca chegou, de fato, a cumprir sua ameaça. Ele me manteve como seu herdeiro. A emissora pertence a mim e à minha irmã, assim como todos os bens de nossos pais. Mas acredite, senhor Bartole, que nada disso realmente me interessa, porque o que eu sempre quis, ou seja, o amor, a compreensão e o respeito do meu pai, nunca recebi de fato.

— Infelizmente, há muitos pais que são tão intolerantes e preconceituosos quanto foi o seu — comentou Hadassa. — Eles ignoram o quanto esse desprezo, esse machismo exacerbado e a não aceitação da sexualidade do outro podem causar mazelas permanentes nos sentimentos de um filho.

— São cicatrizes muito profundas, realmente — concordou Matteo.
— Algumas ainda sangram até hoje.

Ele secou as lágrimas que banhavam seu rosto, mas a tristeza nem a mágoa armazenadas ao longo de uma vida o impediriam de terminar tudo o que viera contar.

— O mais absurdo de tudo isso é que meu pai me odiava por ser gay, mas ele também era. Ouvi boatos e comentários sobre o assunto. Insinuações de que ele saía com homens mais jovens. Acabei descobrindo que ele tinha um amante, um cara bem bonito que era funcionário da emissora. A princípio, pensei que o sujeito estivesse envolvido com minha mãe, mas descobri que era o contrário.

— Como descobriu? — perguntou Nicolas.

— Cheguei repentinamente de Buenos Aires, porque precisava ir à faculdade onde me formei para buscar alguns documentos e levá-los à universidade argentina. Meus pais não sabiam que eu viria. Decidi passar no apartamento deles e lá encontrei meu pai com esse rapaz. Eles tentaram disfarçar, mas não conseguiram. Sou gay e posso reconhecer na fisionomia de outros homens que eles terminaram de transar. Ambos ainda estavam suados e não conseguiram se recompor a tempo.

Nicolas até pensou em lhe dizer que também já estava a par dessa informação, mas decidiu que não valeria a pena colocar mais lenha na fogueira.

— Um homossexual que odeia outro homem porque ele também é homossexual. Acrescente à receita do bolo que o homem em questão é seu próprio filho. Vocês já ouviram algo mais incoerente? — Matteo olhou de Nicolas para Hadassa. — A pior coisa que existe são gays que não saem do armário, espalham sua nuvem de preconceito sobre tudo e todos e, entre quatro paredes, secretamente, entregam-se àquilo que realmente lhes dá prazer, ou seja, à companhia de outro homem.

— Você odiava seu pai?

— Sim, eu o odiava com todas as minhas forças, principalmente após descobrir que ele gostava das mesmas coisas que eu, enganava minha mãe, bancando o papel do marido perfeito, e ainda me olhava com nojo e desprezo — ele respondeu à pergunta que Nicolas lhe fizera. — Contudo, não sou um assassino, se é isso que está querendo dizer. Não o odiava a ponto de mandar alguém matá-lo, até porque sou feliz vivendo minha vida em outro país, amando e sendo amado por Santiago. Nunca sujaria minhas mãos com sangue nem carregaria gratuitamente um fardo na consciência, porque não daria ao meu pai, mesmo após vê-lo morto, o gostinho de saber que fui preso por tê-lo assassinado. Ele não valia nem mesmo meu desprezo.

Nicolas conseguia ver, se estudasse atentamente os olhos de Matteo, as sombras do ódio, da mágoa e da tristeza que ele armazenava dentro de si. Muito mais do que ódio e mágoa pelo pai, havia ressentimento e muita dor.

— Você desconfia de alguém que desejasse a morte de seus pais? — Hadassa questionou.

Matteo balançou a cabeça para os lados.

— Não faço ideia de quem possa ter cometido essa barbaridade. Mesmo sem conhecê-lo, nutro sentimentos confusos por esse assassino. Ao mesmo tempo que o odeio profundamente por ter matado minha mãe, que realmente era inocente em tudo isso, ele livrou o mundo de um ser asqueroso como meu pai... E isso me faz admirá-lo.

— O que ficou decidido sobre a venda da empresa? — indagou Nicolas.

— Minha irmã quer vendê-la e demitir todos os funcionários. Sou contra essa decisão, porque acho que seria mais viável passar o controle para as mãos competentes de um funcionário que já chefia o lugar, ou seja, o supervisor Benício. A empresa está redondinha e tem prosperado cada vez mais. Além disso, os funcionários não têm culpa. Não merecem ser demitidos por um mero capricho de minha irmã.

— Minha esposa, que ganhou nenê ontem, também está entre os funcionários que seriam desligados futuramente.

— Por isso, não quero vender nada. Úrsula e eu já tivemos várias discussões acirradas sobre isso, mas não chegamos a nenhum acordo. Ela sempre teve interesse em se livrar daquilo tudo, dividir o dinheiro comigo e voltar para Londres. Como nós dois temos os mesmos direitos, uma vez que não fui deserdado, temos de entrar em consenso.

— Concordo plenamente com você — enfatizou Nicolas. — Mais de cinquenta funcionários dependem daquele emprego. Espero que você consiga convencê-la do contrário. Salvarão a vida de muitas famílias, por assim dizer.

Matteo anuiu, secando as lágrimas insistentes que ainda banhavam seu rosto.

— Tenho uma última pergunta, Matteo. — Nicolas aguardou o rapaz recompor-se um pouco. — Recebi a informação de que seus pais tiveram outro filho, que morreu de meningite ainda no hospital. Seria seu irmão mais velho. O que pode nos falar sobre essa criança?

— Nossos pais pouco comentavam sobre esse fato comigo ou com minha irmã. Não sabemos muito mais do que vocês. O bebezinho morreu dias após o parto, vitimado por essa doença. Foi enterrado no cemitério da cidade e hoje deve estar no ossuário do local. Eles o registraram com o nome de Isaac. É tudo o que sei. Meus pais não gostavam de abordar esse assunto, porque diziam que era algo que os entristecia muito. Com o tempo, conforme Úrsula e eu fomos crescendo, essa história caiu no esquecimento.

— Entendi, Matteo. Agradeço muito por você ter vindo nos procurar. — Nicolas esticou a mão para cumprimentá-lo, e Hadassa fez o mesmo. — Caso queira retornar por qualquer razão que possa contribuir conosco, será bem-vindo.

— Sou eu que agradeço a vocês por ouvirem meu desabafo.

Matteo acenou e logo depois se retirou da delegacia.

— A cada minuto, esse caso nos traz uma nova reviravolta, Bartole. — Hadassa sentou-se na quina da mesa, e seu vestido subiu perigosamente, expondo boa parte de suas coxas bronzeadas. — O que achou dessa conversa?

— Um filho gay odiado e desprezado pelo pai, que era igualmente gay? Não é nenhum caso inédito.

— Sei disso, mas me refiro à maneira como ele nos procurou para trazer esse assunto à baila. Você acreditou em Matteo?

— Ele me pareceu ser muito sincero. Mesmo que tenha ocultado algumas coisas e modificado outras, não tem como serem falsos os sentimentos que ele alimenta por Fagner e que estão estampados em seus olhos.

— Pode ser. E quanto à história do bebê morto?

— Um assunto que os pais não gostavam de abordar, mas que veio à tona justamente por meio do amante de Fagner. Não acha esquisito?

— Há muitas inconsistências ao redor dessa investigação, Bartole. — Hadassa movimentou as pernas e seu vestido subiu um pouco mais.

Nicolas decidiu levantar-se e sair dali.

— Estarei em minha sala, caso precise de algo. — Avisou antes de encostar a porta ao deixar a sala.

— Com certeza, eu preciso de algo vindo de você, seu gostoso — sussurrou Hadassa quando ficou sozinha. — Se pensa que vou desistir de tê-lo tão facilmente, saiba que está muito enganado.

***

A sós em sua sala, Nicolas debruçou-se sobre o computador e começou a fazer pesquisas envolvendo os nomes de Serena Alvarez e Fagner Alvarez. Confrontando o sistema de banco de dados da polícia com buscas realizadas no Google, aos poucos, as respostas começaram a surgir.

Há trinta e dois anos nascia o primeiro filho do casal. As informações referentes à data do parto estavam um pouco desencontradas, mas eram unânimes em afirmar que os então proprietários de um tabloide do município ganhavam seu primeiro filho.

Ao que parecia, desde sempre Serena e Fagner estavam envolvidos com assuntos relacionados à imprensa. Eles já administravam um pequeno jornal de veiculação local, que, com o passar dos anos, cresceu tanto que se transformou em uma emissora de televisão.

Algumas matérias encontradas na internet informavam que eles tiveram um menino e que a criança contraíra meningite, possivelmente ainda na maternidade. Duas semanas depois, o bebê estava morto e os pais estavam completamente desolados. Sabe-se lá de que maneira, alguém conseguira ter acesso à certidão de óbito da criança e postara uma cópia do documento em um blog com informações sobre a história dos moradores da cidade. O recém-nascido, registrado como Isaac Alvarez, fora enterrado no cemitério local na manhã seguinte ao seu falecimento.

Nicolas interrompeu a pesquisa e procurou no Google o telefone da administração do cemitério. Era uma noite quente de sábado, mas obviamente haveria algum funcionário disponível para atendê-lo.

— Cemitério Municipal, boa noite!

Nicolas sorriu ao ouvir a voz feminina, que parecia sonolenta e arrastada.

— Boa noite! Meu nome é Nicolas Bartole, sou investigador de polícia e preciso conversar com alguém que tenha acesso aos registros dos falecidos.

— Nicolas Bartole! — A mulher ao telefone emitiu um grito tão alto e estridente que provavelmente balançou alguns túmulos. — Não posso acreditar!

— Por quê não?

— Eu sou sua maior fã, sabia? Acompanhei todas as suas investigações desde que chegou à cidade e prendeu o assassino que matou várias crianças. Tenho até mesmo um pôster preso à parede de meu quarto com sua foto de rosto bastante nítida.

— Puxa, obrigado. Posso saber seu nome?

— Claro que pode. É Sulamita. Mas se quiser me chamar apenas de Sula ou de Mita, não vou me importar. Acontece que...

— Preciso de uma informação sobre uma pessoa que faleceu há muitos anos. Trinta e dois anos, para ser mais preciso. — Cortou Nicolas para adiantar o assunto.

— Pode deixar comigo, senhor Bartole. — A voz ao telefone, que agora não apresentava o menor vestígio de sono, era pura empolgação e boa vontade. — De alguns anos para cá, todo o nosso registro foi informatizado. Com poucos cliques, conseguimos localizar em qual lote e quadra está o sepultado, o número de seu ossuário, a data exata de sua exumação ou...

— Como eram realizados esses registros antes de a tecnologia chegar por aí?

— Eram feitos à mão, em livros de capa dura. Todos estão arquivados na sala anexa a esta. Posso procurar lá, mas vai levar algum tempo, porque quase ninguém mais mexe naqueles documentos. É capaz de eu encontrar traças e baratas à minha espera. — A voz hesitou por um instante, mas em seguida se animou de novo. — Mas pelo meu ídolo Nicolas Bartole eu enfrento qualquer perigo. E com a rapidez de um relâmpago!

— Muito obrigado... Mita. Posso telefonar novamente daqui a uma hora?

— Mita? Ai, Deus, obrigada! Pensei que nunca ouviria meu investigador amado me chamando assim. Se o senhor estivesse aqui pessoalmente e me chamasse assim, olhando fundo em meus olhos, acho que a próxima pessoa a ser enterrada seria euzinha. Sua esposa é uma mulher de muita, muita sorte. Quanto ao prazo, é mais do que suficiente.

— Darei esse recado a Miah. — Nicolas informou o nome completo do bebê e a data de seu falecimento. — Até daqui a pouco.

Enquanto aguardava a funcionária do cemitério fazer seu trabalho, Nicolas encontrou alguns artigos bastante interessantes sobre Fagner e Serena. Imprimiu aqueles cujos títulos mais lhe chamaram a atenção e colocou-os em ordem cronológica de publicação.

Serena Alvarez é flagrada humilhando funcionária que a acompanhava em supermercado.

Fagner Alvarez compra a emissora Informação Atual, que se integrará à sua empresa, formando um único grupo...

Concorrentes mostram que os Alvarez controlam sua empresa com mãos de ferro.

Fagner Alvarez é cotado para se candidatar à prefeitura nas próximas eleições, mas garante: "Política não é meu forte".

Algumas matérias mostravam que o casal era muito querido pelas pessoas mais próximas. Outras, contudo, colocavam-nos como dois monstros ditadores. Eram vários os registros que mostravam como a empresa foi crescendo até se tornar a segunda maior do município. Ela só recebera o nome TV da Cidade havia quatro anos. Até então, o primeiro nome era TV Atual.

Era a primeira vez que Nicolas lia algo que maculava a imagem quase santificada do casal. As buscas ao passado de Fagner e Serena mostraram ao investigador vários processos relacionados a eles, alguns movidos por ambos, outros — a maioria —, movidos por pessoas que de alguma forma se sentiram lesadas pelos Alvarez.

Vários pequenos jornais e algumas emissoras de televisão — nenhum deles na ativa atualmente — haviam recebido diversos processos de Serena e Fagner. As acusações envolviam plágio — desde que foi promulgada a legislação pertinente ao assunto —, calúnia e difamação envolvendo sua empresa e vários outros fatores que resultaram em ações jurídicas. Em quase todas, eles saíram vencedores.

Nicolas observou que, anos atrás, algumas emissoras tiveram problemas trabalhistas com ex-funcionários. Pessoas eram contratadas, trabalhavam por alguns meses e depois processavam a contratante por diversas razões. As empresas defendiam-se, alegando serem falsas as acusações dos empregados, que não hesitavam em divulgar o assunto aos quatro cantos da cidade. Essa estranha coincidência relacionada a algumas emissoras que depois foram adquiridas pelos Alvarez fez Nicolas cogitar uma possibilidade: os dois contratavam pessoas e as infiltravam na concorrente como espiãs, o que não era uma técnica muito diferente da que Valdirene adotara com Walcir. Algum tempo depois, esses funcionários processavam os patrões por motivos trabalhistas, alegando desvio de função ou assédio moral, e divulgavam o fato nos jornais com bastante empenho. Mesmo que as empresas ganhassem a causa, já que as acusações não tinham fundamento, sua imagem, aos poucos, ia se desgastando. No auge da crise e da exposição, visto que os funcionários espiões realmente conseguiam fazer barulho por meio da falsa causa trabalhista, Serena e Fagner propunham nova proposta de compra à concorrente. E, assim, conseguiram adquirir uma ou outra emissora, o que foi o trampolim para que eles crescessem em tamanho, audiência, número de funcionários, em espaço na televisão dos telespectadores e, consequentemente, em nome no mercado da mídia.

Miah e todos os atuais funcionários de Serena e Fagner estavam enganados sobre eles. Os dois nunca foram tão bondosos e corretos quanto imaginavam.

O telefone tirou-o de seus devaneios. Um policial informou que uma tal Sulamita queria lhe falar.

— Espero que tenha boas notícias para mim. — Começou Nicolas, quando ouviu a voz eufórica da mulher do outro lado da linha.

— Gostaria de poder lhe deixar feliz, meu amado, mas verifiquei os livros de registros na data que o senhor me passou, bem como em datas anteriores e posteriores para me certificar de que não haveria erros. Não encontrei qualquer informação a respeito.

— E o que isso quer dizer? — perguntou Nicolas, mesmo já sabendo a resposta.

— Essa criança, Isaac Alvarez, nunca foi enterrada aqui.

Capítulo 21

Hadassa estava certa quando dissera que, a cada momento, aquele caso apresentava uma nova reviravolta. Cada vez mais intrigado, Nicolas contatou a administração de cemitérios das cidades vizinhas, e a resposta foi a mesma: Isaac Alvarez não fora enterrado lá.

Afinal, o que realmente aconteceu com essa criança? Nicolas já identificara que uma certidão de óbito fora expedida em nome do bebê, porém, seu sepultamento nunca foi registrado em nenhum cemitério da região. Para complicar um pouco mais, não era fácil investigar acontecimentos de trinta e dois anos atrás, em uma época em que os recursos, principalmente os tecnológicos, não eram tão amplos quanto atualmente.

A batida na porta interrompeu suas reflexões. Nicolas autorizou a entrada de Moira, que apareceu trazendo alguns papéis nas mãos.

— Consultei as duas únicas lojas de armamentos de nossa cidade e nenhuma delas vendeu recentemente pistolas calibre 9 mm.

— Ele ou ela pode ter comprado essa arma em outra cidade, encomendado pela internet ou obtido por meio ilícito — comentou Nicolas. Ele não tinha muita esperança de que rastrear a origem da arma traria algum progresso à investigação.

— Contudo, tenho uma notícia um pouco melhor. — Moira foi até a mesa de Nicolas e pousou alguns papéis sobre ela. — Essas são as cópias do contrato de um aluguel de veículo, assinado na tarde de ontem. O veículo em questão foi encontrado na saída da cidade. Tanto o para--choque quanto o capô estão muito amassados. O carro seguirá para a análise da polícia científica, mas, com toda a certeza, estamos falando do veículo que atropelou Jeferson.

— Bom trabalho, Moira! É excelente saber que contamos com profissionais tão eficientes! — Nicolas apanhou o contrato e começou a ler. — Alugado por apenas vinte e quatro horas e em nome de... — Ergueu o olhar para Moira. — Benício do Prado. O supervisor da TV da Cidade.

— Foi por isso que lhe trouxe o contrato. Uma estranha coincidência?

— Não, Moira. Acho que estamos falando de algo muito bem planejado. — Nicolas girou levemente sua cadeira de um lado a outro, pensativo. — Um assassino tão inteligente, que previu cada movimento antecipadamente, não seria tão imbecil a ponto de alugar um carro em seu próprio nome e utilizá-lo para atropelar uma pessoa. Provavelmente, quem assinou esse contrato o fez em nome de Benício para que as suspeitas recaíssem sobre ele. Precisarei ir até essa agência de veículos. Quem o atendeu se lembrará da pessoa.

— Com um pouco de sorte, eles devem ter câmeras de segurança, que possivelmente registraram a chegada do criminoso.

— Não acredito nisso, Moira. Já sabemos que esse sujeito é bem esperto no que se refere a gravações de imagens por câmeras de monitoramento. Se a agência tivesse câmeras, ele não iria até lá. De qualquer forma, obrigado por tudo.

A policial apenas assentiu com a cabeça. Seu rosto carregava a costumeira expressão austera e mal-humorada. Sem dizer mais nenhuma palavra, ela saiu tão silenciosamente quanto entrara.

Nicolas esfregou as vistas, que ardiam após várias horas diante da tela do computador. O relógio na parede marcava quase vinte e uma horas. Se Miah estivesse em casa, há muito ele já teria encerrado o expediente.

Mais uma vez, entrou em contato com o hospital e foi informado de que Miah e o bebê estavam muito bem, o que o tranquilizou. Pelo menos com esse assunto ele não precisaria se preocupar por ora.

Houve nova batida na porta. Hadassa entrou devagar, como se estudasse o terreno, deixando a porta aberta atrás de si. Trazia uma bolsa a tiracolo, o que indicava que já estava indo embora. Seu vestido curto, justo ao corpo, aliado aos sapatos pretos com saltos agulha e aos longos cabelos vermelhos cacheados, que emolduravam um rosto perfeito, transformavam a delegada em uma belíssima miragem.

— Alguma novidade? — Ela parou perto de Nicolas e colocou sua bolsa sobre a mesa.

Resumidamente, Nicolas contou-lhe suas últimas descobertas sobre o primeiro filho morto dos Alvarez, cujo registro de enterro simplesmente não existia, e finalizou:

— É como se essa criança não tivesse realmente morrido, entende? Há uma certidão de óbito em um *blog*, que até pode ser falsa, embora eu acredite em sua verossimilhança. Nenhum cemitério possui o registro do sepultamento do bebê.

— Se essa criança não está morta, o que os Alvarez fizeram dela?

— É o que precisamos descobrir. Há uma possibilidade de que isso tenha a ver com o ocorrido de anteontem.

Hadassa concordou com a cabeça e chegou um pouco mais perto dele.

— Vai continuar por aqui?

— Não. Estou cansado. O dia hoje foi tão puxado quanto o de ontem.

— Eu imagino. Temos trabalhado muito nessa investigação. — Hadassa parou de pé bem ao lado dele, admirando o alto da cabeça de Nicolas. — E, com isso, nos esquecemos de que também precisamos relaxar.

Nicolas sentiu a suave fragrância amadeirada que emanava do corpo de Hadassa. Um corpo que estava insinuantemente próximo ao seu.

— É verdade. Preciso ir para minha casa tomar um banho e descansar.

Ele levantou-se, mas ficou imprensado entre sua cadeira e Hadassa. Não havia por onde sair, a menos que empurrasse a delegada.

— Quero lhe pedir desculpas por ontem, pela forma como agi em seu carro. — A mão delicada de Hadassa subiu e parou no ombro de Nicolas. — Acontece que você mexe com todos os meus brios. Você consegue me tirar do prumo.

— Hadassa, já falei que sou casado e que amo minha esposa.

— E daí? Não estou lhe pedindo para se divorciar nem para deixar de amá-la. Não sou uma mulher ciumenta. — A mão de Hadassa começou a massagear o ombro do investigador. — Serei bastante clara e direta sobre minha intenção. Quero ser sua durante minha temporada aqui, sem cobranças, promessas e compromissos. Quando Elias retornar à ativa, eu voltarei à minha cidade e talvez nunca mais nos vejamos. Sou solteira e estou totalmente disponível. Sei que sou provocante e que seu corpo sente atração pelo meu.

Ela desceu a mão para o braço de Nicolas, o que lhe provocou um calor inesperado. A sala subitamente tornou-se abafada como um caixão.

— Seriam apenas algumas noites de diversão. — Ela continuou. — Para não levantar suspeitas, você pode se encontrar comigo no *flat* onde estou hospedada. Quando sua esposa sair do hospital, podemos repensar nossos horários de encontro.

Hadassa passou a língua pelos lábios, mirando a boca de Nicolas. Aproximou-se um pouco mais, mantendo seu rosto bem próximo ao dele.

— Beije-me, Bartole. Experimente o sabor dos meus lábios.

— Não vou trair minha esposa, que está deitada em uma cama de hospital. Por mais sensual que você seja, eu consigo controlar meus hormônios. Além disso, somos colegas de trabalho. Não vou pesar minha consciência por causa de uma bobagem.

Hadassa manteve um sorriso nos lábios, mesmo que um ódio corrosivo a queimasse por dentro. Então, para Nicolas, ela não passava de uma bobagem? Isso é o que ele veria.

Veloz como um míssil teleguiado em direção ao alvo, Hadassa projetou-se para frente e tentou alcançar a boca de Nicolas com a sua. Ele recuou e bateu o quadril na cadeira. Longe de se dar por vencida, ela continuou avançando, esforçando-se para agarrar o rosto dele e beijá-lo.

— Pare com isso, Hadassa! — Ele engrossou o tom. A cor azul-escura dos olhos de Nicolas tornou-se quase negra, um claro sinal de perigo se aproximando. — Quero que você me deixe em paz.

— Paz? Se quer mesmo paz, toque aqui — ao dizer isso, ela abaixou uma das alças do vestido e expôs um seio firme e empinado. — Vamos, Bartole, me dê sua mão. Toque-o, beije-o, deleite-se. Posso lhe oferecer um mundo de coisas que sua esposa não será capaz, até porque agora ela se dedicará ao filho de vocês.

— Pare com isso! — Ele recuou mais ainda, quase se deitando no encosto da cadeira. — Hadassa, não quero nada com você.

— É porque ainda não sentiu. — Ela começou a deslizar sua mão pela barriga de Nicolas, dura como uma parede, e deixou sua mão baixar ainda mais. — Venha, Bartole, beije-me com todo o prazer que você merece sentir.

Ela curvou-se. Sabia que bastava avançar mais um pouquinho para experimentar aqueles lábios que estavam lhe tirando o sono. Aquele era o homem mais bonito que ela já vira e estava prestes a beijá-lo.

— O que está acontecendo aqui?

Os dois ouviram uma voz perguntar e pularam juntos. Nicolas se recompôs, enquanto Hadassa subia a alça do vestido para ocultar o seio, furiosa pela inesperada intromissão.

— Quem é você? — A voz da delegada soou cortante como uma navalha ao perguntar.

Nicolas contemplou o sujeito que estava parado à porta de sua sala. Tinha mais de sessenta anos, cabelos brancos e emaranhados, como se tivesse acabado de receber uma descarga elétrica. A pele era pálida, o rosto, enrugado, e seus lábios eram finos e descorados. O nariz um tanto torto ficava entre olhos mortos, como se neles já não houvesse qualquer vestígio de vida. Usava terno e gravata, ambos desbotados e puídos, um traje que deveria integrar seu guarda-roupa há mais de quarenta anos.

— Esse é o investigador mais assustador de que você terá notícias — respondeu Nicolas. — Ele se chama Evaristo Duarte.

— Assustadora foi a cena que acabei de presenciar! — Ele sorriu, mostrando dentes tão amarelos que mais pareciam pedrinhas de ouro. — O ilustre e pomposo investigador Bartole aproveitou-se de que a mulherzinha está dando cria numa maternidade para trazer à delegacia, num horário de baixo movimento, uma prostituta qualquer que encontrou na esquina.

Nicolas precisou se conter para não sorrir ao ouvir as últimas palavras de Duarte.

Hadassa estava tão pálida quanto o recém-chegado.

— Prostituta? — Ela caminhou até ele. — Você sabe com quem está falando?

— Qual é seu nome de guerra, mocinha? Amélia Machadão?

Duarte jogou a cabeça para trás, enquanto caía numa gargalhada que mais parecia relinchos de um jumento ferido. Quando tornou a olhar para Hadassa, viu o distintivo que ela segurava quase encostado em seu rosto.

— A prostituta é uma delegada de polícia, seu babaca! Faça mais uma piadinha a meu respeito, e expedirei uma ordem de prisão contra você por desacato.

Desta vez, o sorriso irônico de Nicolas apareceu. Duarte já não estava mais sorrindo. Mesmo assim, não desistiu:

— E o que você queria? Eu entro nesta sala e os encontro em uma posição, digamos, pouco profissional. Você estava com um seio à mostra, debruçando-se sobre Bartole, querendo beijá-lo a qualquer custo. Não sou adivinho, por isso, não sabia que vocês eram amantes. — Duarte girou seus olhos vidrados para Nicolas. — Miah está sabendo disso?

— O que você faz aí grudado em minha porta feito uma bactéria? — Quis saber Nicolas. — Por que veio me aporrinhar nesse horário? Aliás, um homem em sua idade deveria dormir bem cedo, não acha? — Ele refletiu sobre a imagem de Duarte dormindo e percebeu que seria uma visão do inferno.

— O comandante Alain me pediu esclarecimentos sobre eu ter dito a Benício que a empresa poderia ser liberada para o expediente já na manhã seguinte ao crime que vitimou seus proprietários. — Duarte abriu o terno e retirou de dentro dele um envelope branco. — Fiz um relatório por escrito explicando meus motivos. Nele, eu conto que a empresa podia funcionar desde que o piso onde os corpos foram encontrados fosse mantido isolado. Afinal, se o crime tivesse acontecido no meio de uma avenida movimentada, o tráfego não seria bloqueado por vários dias. Isso não existe. Se eu fosse o responsável por essa investigação, não teria feito tamanho escândalo caso um colega tivesse dado essa ordem. Nenhuma interferência externa teria poder para me atrapalhar. Mas isso é inerente apenas aos profissionais de grande talento.

Nicolas apanhou o envelope das mãos de Duarte e jogou-o sobre a mesa, sem abri-lo. Ainda possessa com aquele velhote que atrapalhara seus planos e que ainda a chamara de prostituta, Hadassa murmurou:

— Bartole tem toda a razão. Não é de sua responsabilidade interferir em uma investigação que não lhe diz respeito. Fui clara?

— Foi. — Duarte fez menção de sair, mas se deteve. — Cara delegada, quero lhe dizer uma coisa. Peço-lhe desculpas pela ofensa, até porque nunca imaginei que uma pessoa em seu cargo pudesse adotar esse comportamento de baixa conduta, principalmente em horário de trabalho. Como a senhora não me conhece, saiba que tenho mais tempo na polícia do que vocês dois juntos. Sou constituído de inteligência, agilidade e experiência. — Duarte sorriu triunfante. — Esse caso só foi parar em suas mãos, Bartole, porque sua esposa é funcionária da empresa. Eu me lembro de quando Miah foi contratada por eles por mera compaixão, apenas porque ficaram comovidos ao saber que ela não conseguiria emprego com tanta facilidade. Matou três homens...

Nicolas disparou contra Duarte e agarrou-o pelo braço fino com tanta força que seus dedos sentiram facilmente o osso por trás da pele flácida e do tecido do paletó.

— Bartole, não faça nada que o comprometa depois — alertou Hadassa.

— Vou lhe dizer uma coisa, amigão! Mais uma coisa entre muitas que já lhe disse desde que nos vimos pela primeira vez. Nunca mais coloque o nome de Miah nesses lábios esbranquiçados, que mais parecem cauda de lagartixa! Se voltar a mencioná-la nesse tom jocoso, abrirei uma queixa formal contra você, obrigando-o a responder por sua conduta.

Nicolas soltou-o. Duarte deu um safanão, espanando os dedos na região em que Nicolas o apertara, como se tentasse remover uma infecção.

— Eu farei o mesmo se você voltar a encostar seus dedos sujos em mim — garantiu Duarte tremendo de ódio. Sua vontade era esmurrar a cara de Bartole até vê-lo sangrando no chão e dizer umas verdades para aquela delegada sem-vergonha.

— Não pretendo fazê-lo, a menos que você se meta em meu caminho outra vez! — Irritado, Nicolas deu alguns passos para trás, antes que realmente perdesse a cabeça. — Pelo que vejo, você continuará a me perseguir até que um de nós dois morra, porque é um velho invejoso e sem personalidade própria. Tenta mostrar aos quatro ventos que é um homem poderoso e sagaz, capaz de solucionar uma investigação em questão de horas, mas a realidade é outra. Sua mentalidade caquética já começou a definhar, assim como seu corpo está ruindo. Minha sugestão é: em vez de tentar me roubar a investigação, dê entrada em sua aposentadoria e faça uma viagem bem longa. Algo como Hong Kong ou as savanas africanas. Fique por lá pelos próximos cinco anos. E, quando voltar — se voltar —, qualquer instituição para idosos ficará satisfeita em acolher um homem que tanto fez pela segurança de nosso adorável município.

Duarte jamais estivera tão pálido. Parecia que sua palidez, se isso fosse possível, assumira um tom quase translúcido. Ele foi até a porta, deslizou uma mão pelos cabelos brancos e fitou Nicolas com seus olhos escuros e inexpressivos.

— Estou com mais de sessenta anos e nunca sofri tantas ofensas. Ainda vou fazer você pagar sua língua, Bartole. Acha que é o gostosão da força policial, mas vou provar o contrário. — Ele apontou o braço onde Nicolas o segurara. — E nunca mais ouse me tocar, ou reagirei com violência.

— E como seria essa reação violenta? — Nicolas riu. — Duarte, você não é mais idiota porque é um só.

— E isso porque estamos diante de uma delegada, que adere à neutralidade para não se envolver. — Duarte lançou um olhar carregado de desprezo para Hadassa. — Graças a Deus, nunca tive uma mulher como chefe imediata.

— E, pelo jeito, nem como esposa, namorada ou amante. Saia daqui, Duarte — ordenou Nicolas. — Agora!

Duarte saiu dali pisando duro. Bartole que o aguardasse. Ele até poderia relatar o ocorrido ao comandante Alain, mas não faria o papel de fofoqueiro. Aliás, ele já sabia exatamente o que deveria fazer para dar o troco àquele cretino.

— Que homem horroroso! — Hadassa comentou depois que ele saiu.

— Você não faz ideia do quanto. — E, antes que ela tentasse continuar de onde havia parado, Nicolas já começou a se organizar para ir embora. — Vamos conversando, caso haja novidades, Hadassa. Hoje, infelizmente, não poderei lhe dar carona. Boa noite e até amanhã.

Ele saiu depressa, deixando-a parada no meio da sala. Apesar da fúria que sentira com a interrupção brusca de Duarte, ela estava feliz. Nutria plena convicção de que, em uma próxima tentativa, Nicolas Bartole não resistiria e acabaria se entregando totalmente a ela.

Capítulo 22

Mãe e filho encaravam-se. Miah fitava os olhos de Manoel, e o bebê retribuía o olhar. Ele terminara de mamar e, como das outras vezes, pressionara com força o mamilo de Miah com suas gengivas. A impressão que ela tinha era de que o filho queria infligir-lhe um pouco de dor.

A grande questão é que ela não gostava de contemplá-lo. Por trás daqueles olhinhos azuis, Miah tinha plena consciência de que havia algo mais. Algo sombrio, perigoso, ardiloso. Ela quase podia ver o poder emanando daquele olhar, uma força que a fazia sentir-se muito mal.

Obviamente, se compartilhasse isso com alguém, Miah seria rotulada de louca. Não era todo mundo que acreditava na reencarnação e, mais ainda, na situação que ela acreditava envolver aquele pequeno ser que segurava nos braços. Quem, além de Nicolas e Marian, acreditaria nela?

— Com licença, mamãe. — Uma enfermeira apareceu na porta do quarto, sorrindo para Miah. — Há um visitante desejando vê-la. Ele disse que era urgente e, por ser policial, pode ter acesso fora do horário padrão de visitação.

— Tudo bem. Pode deixá-lo entrar.

Miah pensou que pudesse ser Mike. Em último caso, Elias. Nicolas dissera-lhe que o delegado estivera no hospital durante seu trabalho de parto. Ele esforçara-se para ir, mesmo sentado em uma cadeira de rodas.

A pessoa que entrou em seu quarto estava longe de ter a simpatia divertida de Mike ou a educação e as boas maneiras de Elias. Miah não disse nada; apenas observou Duarte caminhar até parar do outro lado de sua cama.

— Olá, senhora Bartole! — Ele mostrou um sorriso sem humor. — É um prazer vê-la. Este é seu filho?

— Ah, não. É o bebê da mãe do quarto ao lado. De vez em quando, trocamos as crianças.

O sorriso dele ficou maior.

— Aprecio seu senso de humor, Miah. Creio que você ficará ainda mais bem-humorada quando ouvir o recado que tenho para lhe dar.

— Aconteceu alguma coisa com Nicolas?

— Com certeza, sim. — Divertindo-se à grande, Duarte sentou-se na poltrona destinada aos visitantes. — Imagine você que eu fui à delegacia há pouco para entregar um relatório ao seu marido, conforme solicitação direta de meu comandante, e, como a porta da sala dele estava aberta, entrei sem bater. Até agora estou chocado com o que vi.

Miah sentiu um calafrio percorrê-la. Não sabia se era devido ao que estava prestes a ouvir de Duarte — e que ela já pressentia não ser coisa boa — ou se ao fato de o filho continuar fixando-a de tal maneira que ela preferia evitar olhá-lo de volta.

— E o que foi que você viu, Duarte? — interpelou Miah, sem ter certeza se gostaria que ele continuasse a falar.

— Ah, nobre Miah, é com grande pesar que lhe trago essa novidade. — O sorriso maléfico de Duarte mostrava que ele estava tirando sarro da situação. — Flagrei seu marido e a nova delegada. Eles estavam juntos.

Miah sentiu o coração bater mais forte e o ar lhe faltar. Nem percebeu que estava segurando Manoel com mais força.

— Como assim... juntos?

— Ela estava tentando beijá-lo, quase debruçada sobre Nicolas. Um dos seios da delegada estava à mostra, e o vestido dela havia subido tanto que pude notar um pedaço de suas nádegas, que, aliás, são muito formosas. Creio que, se eu não os tivesse interrompido, com toda a certeza eles teriam transado ali mesmo.

Miah estava tão nervosa que mal sentia as mãos tremerem. Sua garganta secara e seus olhos ardiam muito. Mesmo assim, manteve-se firme perante Duarte.

— E você veio aqui apenas para fazer fofoca? Não tem mais nada de útil para fazer?

— Não é uma mera fofoca, minha querida, e sim um compartilhamento de algo que presenciei e que julgo que você também deveria estar ciente. Ou seu marido já telefonou para lhe contar o que aconteceu?

— Duarte, não quero ouvi-lo. Não acredito em você. Saia daqui, por favor.

— Não acredita em mim ou está apenas fingindo que não acredita? Aposto que você não teve tempo hábil para conhecer a tal Hadassa, não é mesmo? É uma mulher estupenda. Acredita que cheguei a pensar que ela fosse uma bela garota de programa?

— Já chega, Duarte! Deixe-me em paz. Não quero saber de suas intrigas, pois elas não me afetam. Se não sair agora mesmo, começarei a gritar por ajuda.

— Não precisa ficar tão estressada, garota. Não tenho culpa de seu marido ser infiel. — Duarte ergueu-se da poltrona e caminhou até a cama. — Posso ao menos conhecer o rostinho de seu filho?

— Não vai conhecer ninguém. Já falei para você ir embora.

Porém, contrariando as ordens de Miah, Duarte parou ao seu lado e espichou o pescoço para ver a criança. O olhar de Manoel passou de Miah para o investigador. O bebê fixou-o por longos segundos, e a cabeça do investigador começou a latejar.

— Meu Deus, que dor de cabeça! — Duarte colocou ambas as mãos nas têmporas. — Falar de Bartole sempre me deixa assim.

Miah já não estava mais prestando atenção nele. Apenas fixava a criança, que continuava estudando Duarte.

— Minha cabeça parece que vai explodir. — Duarte colocou ambas as mãos no crânio e seguiu para a porta. — Até mais.

— Pare com isso agora mesmo — ordenou Miah. — Você não pode ferir as pessoas, por mais insuportáveis que elas sejam. Seu problema não é com elas, mas comigo. É por mim que você quis reencarnar. Ou acha que não sei?

O bebê tornou a olhar para Miah e pareceu esboçar um sorriso.

Arrepiada dos pés à cabeça, Miah chamou a enfermeira e pediu-lhe um telefone. Na urgência de sua internação, fora levada a um hospital público, que não dispunha de pequenos luxos, como telefone em seu quarto. Mesmo assim, ela estava bem instalada, e a equipe médica que lhe prestava atendimento era composta por excelentes profissionais.

Quando o telefone foi colocado em suas mãos, Miah discou para o número do celular de Nicolas, que sabia de cor.

— Aposto que essa linda mamãe que tanto amo já estava com saudades de mim... — Nicolas começou, bem-humorado. Ruídos ao fundo sugeriam que ele estava na rua.

— Onde você está?

— Dirigindo para casa. Você está bem?

— O que você pretende beijando uma delegada que também faz o papel de uma piranha sem-vergonha? — A raiva e o ciúme de Miah não permitiram que ela segurasse tudo aquilo por mais tempo.

— Não acredito que Duarte esteve aí para lhe contar.

— Então é verdade? — Miah apertou o telefone com uma força avassaladora. — Nicolas, não consigo acreditar que...

— Miah, ouça o que vou lhe dizer. Depois que eu terminar, caberá a você acreditar ou não em mim. Hadassa bloqueou meu caminho entre uma mesa, uma cadeira e um armário. Ela realmente tentou me beijar, mesmo eu insistindo em lhe dizer que sou casado e que amo minha mulher. Ela abaixou uma alça do vestido e me mostrou um seio, exigindo que eu fizesse um monte de coisas. Duarte chegou nessa hora e a interrompeu. Pode ter certeza de que não a toquei nem a beijei, porque nunca a trairia. Acho que já me conhece há tempo suficiente para saber do meu caráter e da minha honestidade, além da minha fidelidade e do meu amor por você.

Miah não respondeu, começando a se envergonhar de sua atitude.

— Duarte saiu furioso da delegacia porque eu lhe disse poucas e boas e a procurou para se vingar de mim. Depois de tudo o que ele fez, de ir até você criar intrigas sobre um assunto que não lhe dizia respeito, farei nova reclamação ao comandante. Duarte está cada vez mais abusado, e alguém precisa detê-lo. Quanto a Hadassa, saiba que sei me cuidar sozinho. Ela não fará nada sem que eu permita, Miah. Você nem deveria estar me ligando para me acusar de algo, baseando-se em fofocas de um velho desocupado.

— Meu Deus, Nicolas, me perdoe. Por favor, me perdoe. Fiquei morrendo de ciúme quando ele me contou e acabei perdendo a cabeça. Sei lá...

— Tudo bem. Só não quero que volte a desconfiar de mim. Se eu fosse homem que gostasse de várias mulheres, nunca teria me casado com você.

— Você tem toda razão. Só posso rezar para que Elias retorne o mais depressa possível.

— É o que eu mais desejo também.

— Há outra coisa que você precisa saber. — Miah suspirou, ajeitou-se melhor na cama e passou de leve os dedos pelo tufo de cabelos escuros de Manoel. — Nosso filho voltou a fazer aquilo de novo.

— Aquilo o quê?

— Ele provocou uma dor de cabeça tão forte em Duarte que quase fez o velho desmaiar.

Miah quase sorriu ao ouvir a risada descontraída de Nicolas.

— Então nosso garoto está se saindo ao pai!

— Isso não é nada engraçado, amor. Ele não pode fazer isso com quem estiver próximo ou com quem ele achar que merece. Estou muito assustada, principalmente porque não teremos auxílio médico, já que, teoricamente, Manoel é muito saudável. Marian será a única capaz de nos orientar sobre o que precisaremos fazer.

— Sim, ela poderá nos prestar socorro quanto ao nosso pequeno bruxinho. E lembre-se de uma coisa: esteja entre nós uma delegada bonita ou um bebê poderoso, nosso amor é maior que tudo isso. Nosso amor derrotou o ódio que Sebastian nutria por Angelique, transformando trevas em luz, inimizade em companheirismo, raiva em carinho, desprezo em proteção. Acha que essa força tão plena, forte, incrível não seria suficiente para vencermos novamente os novos desafios? Nesta encarnação atual, desde que eu a conheci, nós já passamos por tantas coisas juntos, Miah. Não será uma intriga, uma mulher sensual ou um bebezinho macabro que vai nos parar. Juntos somos mais fortes.

— Eu o amo tanto, Nicolas. Só queria que você soubesse.

— Eu sei. E é exatamente isso que me fortalece.

Nicolas desligou e imediatamente contatou Alain, informando ao comandante a postura de Duarte. O chefão informou que agendaria uma reunião com os três na manhã da segunda-feira.

Aquilo o aquietou um pouco. Esperava que Duarte fosse severamente repreendido, porque, se suas ações continuassem passando em brancas nuvens, ele perderia completamente o respeito, não somente por Nicolas, mas também por qualquer outro colega de trabalho.

Nicolas estava a dois quarteirões de seu prédio, quando parou em um semáforo. As ruas já estavam desertas, exceto alguns bares e o centro da cidade.

Talvez tenha sido justamente porque tudo estava calmo demais que Nicolas notou um vislumbre indistinto, fugaz como um cometa, na segunda casa daquela rua. Abaixou um pouco o vidro e notou duas pessoas escalando o portão. Uma delas segurava um pé de cabra. A residência às escuras mostrava duas coisas: ou seus moradores estavam dormindo ou não estavam em casa, deixando a propriedade vazia.

Alguém estava prestes a ter sua casa saqueada por dois bandidinhos. Nicolas entrou na rua seguinte, estacionou o carro junto à calçada e desceu. Retornou o caminho a pé, devagar, quase assoviando, com a calmaria de quem acaba de sair de uma igreja.

Os dois sujeitos já tinham pulado para o quintal da casa. Nicolas atravessou a rua e parou diante do portão, que era todo feito de ferro com chapas trançadas, impedindo que quem estivesse na rua pudesse olhar para o lado de dentro. Ouviu cochichos e palavras sussurradas, som de pés pisando em gravetos e em folhas secas. Com certeza eram dois moleques que não tinham um pingo de profissionalismo na tarefa de assaltar residências.

Nicolas, então, decidiu agir. Segurou-se no portão com ambas as mãos, colocou os pés em alguns apoios das chapas e ergueu-se. Passou as pernas para o outro lado e jogou-se no chão com agilidade. Quando os dois assaltantes se viraram para ele — ambos usando toucas pretas na cabeça —, Nicolas já estava com a arma apontada.

— Parados! Polícia!

Provando que realmente nenhum dos dois tinha experiência naquilo, o primeiro deles tentou correr para os fundos da casa. O segundo, mais valente porque estava segurando o pé de cabra, tomou a decisão de enfrentar Nicolas, ignorando a arma que ele segurava.

Ele levantou a barra de ferro no mesmo instante em que a perna de Nicolas se ergueu e seu pé acertou-o na barriga. O sujeito arfou, porém, não se rendeu. Tornou a movimentar o pé de cabra, mas Nicolas atingiu seu braço com um murro curto, que o fez derrubar sua arma.

Surpreendendo até o próprio Nicolas, o menino enfiou a mão no bolsão largo de sua blusa e pegou uma latinha lacrada de refrigerante. Com bastante agilidade, atirou-a contra Nicolas, acertando-o com tanta força na testa que o investigador chegou a ficar zonzo. Em seguida, furioso devido à dor, Nicolas presenteou-o com um soco certeiro na fronte, deixando o criminoso inconsciente.

Nicolas saiu no encalço do segundo ladrão e teve tempo de vê-lo tentando escapar, pulando o muro dos fundos da residência. Com um mergulho para frente, o investigador saltou e agarrou-o pelas pernas magrelas, derrubando o meliante. Nicolas imobilizou-o com uma perna, enquanto o rapaz guinchava como um porco antes do abate.

— Por favor, me largue. Eu moro nesta casa! — ele disse com voz estridente.

Nicolas arrancou a touca de sua cabeça, deparando-se com um adolescente que mal devia ter quinze anos.

— Acha que sou trouxa, menino?

— É sério. Toque a campainha e converse com meu pai. O outro que estava comigo é meu irmão.

— E por que vocês estavam pulando o portão, como se estivessem tentando assaltar a casa?

179

— É porque estamos voltando de uma balada. Meu pai acha que estamos dormindo em nosso quarto. Ele não deixou que nós saíssemos. Ai, por favor, você está quebrando meus ossos. — Gemeu o garoto.

Era drama da parte dele, mas Nicolas soltou-o. Agarrando-o pelo braço, levou-o até onde deixara o outro, que ainda não se recuperara. Também tirou a touca do segundo, que era um pouquinho mais velho que o irmão. Talvez tivesse uns dezessete anos.

Sentindo que um galo estava se formando em sua testa, Nicolas deu alguns tapinhas no rosto do menino, até que, aos poucos, ele começou a resmungar. Ao lado dele, o irmão chorava baixinho.

— Vamos logo, acorde! Quero saber por que você e seu irmão queriam roubar esta casa.

— A gente mora aqui, seu ridículo. — Gemeu o menino, confirmando a versão do irmão caçula. — Íamos arrombar a janela do nosso quarto para que nosso pai não acordasse.

Uma lâmpada acendeu-se no interior da residência, revelando que havia alguém ali. A porta abriu-se, e um homem usando apenas ceroulas roxas surgiu. Ao ver os filhos chorando, gritou:

— Quem é o senhor? O que fez com meus filhos? Vou chamar a polícia!

— Acalme-se! Eu sou a polícia. — Com a testa latejando de dor, Nicolas ergueu-se devagar e guardou a arma, sacando o distintivo em seguida. — Vi os dois usando toucas na cabeça e escalando seu portão. Pensei que fossem assaltantes. Quando os abordei e avisei que era da polícia, os dois poderiam ter me contado a verdade. Mas, em vez disso, um me atacou enquanto o outro tentou fugir.

— Nunca mais toque em meus meninos, ouviu bem? — O homem acercou-se dos filhos e puxou-os para um abraço protetor. A ceroula frouxa esvoaçava como uma bandeira. — Quanto a vocês dois, teremos uma conversa muito séria lá dentro.

— Tudo bem... eu vou indo então. — Nicolas guardou seu distintivo e colocou as mãos no bolso. — Podem somente abrir o portão para mim, para que não haja necessidade de escalá-lo novamente?

Olhando feio para Nicolas, o pai foi cumprir o pedido. Quando o investigador chegou ao seu carro e olhou pelo retrovisor o calombo vermelho e dolorido no centro de sua testa, pensou que recebera aquilo a troco de nada. E, por Deus, como doía!

— São ossos do ofício — disse para si mesmo, ligando o carro e saindo dali.

Capítulo 23

O local tinha um nome fixado à fachada: Centro Independente de Estudos Espiritualistas. Desde que o visitara pela primeira vez, Marian amou o acolhimento, a organização e a maneira como os trabalhos eram desenvolvidos ali. A equipe era séria, comprometida e dedicada, o que a fez se sentir bem desde o início.

Como o próprio nome dizia, os trabalhos que eles realizavam não estavam vinculados a nenhuma corrente filosófica ou religiosa. Eles apenas abordavam a espiritualidade, falavam sobre coisas boas, produtivas e positivas, sempre buscando a renovação interior e o bem-estar de quem chegasse ali. Não havia custos, porque eles não cobravam nada, o que fazia cada vez mais pessoas participarem da programação oferecida.

Desta vez, Marian estava acompanhada de seu marido, Enzo. Naquela noite, ele estava de folga do hospital, porque na anterior cobrira o turno da madrugada. Já estivera em centros espíritas da cidade junto com a esposa, mas era a primeira vez que ia até aquele local, então, observava tudo com bastante curiosidade.

Não fazia muito tempo, Enzo passara por um grande processo de obsessão espiritual, que o fez aprofundar-se cada vez mais na embriaguez, resultando numa separação temporária de Marian. O casamento deles passara pela maior prova desde que estavam juntos, mas, ao final, ela o perdoou, com a condição de Enzo aceitasse realizar um tratamento espiritual no centro que Marian frequentara anteriormente.

Homem da ciência, Enzo era muito cético quanto ao que ele não podia enxergar ou que não tivesse comprovação científica, contudo, desde que conheceu Marian, muitos fatos estranhos aconteceram. Fatos para os quais ele mesmo não encontrava uma explicação lógica.

Ele já estava com Marian havia tempo suficiente para saber que ela não era louca nem dizia nada da própria cabeça. Sua esposa era uma mulher sábia, inteligente, estudiosa das crenças, por isso, a ele só cabia respeitá-la e tentar compreender um pouco algumas coisas sobre a própria vida. Às vezes, quando ele chegava do hospital após um dia difícil, principalmente quando perdia algum paciente, Marian, somente com algumas palavras positivas, conseguia fazê-lo sentir-se melhor. E Enzo a amava por isso.

Ela dissera-lhe que eles assistiriam a uma palestra, cuja expositora era uma conhecida de Marian que viera do Rio de Janeiro e que estava visitando alguns parentes na cidade. Ela também era escritora e professora universitária, autora de artigos e livros voltados para o desenvolvimento espiritual. Marian já lera todos os seus trabalhos. O tema de sua palestra daquela noite seria: "Insegurança x persistência. Como prosperar sem receio de ser feliz?".

O espaço em que eles estavam se assemelhava a um teatro pequeno. Havia um grande salão e um palco à frente, onde a palestrante iniciaria os trabalhos da noite. O público, composto por cerca de setenta pessoas, estava acomodado em confortáveis cadeiras. Ao final, todas as pessoas receberiam um passe fluídico, e ainda haveria um momento em que alguns médiuns da casa incorporariam espíritos que estivessem ali para lhes trazer uma mensagem amiga, uma palavra de conforto, um recado de um parente desencarnado ou mesmo alguma orientação aos visitantes.

A palestrante era uma mulher pequena, na faixa dos quarenta anos, cabelos curtos e escuros, rosto bonito, com traços delicados e olhos cativantes. Ela subiu ao palco, apresentou-se aos espectadores, projetou seus *slides* em uma grande tela branca para enriquecer sua aula e começou a falar:

— Hoje, eu gostaria de lhes trazer algumas palavras com o objetivo de fazê-los saírem daqui melhores do que entraram. Quem aqui se considera medroso?

Cerca de dez pessoas levantaram a mão.

— Quem acredita ser uma pessoa insegura?

Desta vez, quase trinta pessoas esticaram o braço para cima.

— Quem aqui já deixou sonhos e projetos de lado apenas porque teve medo de que não dessem certo?

Agora, mais da metade das pessoas estava com a mão para o alto. A palestrante continuou:

— Nós ficamos inseguros diante de alguma coisa, porque não temos segurança em nós mesmos. Insegurança nada mais é do que a ausência de confiança e de fé em si mesmo. Com ela, surgem os mais diversos tipos de medo, como o de amar, mudar, ficar sozinho, errar e o de expressar o que sente. Uma pessoa insegura não confia em seu potencial, em seu valor, em suas habilidades e possibilidades de sucesso. Quem é inseguro tende a se esconder atrás dos outros e se apoiar em que está mais próximo. Sempre usa alguém como muleta, porque não acredita na capacidade do próprio caminhar.

A palestrante trocou a tela na projeção, mostrando agora uma mesa com várias iguarias, diversas pessoas sentadas em torno dela e sorrindo, com exceção de uma, cujo rosto parecia triste e abatido.

— Aqui, temos um exemplo de uma pessoa que não confia em seu poder interior e se apega na presença de seus filhos, amigos, familiares, pais etc. Essa pessoa depende das outras em seu entorno, porque apagou a própria luz. Vejam o rostinho dela. Ela lhes parece feliz?

Algumas pessoas na plateia disseram que não.

— Sabem o que a une aos outros? — ela perguntou.

— O amor? — Alguém arriscou dizer.

— Ela também acredita que seja o amor, mas, na verdade, trata-se de outra coisa: a insegurança. Ela sente-se protegida quando está rodeada por pessoas por quem ela nutre afeto e carinho. Muitas vezes, ela até tenta vigiá-los, controlá-los, mas porque teme muito perdê-los. Ela acredita que eles sejam seu porto seguro.

Outra tela mostrava um homem de terno e gravata de costas para um grupo, que murmurava entre si, aparentemente falando sobre aquele que estava em destaque na imagem.

— Vejam essa imagem! Aparentemente, aqui estamos vendo uma situação em uma determinada empresa. Este homem da frente, que pode ser o patrão ou um funcionário, é alvo de fofocas e maledicências das pessoas atrás dele. Reparem que ele está um pouco distante dos demais. Aqui, temos o exemplo de uma pessoa insegura, que, por não saber controlar as vontades das demais pessoas, mantém um difícil relacionamento com elas, gerando cobranças e barreiras cada vez maiores. É alguém cauteloso, desconfiado, vigilante, que parece estar sempre de sobreaviso por temer as consequências futuras de suas ações atuais. Imagino que aqui todos conheçam pelo menos uma pessoa assim.

Cabeças anuíram em concordância. Marian olhou discretamente para o marido e percebeu que ele parecia satisfeito com a palestra, prestando atenção em cada palavra dita. Aquilo a deixou muito contente.

— Uma pessoa insegura se coloca permanentemente em uma situação vulnerável diante do mundo. — Continuou a palestrante. — E essa vulnerabilidade gera fragilidade. Essa pessoa, então, enfraquece cada vez mais. Tudo o que ela pensa em fazer acaba dando errado, porque é nisso que ela acredita. Ela dá força ao fracasso apenas com o poder de sua mente. Sente tanto medo de tudo que não avança, não progride. Tudo emperra e gera frustração, o que a leva a um desânimo maior ainda. E aí essa pessoa culpa a vida, culpa Deus, culpa outras pessoas, porém, nunca faz uma autorreflexão para ver que tudo é cem por cento responsabilidade dela.

Ela trocou a tela novamente e desta vez havia uma pergunta ali: "O que gera insegurança?".

— Alguém saberia me responder?

Silêncio. A palestrante sorriu. Já estava acostumada com a timidez das pessoas em público.

— Normalmente, o que gera a insegurança é o medo. Vou lhes dar alguns exemplos: tenho vontade de namorar, mas tenho medo de ser rejeitado porque me acho feio, gordo, pobre, burro etc. Tenho medo de ficar sozinho, abandonado por amigos e parentes. Tenho medo de perder meu emprego, então, suporto as humilhações do insuportável do meu chefe. Tenho boas condições financeiras, contudo, meu maior medo é perder tudo e ficar pobre. O que seria de mim? — Ela sorriu novamente. — Quem aqui já se calou quando tinha algo para falar, apenas por medo da reação da outra pessoa?

Mais algumas mãos se levantaram.

— O medo gera uma grande instabilidade emocional, ao mesmo tempo que atrasa a vida de todo mundo. Sabe aquele famoso "depois eu faço"? E você nunca conclui, de fato, suas metas? A incerteza faz parte da vida, mas a insegurança, não. Você continua adiando seus projetos e não os realiza nunca. Adia uma conversa importante, um curso, uma viagem, uma decisão... Sei que muitos aqui já adiaram situações importantes porque se sentiam inseguros.

Marian pensou em Nicolas e em Miah e na insegurança de ambos diante do nascimento do bebê.

— Uma pessoa insegura sofre muito, sofre em silêncio, sofre sem perceber. Ela sempre prevê resultados negativos. Se é promovida e vai ganhar um salário maior, não percebe a possibilidade do sucesso. Em vez disso, diz que sua demanda de trabalho aumentará, ou seja, apenas enxerga o lado negativo. Se está em um relacionamento afetivo, cobra-se o tempo inteiro, dizendo para si que a relação não está sendo a melhor possível. Tenta mudar tanto com o objetivo de se aprimorar que acaba perdendo o parceiro ou a parceira.

A próxima tela do *slide* mostrava uma mulher de frente para o mar, com os braços abertos, representando a liberdade.

— O que tenho para lhes dizer, queridos amigos, é que vocês precisam se fortalecer usando para isso sua força interior. A fé fortalece, a crença em Deus acalenta, nos sustenta e nos move para frente. Nada é mais poderoso do que a fé, a não ser a ação divina. A fé move montanhas e pode resolver muitas de suas aflições. Diante do medo, do pânico, da incerteza, da insegurança, da dúvida, do receio, ore. Eleve seu pensamento a Deus e ore. Entregue seu problema nas mãos Dele e confie. Deus não erra, não dorme, não descansa. Essa força que move planetas e galáxias trabalha pelo nosso bem maior, em benefício e em favor da evolução de cada um de nós. Confie. Sabe aquele problema que hoje o entristece, o aflige, lhe tira o sono e que parece ser um beco sem saída? Aquele dilema que, por mais que você tente, não consegue vislumbrar uma resposta? Aquela situação que parece imutável? Tudo isso tem solução, tem jeito, tem como melhorar. Confiança e fé formam a base de tudo. Os amigos espirituais, sempre próximos de todos nós, se empenham para que as coisas saiam a contento, conforme precisam acontecer. Lembrando que, quando me refiro a sair a contento, não significa que sempre será ao nosso gosto, mas, sim, em prol do melhor para todos os envolvidos.

Ela fez uma pausa para observar seu público e notou que uma e outra pessoa secavam lágrimas discretas. Marian, mais uma vez, notou que Enzo estava atento às palavras da oradora. Parecia fascinado. No palco, a mulher continuou:

— Assim como falamos sobre insegurança, eu gostaria agora de conversar um pouquinho sobre a persistência. Vocês não sabem o quanto eu gosto desta palavra devido ao poder que ela nos transmite. Ser persistente é realizar qualquer coisa de forma focada, aprendendo a lidar com as dificuldades do caminho, a superá-las, alcançando, dessa maneira, os objetivos traçados e o sucesso almejado. Ser persistente é também fortalecer sua atitude para chegar aonde você pretende. Ao contrário da insegurança, que surge carregada de diversos medos, a persistência está alicerçada na coragem, na fé, na motivação, no controle emocional, na certeza da superação dos obstáculos, mesmo quando eles parecem intransponíveis.

A palestrante tornou a mudar a imagem do telão. Agora, havia a representação de diversas estradas seguindo para o mesmo destino.

— Essa foto é muito sugestiva. Ela mostra exatamente o ângulo de visão de uma pessoa persistente. Se ela segue por um desses caminhos, mas as circunstâncias a impedem de avançar, ela muda de rota, sem se sentir desmotivada ou com desejo de desistir de tudo. Ela entende que há vários meios de se chegar aonde pretende. Portanto, nada de desculpas frente à primeira frustração que surgir. Nada de cruzar os braços e desistir. Momentos de dificuldade fazem parte da nossa trajetória e nos impulsionam para frente, exatamente como as turbinas fazem com o avião. Analise suas ações e se pergunte: elas estão de acordo com o que pretendo para atingir meus objetivos? Eu estou trabalhando a favor de mim ou contra meus projetos? Você tentou e não deu certo? Desenvolva a sua resiliência e tente mais uma vez.

A palestrante novamente analisou a reação de seu público. Satisfeita, prosseguiu:

— Deixo claro que persistir não é a mesma coisa que insistir. Vocês sabem qual é a diferença? — Cabeças balançaram para os lados. — Insistir é tentar alcançar alguma coisa repetidas vezes e sempre do mesmo jeito, sem soluções diferentes, sem refletir sobre novas possibilidades. É saber que aquela porta não se abrirá e mesmo assim tentar passar por ela. Persistir, contudo, sugere algo muito melhor. A persistência é a busca de soluções inovadoras, criativas e eficazes. É saber que, se não der certo de um jeito, dará de outro. É trilhar um ou vários caminhos com a sensação de que todos eles estão certos e levarão a pessoa aonde ela pretende estar. Persistam, amigos. Saiam da zona de conforto, vençam suas limitações, desenvolvam novas habilidades. Algo mais à frente, algo brilhante e poderoso está à sua espera. Podem acreditar e tentar. Sigam sem parar, sigam sem retroceder, sigam confiantes na força da vida. Se desistirem dos seus sonhos, desistirão de si também.

Ela chegou à última tela, onde se lia em caixa alta a palavra SUCESSO.

— Aprendam que os eventuais fracassos, as possíveis frustrações, são, na verdade, oportunidades de crescimento e aprendizagem. Você quer emagrecer? Quer ter sua casa própria ou seu carro? Quer fazer uma viagem dos seus sonhos com a pessoa que ama? Quer parar de fumar, de beber ou se livrar de algum vício? Quer concluir seu curso na faculdade com êxito? Tudo isso só será possível se você seguir por uma ou por várias daquelas estradas que vimos há pouco com foco na persistência. Verá que finalmente terá conseguido aquilo que sempre desejou. Conquiste seus sonhos em vez de apenas imaginá-los. Como dizia a querida Cora Coralina: "Mesmo quando tudo parece desabar, cabe a mim decidir entre rir ou chorar, ir ou ficar, desistir ou lutar". Escolham o que é melhor para vocês, mas nunca desistam de sua felicidade.

Os aplausos pipocaram por todos os lados. Marian percebeu que várias pessoas estavam emocionadas, inclusive Enzo. Quando se levantaram, enquanto muitos iam até o palco trocar uma palavra com a palestrante, eles seguiram para outra sala onde tomariam o passe. Enzo observou com estranheza a pessoa de pé diante dele, fazendo movimentos com ambas as mãos, mesmo que não fosse a primeira vez que recebia um passe. No entanto, ao sair daquele ambiente, sentiu-se leve como uma pluma, como se não houvesse peso algum sobre seus ombros. Mais uma vez, ele deparava-se com um daqueles fenômenos para os quais Enzo não tinha explicação fundamentada na ciência.

Por último, chegaram a uma sala grande, onde vários médiuns estavam sentados diante de mesas, com uma cadeira de cada lado. Alguns já estavam escrevendo cartas, enquanto outros apontavam para um dos visitantes, pedindo para que ele se aproximasse a fim de ouvir a palavra do espírito presente.

Não demorou muito para que Marian fosse chamada por uma mulher. Enzo ficou aguardando em um dos bancos. Ela cumprimentou a médium, sentou-se e sentiu a energia transformar-se, quando a mulher incorporou o espírito que desejava se comunicar.

— Há séculos, aguardo uma oportunidade de me expressar. — Começou a mulher, com uma voz trêmula e rouca, bem diferente da que usara para cumprimentar Marian. — Você é a pessoa mais próxima dele, porque não consigo me comunicar com aqueles que o receberam como pais.

— Você está se referindo ao filho de Nicolas e de Miah?

— Dipak está de volta. O grande feiticeiro das sombras retornou à Terra após séculos liderando zonas umbralinas, submundos inferiores, governando para as trevas e para a escuridão. Eu soube que, através desta nova oportunidade na matéria, ele tentará disseminar o mal, o medo, o horror e tudo aquilo que ele conhece. Reencarnou num seio onde habita o amor, a fé, a luz e a esperança, mas tentará destruir tudo isso. Vocês não fazem ideia de quem é aquele espírito que habita o frágil corpinho de um bebê.

Marian sentiu diversos calafrios atravessando seu corpo.

— Quem é você? — ela perguntou.

— Prefiro não me identificar. Não sou importante. Mas conheci Angelique e Dipak, quando ele a tomou à força como sua esposa. Conheci a força do seu ódio quando ela o venceu e o poder das sombras que ele é capaz de invocar.

— Não há poder maior do que o bem e o amor.

— Grandes mestres das trevas vivem no astral inferior. — Prosseguiu o espírito. — Seu poder é quase palpável, e eles o utilizam para provocar toda sorte de tragédias, doenças, guerras e desastres aqui na matéria. Quando desencarnou, Dipak tornou-se o líder desses mestres. Assim, você já pode ter uma ideia do perigo que espreita.

— Não tenho medo. Você não me assusta com suas palavras. Confio em Deus, e a oração é meu remédio em todos os momentos. Acabei de ouvir isso em uma maravilhosa palestra. Miah e Nicolas se amam e ensinarão ao filho, agora chamado de Manoel, tudo o que Dipak desconheceu sobre o amor. Sei que existem nas trevas espíritos muito poderosos, mas eles não conseguem enfrentar o poder da luz. Eles são afugentados pelo bem. Se o propósito de Dipak é colaborar para a propagação do mal na Terra, ele falhará em seu intento. Miah e Nicolas são almas igualmente preparadas para recebê-lo. Deus faz tudo certo. A espiritualidade está nos amparando a todo instante.

A mulher não disse mais nada, e, quando tornou a falar, sua voz outra vez soou natural. Não havia mais nenhum recado para Marian.

Quando, contudo, Marian se encontrou com Enzo para voltarem juntos para o apartamento que dividiam, ela, mesmo confiante na vida, estava preocupada, muito preocupada. O que Miah e Nicolas diriam ou fariam se ela lhes contasse o que acabara de ouvir?

Ela faria uma oração por eles e pelo bebê, solicitando auxílio aos amigos espirituais sobre o que poderia fazer para ajudar os envolvidos. E, mesmo assim, Marian não conseguiu impedir um novo calafrio de envolvê-la por completo.

Capítulo 24

O domingo amanheceu ensolarado, prometendo que seria de muito calor. Nos últimos dias, a temperatura na cidade ultrapassara os trinta graus e provavelmente não seria muito diferente naquele domingo.

Longe de sentir-se bem-humorada porque a manhã lá fora estava linda, Úrsula acordou decidida sobre o destino que daria à emissora de seus pais. Era verdade que seu irmão também era herdeiro e, portanto, tinha os mesmos direitos que ela, contudo, não fazia sentido Matteo querer manter algo tão grandioso, quando nenhum dos dois teria pernas para isso, somente porque ele estava com pena dos funcionários. Além disso, ambos residiam fora do país, tinham uma vida estabelecida no exterior e trabalhavam em áreas totalmente diferentes. Após a demissão em massa, os empregados que se virassem para conseguir outro serviço. Ela não estava preocupada com isso.

Úrsula entrou em contato com Benício e pediu para realizar uma reunião com toda a equipe ainda pela manhã. O supervisor avisou-lhe que boa parte dos funcionários não estaria presente na empresa por ser um domingo, mas Úrsula insistiu em conversar com os que estivessem presentes. Sabia que a notícia chegaria aos demais quase em tempo real, graças ao milagre da tecnologia.

Além disso, o enterro de seus pais estava previsto para o período da tarde. Não que ela tivesse interesse em ir, pois odiava velórios, cemitérios e qualquer coisa relacionada à morte. Era uma mulher que amava viver e só compareceria à cerimônia porque era de praxe. Caso se ausentasse, levantaria suspeitas daquele investigador abelhudo que ela detestara logo de cara. Ele não passava de um incompetente, além de um tremendo arrogante. "Imagine se o assassinato de meus pais tivesse ocorrido em Londres! O criminoso já estaria atrás das grades há muito tempo!", pensou.

Colocou uma roupa preta, calça e camiseta. Se demorasse mais do que pretendia, já sairia da emissora diretamente para o cemitério. Era uma mulher prática, portanto, não fazia sentido perder tempo apenas para mudar de vestimenta.

O irmão estava dormindo no quarto contíguo ao seu, no hotel em que estavam hospedados. Propositadamente, deixou seu celular sobre a cama, assim, caso ele lhe telefonasse, não seria obrigada a lhe dar nenhuma satisfação. Úrsula não via a hora de todo aquele pesadelo terminar para que pudesse retornar para a Inglaterra. Já havia até se esquecido do quanto detestava aquele país de pessoas atrasadas chamado Brasil, principalmente aquela cidade ridícula onde ela, infelizmente, tivera o azar de nascer e crescer.

No meio do caminho até os estúdios, encontrou-se com Adilson, o advogado que contratara por indicação de amigos. Ela gostara dele e esperava que toda a questão burocrática envolvendo a venda da empresa se resolvesse com urgência. Caberia a Matteo concordar com a transação, mas ela tentaria convencê-lo. No final, ela sempre dava a última palavra. Fora assim desde que eles eram crianças.

Úrsula chegou à emissora acompanhada do advogado e passou pelas recepcionistas sem cumprimentá-las. Não perdia seu tempo falando com funcionários de pequeno porte. E, se uma delas ousasse impedi-la de entrar por não reconhecê-la como filha dos donos, seria demitida na hora, antes dos outros. Com Úrsula era assim: ou a pessoa falava seu idioma ou era retirada de seu caminho.

Benício já estava à sua espera. Após os devidos cumprimentos, ele levou-a até o salão de eventos, onde eram realizadas grandes reuniões. No caminho, o supervisor explicou-lhe que apenas setenta por cento da equipe estava trabalhando naquele dia e que, desse total, alguns estavam fazendo reportagem nas ruas. Úrsula revirou os olhos com impaciência, deixando claro que não estava satisfeita com aquilo. Imaginava que o barbudo fosse um pouco mais eficiente, já que, na ausência de seus pais, ocupava o cargo mais alto na hierarquia.

Ela contemplou as mais de trinta pessoas que a aguardavam sentadas na sala de reuniões e notou que muitos funcionários prenderam a respiração assim que a viram entrar. Todos estavam temerosos de seu futuro ali e sabiam que o destino da emissora estava nas mãos daquela mulher, a quem muitos nem conheciam direito.

Úrsula aguardou Benício apresentá-la a todos, mantendo o semblante sério para aterrorizá-los ainda mais. Gostaria de imaginar as expressões com que muitos deles chegariam em casa, contando para seus maridos, suas esposas, seus filhos ou pais que haviam sido demitidos e que a empresa seria vendida. Os mais dramáticos por certo cairiam no choro. Sim, ela adoraria acompanhar esse teatro particular de cada um.

Quando Benício lhe passou a palavra, Úrsula não fez rodeios. Adotando o tom de voz mais frio que conseguiu, começou a falar:

— Como todos vocês já sabem, meus pais foram assassinados e a emissora ficou sem administrador. Confio na competência de Benício, mas, ainda assim, seria necessária minha intervenção e a de meu irmão em muitos momentos, e nós não residimos no Brasil. Assim, decidimos vender a empresa.

Ela quase sorriu ao notar a palidez que se estampou na face de algumas pessoas.

— Sendo assim, nos restam duas opções: a primeira seria vender a emissora para outro canal interessado. Nesse cenário, talvez vocês consigam manter seus empregos, se isso for de interesse dos novos diretores. Na outra hipótese, nenhuma empresa do ramo compraria a TV da Cidade, então, demitiríamos todos vocês e venderíamos os equipamentos e o prédio. Alguma dúvida?

Zaqueu ergueu a mão:

— Há alguma previsão de quando essas transações serão efetivadas? Assim, poderíamos nos organizar melhor, planejar nosso futuro.

Úrsula apertou os olhos, tentando controlar a raiva. Para quê um homem cego, que pouca utilidade deveria ter ali dentro, precisava se organizar? Se ele perdesse seu emprego, que lutasse para arrumar outro.

— Não, não há previsão. Faremos tudo com máxima agilidade, porque é do meu interesse resolver tudo isso o quanto antes. Vocês serão previamente comunicados, independentemente da decisão tomada.

Ludmila, que também era funcionária do RH, pediu a palavra:

— Dona Úrsula, concordo com a pergunta de Zaqueu. Se nós seremos mandados embora, precisamos planejar nossa vida, começar a procurar outro emprego, distribuir currículos...

— Você entendeu a parte em que eu disse que vocês serão comunicados com certa antecedência? — Vendo Ludmila assentir, Úrsula sorriu. — Ótimo, prefiro assim.

Djalma também não se conteve:

— Por que seu irmão não está participando dessa reunião?

Ela olhou com indisfarçável interesse para o gerente de Recursos Humanos. Se não tivesse um namorado em Londres, poderia tentar investir naquele rapaz, cuja beleza extravasava pelos poros. No entanto, a pergunta dele fora afrontosa demais.

— Não creio que essa questão seja do seu interesse. Estou aqui representando a mim e ao meu irmão, que não pôde comparecer à reunião. — Não era verdade, mas quem procuraria Matteo para confirmar suas palavras? — Mais alguém quer perguntar?

Ninguém mais queria, porque, certamente, levaria uma resposta atravessada. Seus pais adoçavam demais aqueles empregados, por isso, estavam enraizados ali dentro por tanto tempo. Pelo menos, isso chegara ao fim.

Como não havia mais nada a dizer, Úrsula levantou-se e fez um sinal para Adilson acompanhá-la. Seu objetivo fora cumprido. Já deixara os funcionários de sobreaviso e os demais, que não puderam estar presentes, seriam avisados. O meio de comunicação chamado fofoca jamais falhava.

***

A caminho da locadora de veículos que alugara o carro para o assassino, Nicolas recebeu uma mensagem de Moira avisando que fora realizada uma busca nas casas da rua onde Jeferson fora atropelado e morto, porém, nenhuma delas possuía câmeras de segurança. Não era um bairro abastado, o que explicava a questão. Ele agradeceu à policial.

Mike estava de folga naquele dia, mas, no período da tarde, ele se encontraria com o parceiro em sua casa, durante o churrasco. O próprio Nicolas se permitiria descansar naquele dia, se Miah e o bebê já estivessem em casa. Aliás, mais uma vez, ele sentira falta dela na cama e tivera outra noite maldormida. Esperava que, até o fim daquele domingo, sua esposa estivesse em casa.

A questão era: quando uma investigação de homicídio estava em andamento, não havia tempo a perder. Quem tirava a vida de um semelhante deveria responder por seu ato perante a lei com a maior urgência possível. E, quando um assassino tirava a vida de três pessoas em menos de vinte e quatro horas, era imprescindível que esse ser fosse afastado da sociedade por muitos anos.

Por sorte, o calombo no centro de sua testa, causado pelo golpe da latinha de refrigerante, era agora apenas uma elevação quase imperceptível, o que o deixou mais tranquilo. Não queria trabalhar naquele domingo parecendo um unicórnio.

Nicolas chegou à locadora de veículos. A funcionária estava passando uma flanela com álcool sobre os computadores, indicando que provavelmente abrira o estabelecimento havia pouco. Ela mostrou um sorriso de boas-vindas a Nicolas.

— Bom dia! Posso ajudá-lo?

— Bom dia! Com certeza, pode. — Ele mostrou sua credencial. — Quero informações sobre um veículo que foi alugado ontem e não foi devolvido. Posteriormente, este carro em questão foi encontrado danificado em uma região distante daqui.

— Estamos muito aborrecidos com tudo isso, senhor. Claro que sei de que veículo está falando. Nunca tivemos um problema parecido antes.

— Quem o alugou?

A funcionária sentou-se diante de um computador, começou a digitar rapidamente no teclado e respondeu o que Nicolas já sabia:

— Benício do Prado.

— Foi você quem o atendeu?

— Sim, senhor.

— Poderia descrevê-lo?

A atendente pensou um pouco, depois concordou com a cabeça:

— Era um senhor alto, cabelos esbranquiçados e uma barba longa também branca, até aqui mais ou menos. — Ela colocou a mão na altura dos seios. — Fizemos as devidas consultas e vimos que estava tudo certo. Como faz parte de nossas normas, solicitei que o cliente pagasse com antecedência, e ele o fez sem nenhum problema. Pagou em dinheiro. Como todos seus dados me pareceram fidedignos, imprimi o contrato e lhe entreguei a chave do veículo. Os carros que temos disponíveis ficam estacionados aqui atrás. — Ela apontou para trás de si.

Nicolas já havia notado uma câmera de segurança acima da funcionária, voltada para a direção da porta de entrada.

— Você conseguiria acessar as imagens que mostram o momento em que esse homem chegou à locadora?

— Com toda certeza. Venha comigo. Como minha colega chegará atrasada, vou apenas encostar a porta e em seguida o levarei ao escritório.

Instantes depois, Nicolas estava diante das imagens em cores daquela câmera, gravadas no dia anterior. A mulher avançou a gravação até o horário aproximado da chegada do cliente. Ela bateu a unha no monitor quando um homem alto e barbudo adentrou o local.

— Foi esse homem, senhor.

Nicolas pediu para que ela ampliasse as imagens e acompanhou todos os movimentos da pessoa na tela. De fato, qualquer um diria que aquele era Benício, se tivesse um olhar mais desatento. Mas os olhos experientes de Nicolas já haviam encontrado vários erros naquela imagem. Postura corporal, altura, movimentos realizados ao girar o corpo, tamanho da barba, corte de cabelo. Alguém se esmerara para se parecer com o supervisor da empresa, mas obviamente aquele não era o verdadeiro Benício.

— Você tem certeza de que essa pessoa era um homem? — Nicolas indagou à atendente, que pareceu confusa com a pergunta.

— Sim... a barba, a voz... Espere... você está me dizendo que poderia ser uma mulher disfarçada?

— Não sei se uma mulher, porém, certamente você não alugou seu veículo para a pessoa que consta nos documentos. Quem esteve aqui utilizou um disfarce. Posso ver os documentos que lhe foram entregues?

Cópia de RG, CPF, comprovante de endereço e último holerite. Tudo estava ali, como se fossem do próprio Benício. Imediatamente, várias peças do quebra-cabeça começaram a se encaixar no ágil raciocínio do investigador.

Nicolas experimentou uma sensação ruim e desejou que fosse apenas mera impressão.

— Muito obrigado por todas as informações. Peço que envie essas imagens para esta delegacia. — Ele entregou-lhe um cartão de visita. — Com urgência.

Dizendo isso, saiu correndo porta afora com o celular na mão:

— Bom dia, Moira! Hadassa já chegou?

— Ainda não, Bartole. E nem sei se ela virá hoje.

— Preciso que me informe o endereço de um dos nossos suspeitos: Benício do Prado. E, caso Hadassa não apareça, largue seu posto aos cuidados de outro policial e me encontre no destino informado. Procure chegar em silêncio.

— É para já.

Nicolas telefonou para a delegada, que atendeu no quarto toque, com a voz sonolenta:

— O que houve, Bartole?

— Alguém está tentando incriminar o supervisor da empresa. Estou indo ao endereço dele neste exato momento, tão logo receba essa informação de Moira. Pedi que ela me encontrasse lá. Você conseguiria ir?

— Sim, claro. Vou me levantar e trocar de roupa.

Nicolas desligou. Moira já enviara o endereço por mensagem. Ele programou o GPS do carro e saiu a toda velocidade.

Chegou ao destino doze minutos depois. Uma viatura já estava dobrando a esquina, com as sirenes desligadas.

Moira e outro policial desceram correndo. Nicolas dirigiu-se ao portão. Ao tocá-lo, percebeu que estava destrancado, o que era um péssimo sinal. Torceu para que ele estivesse errado.

Moira e seu colega já estavam segurando seus revólveres. Nicolas empurrou a porta da sala, que também só estava encostada. Ele também estava com sua arma em punho, os olhos aguçados, espreitando a sala e as escadas que levavam ao piso superior.

— Moira, esquadrinhe todo o piso inferior. Damião, dê cobertura a ela. Estarei no andar de cima. Tomem cuidado.

Moira não discutiu a ordem, mesmo sem saber exatamente o que estava acontecendo. Se houvesse alguém na casa, ela lhe daria voz de prisão. E ponto final.

Nicolas subiu os degraus rapidamente, procurando não fazer muito ruído. Em cima, havia somente três portas e uma delas, a do meio, estava aberta, revelando um banheiro pequeno e muito limpo. A luz solar clareava o espaço ainda mais, e ele desejou que os outros dois cômodos também estivessem banhados pela luz do sol.

Optou por abrir a porta que estava mais próxima e contemplou um escritório muito bem organizado, com grande acervo literário nas estantes. Mais uma vez, não havia ninguém ali.

Abriu a última porta, a do quarto de seu proprietário, e o cheiro forte de sangue atingiu-o antes mesmo de ver o corpo. Após constatar que estava sozinho no dormitório, aproximou-se da cama de casal, que estava forrada com uma colcha listrada de branco e azul. As listras estavam manchadas de sangue.

Benício estava deitado como se estivesse em profundo repouso, não fosse a perfuração de bala no centro de sua testa.

Capítulo 25

A cabeça de Benício estava um pouco inclinada para o lado, o que facilitou o fluxo do sangue, resultando nas manchas vermelhas sobre a colcha. Em sua mão, uma pequena pistola preta. Jogado no chão, sobre um tapete também listrado de azul e branco, havia um papel amassado.

Nicolas retrocedeu alguns passos até o corredor e disse em voz alta:

— Moira, Damião, aqui em cima! Parece que a casa está vazia. Temos mais uma vítima.

Passos rápidos subiram as escadas, e Moira entrou antes que seu colega. Ela parou diante da cama e analisou o corpo.

— Este homem se suicidou?

— Acho que é o que querem nos fazer pensar. — Nicolas colocou luvas de látex e tocou na carótida de Benício. — Ele ainda está morno. O crime aconteceu há pouquíssimo tempo.

Ele apanhou o papel dobrado. Ali, com letras trêmulas, estava escrito:

Cumpri minha missão com sucesso. Varri do planeta duas almas imprestáveis, que estavam aqui apenas para causar mal aos outros. Muitos me verão como um algoz, mesmo que no fundo, apenas para mim mesmo, eu saiba que fui um herói. Quem sabe um dia, quando a verdade sobre o passado dos Alvarez vier à tona, meu nome seja louvado.

Lamento muito por Jeferson. Infelizmente, ele viu mais do que deveria ver e sabia mais do que deveria saber. Ele me exigiu dinheiro em troca de seu silêncio, mas continuaria a me chantagear para sempre, por isso, não tive outra solução a não ser cortar o mal pela raiz. Ele não era um ser tão desprezível quanto Serena e Fagner e, se não tivesse tentado me atrapalhar, ainda estaria gozando plenamente de sua vida.

    Antes de escrever esta carta, tive uma reunião na empresa com Úrsula, a filha do casal de monstros. Ela disse que pretende demitir todos os funcionários. Estou velho e sei que meu destino seria muito difícil. Não posso me dar o luxo de perder meu emprego. Assim, unindo tudo isso, decidi acabar com minha vida. Espero que seja algo rápido e indolor, assim como espero que um dia o mundo descubra quem os Alvarez realmente foram e o que eles fizeram trinta e dois anos atrás com uma criança inocente.

    A arma com a qual vou acabar com tudo é a mesma que utilizei para cometer os três assassinatos. Logo, a polícia comprovará isso. Aquele investigador Bartole é muito habilidoso e eficaz.

    Despeço-me desta vida. Como moro sozinho, não darei trabalho a ninguém. E, se eu for para o inferno, irei contente, sabendo que lá encontrarei os malditos Alvarez.

Benício do Prado

    — Aqui temos uma carta de despedida de Benício, que ele supostamente escreveu antes de se suicidar — Nicolas informou a Moira e a Damião, estendendo a carta para que a policial pudesse ler.

    — Por que supostamente, Bartole? — Damião indicou o corpo da vítima com o queixo. — A mim, parece que ele se deitou e atirou na própria testa.

    — O verdadeiro assassino deve desconhecer que, recentemente, lidei com um caso que envolvia vários suicídios e que eram, na verdade, homicídios camuflados. A cena foi montada para parecer que Benício atirou em si mesmo. Se ele tivesse feito isso, a primeira coisa que perceberíamos seria a posição da arma. Ela está na mão esquerda, mas a doutora Ema nos informou que o assassino é destro. A segunda questão é que, ao atirar na testa, a arma provavelmente cairia sobre o peito de Benício ou escorregaria para a lateral do seu corpo. Não estaria tão bem encaixada na palma de sua mão. A caligrafia da carta provavelmente é realmente de Benício, mas ele deve ter sido forçado a escrever cada linha, pensando que, com isso, conseguiria se livrar de quem esteve aqui e o rendeu. Portas e portões destrancados também não fazem muito sentido. Por que ele facilitaria isso para a polícia? Por último, acabei de descobrir que, ao alugar o carro utilizado para atropelar Jeferson, o assassino usou um disfarce para se parecer com Benício. Logo, teria sentido tirá-lo de cena, fazendo, assim, que a responsabilidade pelos assassinatos recaísse sobre o supervisor. Corri até aqui, contudo, cheguei tarde demais.

— Então nunca encontraremos o criminoso? — inquiriu Damião, ainda espantado com a percepção tão afiada de Nicolas. Para ele, teria sido apenas um suicídio comum.

— Sim, vamos encontrá-lo. No início, a imagem do assassino era apenas um borrão indistinto para mim. Uma forma sem rosto. Agora, essa visão quase fantasmagórica começa a ganhar contornos mais claros. Quase posso enxergar seu rosto. Preciso apenas de mais algumas evidências para dar voz de prisão à pessoa de quem estou desconfiando.

— E sei que você fará isso em breve, Bartole — comentou Moira. Era discreta o bastante para não perguntar de quem Nicolas suspeitava, embora estivesse bastante curiosa.

— Sim, eu o farei — Nicolas prometeu. — Acionem os peritos, por gentileza. Quem sabe eles consigam encontrar mais alguma coisa que nos auxilie.

***

Úrsula entrou em seu quarto no hotel já pensando em sair novamente. Não sabia o que era pior: ficar hospedada em um hotel, que, por mais conforto que oferecesse, não tinha toda a comodidade de sua casa em Londres ou sair às ruas daquela cidadela monótona e exaustiva. Mas, como não queria discutir com o irmão nem informá-lo sobre a reunião que fizera na emissora, decidiu procurá-lo no dormitório contíguo ao seu.

— Matteo, vou sair novamente. Essa falta de movimentação está me enlouquecendo. Mal posso esperar para que tudo isso termine e possamos retornar aos nossos países definitivamente.

— Não há por que demorar tanto aqui. Já falei o que penso, Úrsula. A emissora ficará aos cuidados de Benício, que tem total conhecimento e capacidade para liderar a administração daquele lugar. Se precisarmos assinar alguma coisa, isso poderá ser feito remotamente. Não vejo nenhum problema.

Ela encolheu os ombros, sem responder. O irmão insistia em manter a TV da Cidade em pleno funcionamento, apenas porque sentia pena dos funcionários que perderiam seus empregos. Como se ela estivesse se importando com aquilo. O pior tipo de pessoa era a que possuía coração mole, e o de Matteo parecia ser feito de sorvete, porque qualquer coisa o fazia se derreter.

— Eu dei uma volta hoje de manhã — ela mencionou mudando de assunto. — Não diria a ele o que realmente fizera. — Durante meu passeio, avistei uma floricultura que me chamou a atenção, a caminho do centro da cidade. Vou até lá comprar algumas flores para enfeitarem meu quarto. Você sabe que eu amo flores. Quer que lhe traga algumas também?

— Não, obrigado. O aroma das flores me causa dor de cabeça.

Úrsula nem perdeu tempo insistindo.

— Tudo bem. Esqueci meu celular em meu primeiro passeio, mas desta vez eu o levarei comigo. Caso precise de algo ou mude de ideia quanto às flores, basta me telefonar.

Com a mesma roupa que estava usando, saiu do quarto, deixou o hotel e ganhou a rua. Caminhou a pé pela calçada até parar diante de uma loja de roupas, onde várias pessoas se aglomeravam na porta. Faixas com letras grandes anunciavam diversas liquidações, e os clientes acotovelavam-se na tentativa de encontrar uma peça bonita com valor agradável.

Ela revirou os olhos. Não que tivesse algo a ver com aquilo, porém, os pobres sempre se comportariam como pobres. Aqueles clientes mais se pareciam com chacais esfomeados disputando alguma carniça.

A comparação a fez dar uma risada, enquanto olhava o movimento da rua para ver se algum táxi estava a caminho. Aguardando o veículo, pensou em olhar novamente para a loja apenas para se divertir com os pobres competindo entre si para ver quem conseguiria encontrar a melhor roupa em promoção.

Antes que tivesse tempo de se virar, ouviu uma voz às suas costas:

— Se pensar em gritar ou fazer qualquer movimento imbecil, vou meter uma bala em suas costas. Faça o que estou lhe mandando, ouviu bem?

Úrsula ficou branca como uma folha de papel. Não ousava se virar para ver o rosto de quem a abordara.

— Vamos caminhando até o outro lado da rua, onde deixei meu carro. Você entrará nele com naturalidade. Lembre-se: não vou hesitar em atirar, caso tente alguma bobagem.

Ela anuiu, apavorada. Era por isso que odiava o Brasil. Mal chegara e já seria assaltada.

Como duas pessoas amigas que estão abraçadas, quem olhasse para a dupla a veria atravessando a rua com tranquilidade, a pessoa atrás abraçada a Úrsula.

Nem por um instante ela pensou em gritar, correr ou pedir socorro. Sabia que levaria um tiro de bobeira. Também foi sem sobressaltos que Úrsula entrou no veículo que lhe foi indicado, principalmente após ver o pequeno cano da arma apontado em sua direção, o que a deixou ainda mais assustada. Pelo jeito, não era apenas um mero assalto e sim um sequestro-relâmpago. Deus, o que fariam com ela?

Quando o carro deu partida, ela notou as mãos de quem dirigia. Uma mão estava sobre o volante e a outra empunhava a arma, que continuava apontada para ela. Reunindo toda a coragem do mundo, perguntou:

— Por que está fazendo isso comigo?

— Realmente, ainda não lhe passou pela cabeça o que eu pretendo?

Ver aquele sorriso frio encheu o coração de Úrsula de puro pavor. Principalmente, porque ela matara a charada. A verdade despencou sobre si com o efeito de uma bomba. Aquilo não era um sequestro qualquer ou um assalto banal. Quem estava dirigindo aquele carro, levando-a para algum lugar que ela nem queria imaginar qual seria, era a mesma pessoa que matara seus pais.

***

Assim que deixou o corpo de Benício aos cuidados da perícia, Nicolas dirigiu de volta à delegacia. Tentara novamente contato com Hadassa, mas desta vez a delegada não o atendeu. Quando pegou o celular para chamá-la outra vez, viu uma ligação de um número desconhecido.

— Alô?

— Senhor Bartole? — A voz parecia impregnada de preocupação.

— Sim. Quem é?

— Sou Matteo, filho dos Alvarez.

— Posso ajudá-lo?

— Minha irmã me avisou que ia até uma floricultura a caminho do centro da cidade. Adilson, nosso advogado, estava vindo aqui ao hotel onde estamos hospedados para conversar sobre a venda do apartamento de nossos pais, bem como de todos os bens que estão nele. Ele estava procurando uma vaga para estacionar, quando viu minha irmã e alguém entrarem em um carro. Mesmo com todo o calor que está fazendo, a pessoa que a acompanhava vestia uma blusa larga de moletom e capuz sobre a cabeça, de forma que ele não soube dizer se era um homem ou uma mulher. Ele teve a impressão de ter visto a pessoa empunhando algo, uma arma ou uma faca, talvez. Eles se afastaram muito rapidamente, e Adilson não conseguiu segui-los. E agora, quando tento telefonar para o celular de Úrsula, ela não atende.

— Procure ficar calmo, Matteo. Vou pedir para que duas viaturas façam a ronda no entorno. — Ainda assim, Nicolas sabia que isso seria inútil. A teoria que tinha em mente fazia sentido cada vez mais. — Mantenha-se em segurança dentro do hotel.

— O que está acontecendo? — Matteo começou a chorar. — O que farão com minha irmã?

— Vamos encontrá-la viva. Eu lhe prometo.

Nicolas desligou e deu um soco no volante. Entre sexta e domingo, quatro pessoas foram mortas pelo mesmo assassino. Uma quinta vítima acabara de ser sequestrada e poderia ter o mesmo final das anteriores. Tinha quase certeza do nome de quem estava por trás dos crimes, mas, ainda assim, não tinha provas suficientes para efetuar a prisão, o que o enfurecia ainda mais.

Nicolas tornou a telefonar para Hadassa, que o atendeu com voz pastosa:

— O que foi?

— Você voltou a dormir? — indagou Nicolas extremamente irritado. Era só o que faltava. Uma pessoa morta e uma sequestrada no mesmo dia e a delegada responsável pelo caso deitada, bancando a Bela Adormecida.

— Estou passando muito mal. — Houve um ruído estranho, como um ronco. — Não quero pedir ajuda à recepção do *flat,* porque não quero ser levada a um hospital. Não posso me dar ao luxo de ser internada nem mesmo de ficar sob observação por algumas horas. Por favor, Bartole, venha até aqui. Não tenho a quem recorrer.

— Hadassa, escute o que vou lhe dizer. Benício foi assassinado há pouco. Foi morto em casa. Montaram a cena para que parecesse suicídio, colocando-o como o autor dos assassinatos. Logo depois, a filha dos Alvarez foi sequestrada. Nosso tempo urge. Preciso que você melhore e me ajude.

— Sim, vou tentar me levantar. — Houve um barulho abafado e, em seguida, a voz dela novamente: — Está tudo girando. Ai, meu Deus!

Nicolas escutou um baque surdo, como se Hadassa tivesse caído. Como a linha permaneceu muda, ele desligou. Estava ainda mais nervoso agora. Será que aquelas coisas aconteciam apenas para atrasar seu lado?

Na recepção do *flat*, Nicolas teve sua entrada franqueada, logo após se identificar. A porta do dormitório de Hadassa estava encostada. Ele empurrou-a e avistou a delegada caída ao lado da cama. O lençol cobria parcialmente seu corpo.

— Hadassa? — Nicolas aproximou-se e agachou-se. Ele a viu com os olhos cerrados. — O que aconteceu aqui?

Assim que Nicolas esticou o braço para verificar a pulsação de Hadassa, a delegada abriu os olhos e sorriu:

— Por enquanto, não aconteceu nada, mas vai acontecer agora.

Com agilidade, Hadassa atirou o lençol para o lado, revelando seu corpo inteiramente nu. Como Nicolas ainda permanecia agachado, ela movimentou as pernas, abrindo-as e fechando-as como se fosse uma tesoura.

Hadassa prendeu Nicolas entre as pernas, puxou-o sobre si e pediu:

— Transe comigo, Bartole. Estamos apenas nós dois agora. Venha. Seja meu e deixe-me ser sua também.

Nicolas sabia que dificilmente um homem resistiria a tanta provocação. Era quase como oferecer um banquete delicioso a alguém que não se alimentava havia três dias. Poderia ter se rendido, deixado Hadassa conduzir as coisas à sua maneira e entregar-se aos prazeres sexuais, que, com certeza, seriam intensos.

Faria tudo isso se em sua vida já não houvesse uma mulher de rosto arredondado, olhos cor de ouro e tão encrenqueira quanto uma adolescente rebelde. Uma mulher pela qual se apaixonara desde que a viu pela televisão. Uma mulher que trouxera ao mundo seu primeiro filho. Não, não valia a pena trocar tudo o que ele construíra com Miah por uma relação sexual com alguém que era pura sensualidade. E nada mais que isso.

Nicolas deu um impulso com o próprio corpo e jogou-se para trás. Isso o fez cair sentado no chão, livrando-se das pernas de Hadassa, que o envolviam como tentáculos. Quando ela tentou atacá-lo novamente, ele tornou a retroceder e desta vez se colocou de pé.

— Não estou conseguindo acreditar nisso, Hadassa! Você organizou todo esse circo para me atrair até aqui apenas pensando em sexo? Você me ouviu mencionar que mais uma pessoa foi morta e outra está desaparecida? Aliás, antes disso, eu me recordo de ter deixado claro que sou apaixonado por minha esposa e que não estou à procura de outra mulher que a substitua em meu coração. Sua atitude me enoja, principalmente porque vem de uma pessoa que exerce a função de delegada de polícia. Caso isso volte a acontecer, caso você tente mais uma vez se insinuar para mim, seja da maneira que for, farei uma queixa ao comandante Alain.

Nicolas caminhou até a porta e, antes de sair, olhou por cima do ombro. Viu Hadassa, que continuava sentada no chão, despida.

— Daqui para frente, nossa única relação se resumirá à investigação que está em aberto. Além dessa questão, nada mais me interessa tratar com você. E se pretende ficar aqui, escondida dentro do quarto, saiba que estou voltando ao trabalho. Tenho muitas coisas a fazer ainda hoje.

Com um sorriso nos lábios, Hadassa observou-o sair. O sermão que acabara de ouvir de Bartole servira apenas para deixá-la ainda mais excitada, ainda mais instigada a fazer amor com aquele homem. Desistir era para os fracos. Ela ainda o levaria para a cama, de um jeito ou de outro.

Capítulo 26

Miah nunca gostou de hospitais, nem mesmo quando entrava em um deles para fazer alguma reportagem. Ser constantemente examinada e observada por estranhos era, para ela, quase um filme de terror. Tinha a impressão de que estava ali havia mais de uma semana. Não via a hora de voltar para casa e recuperar a liberdade.

Já fazia mais de trinta e seis horas que o parto acontecera. Uma enfermeira dissera-lhe que, normalmente — embora não fosse uma regra —, mães que passavam por um parto normal, caso apresentassem um quadro saudável, recebiam alta em cerca de quarenta e oito horas após darem à luz. Porém, já houve situações em que algumas pacientes foram liberadas bem antes desse período.

Manoel estava adormecido no colo de Miah, após ter mamado bastante e apertado seus mamilos com as gengivas. Ele passava a maior parte do tempo dormindo, mas, quando acordava, pregava nela aquele seu olhar azul. Miah, por sua vez, começava a sentir um grande mal-estar, como se através daqueles olhos a criança conseguisse lhe transmitir uma energia pesada e sufocante.

Quando tornou a olhar para seu colo, notou que Manoel já estava desperto. E, mais uma vez, ele a estudava atentamente.

— Qual é a sua, meu amigo? — Miah perguntou ao bebê. — Você reencarnou para se vingar de mim, não foi? Tudo isso porque se casou com uma bruxa, que descobriu os próprios poderes — poderes superiores aos seus —, e o deixou? Uma bruxa que depois conheceu outro homem, por quem se apaixonou. E aí, quando você estava no plano espiritual, deve ter pensado: "Acho que vou encarnar de novo para infernizá-la um pouquinho".

Os lábios de Manoel repuxaram-se um pouco, e Miah jurou que aquilo era um sorriso.

— Sei que seu corpinho abriga o espírito de um feiticeiro cruel e que está aqui para me causar mal. O que pensa que sou? Uma completa ingênua, de quem você poderá se aproveitar? Não estou nem aí para seus planos, seu idiota! Não tenho medo de você.

Miah ouviu um ruído, ergueu o olhar e levou um susto ao se deparar com duas enfermeiras que haviam entrado silenciosamente no quarto e a encaravam espantadas. Uma delas perguntou:

— O que a senhora está fazendo com seu bebê? Dizia que não tem medo dele?

— Ah... — Miah sorriu para disfarçar a vergonha. — Acontece que sou muito brincalhona.

— A senhora disse que não se importa com os planos dele. — Reforçou a segunda enfermeira. — Refere-se ao bebê? Tem certeza de que está se sentindo bem?

Miah pensou rápido em uma resposta, antes que aquelas mulheres julgassem que ela havia enlouquecido e decidissem mantê-la em observação por mais alguns dias.

— Como vocês devem saber, sou jornalista e faço várias reportagens. E agora me veio à cabeça uma matéria que fiz há algum tempo, em que entrevistei o chefe de uma perigosa quadrilha de bandidos. Ele me ameaçou, e, na época, eu lhe disse: "Não estou nem aí para seus planos, porque não tenho medo de você!".

As duas profissionais continuaram olhando para Miah, parecendo um tanto incrédulas diante daquela explicação.

— Caso a senhora esteja sentindo alguma coisa, basta nos dizer — enfatizou uma delas.

— Estou ótima. Fiquem tranquilas. — Para mostrar que o que dissera não tinha a ver com o bebê, Miah controlou a ojeriza que sentia por aquela criança e pousou um beijo em sua testa, o primeiro que dava em Manoel desde seu nascimento. — Quanto ao meu filho, eu o amo muito. Viram só?

Miah mostrou um sorriso cristalino às duas mulheres, rezando para ter sido convincente.

***

Sempre que Nicolas visitava a maior e mais bem equipada floricultura da cidade, sabia que algum tipo de emoção e forte divertimento esperavam por ele. O proprietário da *Que Amores de Flores* era a pessoa mais excêntrica e extrovertida que ele conhecia, muito embora sua irmã Ariadne não ficasse muito atrás.

Nicolas avistou Thierry atrás do balcão, com o queixo apoiado na mão, o cotovelo apoiado no tampo colorido, enquanto ele contemplava com olhos embevecidos o único cliente que estava na loja em pleno domingo e que Nicolas já reconhecera.

— Ai, me segurem! Acho que vou ter uma síncope cardíaca! — Thierry estreitou seus olhos verdes ao ver Nicolas se aproximar. — Os dois irmãos Bartoles juntos no mesmo lugar é a cena mais bonita e atraente que verei esta semana!

Na sequência de nascimento dos Bartoles, Willian era o terceiro — e cinco anos mais novo do que Nicolas — e extremamente parecido com o irmão mais velho. Tinha corpo musculoso, braços fortes e bem definidos e um rosto que já fizera muitas cariocas suspirarem por ele, quando o rapaz morava no Rio de Janeiro. Seus olhos eram castanhos, assim como seus cabelos, que ele deixara crescer até a altura dos ombros. Havia alguns meses, fizera duas tatuagens, uma em cada braço. Dizia que pretendia "fechar" os braços, ou seja, continuaria tatuando-os até que não houvesse mais pele intacta disponível.

Usava uma camiseta regata, que realçava seu tórax bem definido e uma bermuda cheia de bolsos. Calçava tênis esportivos, que combinavam com sua camiseta. Na cabeça trazia um boné com a aba virada para trás, que o deixava com a aparência de um moleque malandro e atentado.

— Vejam se não é meu charmoso irmão mais velho! — Willian abraçou Nicolas com força. — Agora moramos novamente na mesma cidade, já que a mamãe não quer retornar ao Rio de Janeiro de jeito nenhum! Mal conseguimos parar para conversar, meu irmão! Você está sempre muito ocupado, né?

— Nos vimos no hospital, enquanto esperávamos o nascimento do meu filho. Você está bem?

— Estou ótimo, cara! Vim aqui comprar flores para minha namorada. Vamos comemorar mais um aniversário de namoro.

Willian namorava Moira, e isso era o suficiente para transformá-los em um casal para lá de estranho. Um nitidamente era o oposto do outro. Enquanto Willian era um rapaz alegre, brincalhão e divertido, Moira estava sempre com uma expressão sisuda, o rosto hermeticamente fechado.

Ao passo que Willian gostava de curtir o melhor da vida, Moira demonstrava ser muito mais caseira, reservada e discreta. A partir dessa união, mudanças drásticas aconteceram na vida do rapaz. Ele, um paquerador nato, que seduzia diversas mulheres quando surfava nas praias do Rio, agora se via apaixonado por uma policial, que era o oposto de todas as mulheres que ele conhecera até então.

Thierry terminou de enfeitar um belíssimo buquê de astromélias coloridas e entregou-o para Willian.

— Acho que sua policial amada vai adorar essas flores. Veja como estão lindas!

O florista saiu de trás do balcão, revelando uma calça e uma camiseta listradas com as cores do arco-íris. Calçava sapatos igualmente coloridos, e os óculos, com lentes em formato de triângulos azuis, conferiam-lhe um charme adicional. Vendo aquele conjunto, Nicolas só balançou a cabeça para os lados.

— Sabe, mano, tenho pensado seriamente em uma coisa. — Willian segurou o buquê e olhou para Nicolas. — Tomei uma decisão há alguns dias e quero colocá-la em prática.

— Qual seria?

— Vou pedir Moira em casamento. Cara, eu amo aquela mulher!

Nicolas apenas franziu a testa, e Thierry começou a aplaudir.

— Que emoção! Que alegria! Vejam como estou todo arrepiado. Casamento! Ah, como eu amo essa palavra! — Saiu girando pelo salão da floricultura, como uma bailarina russa. — Sonho com o dia em que alguém pedirá minha mãozinha em casamento.

— Casamento é um acontecimento muito diferente na vida de alguém. Muitas coisas mudam quando nos casamos. Aprendi isso na prática. Desde já, desejo felicidades aos dois. — Nicolas sorriu e olhou para Thierry. — Estou aqui por outra razão. Thierry, você recebeu a visita de uma cliente chamada Úrsula?

— Ninguém esteve aqui, além dos costumeiros clientes que costumo atender. Aliás, só estou abrindo aos domingos devido à proximidade do Dia dos Namorados. Mas, por enquanto, ninguém desconhecido veio aqui.

— Tudo bem. Imaginei que ela não tivesse conseguido chegar aqui a tempo.

— A tempo de quê, Bartole? — Thierry ergueu os óculos triangulares.

— A tempo de fugir de um sequestro.

— Louvado seja Deus! — Thierry começou a se benzer.

207

O telefone de Nicolas vibrou e tocou em seguida. Na tela, o rosto sorridente de Lourdes. Antes de atender, ele voltou a fitar o irmão.

— Willian, a mamãe já está sabendo que você pretende se casar com Moira?

— Ainda não, mano. Quero que minha namorada seja a primeira a saber.

— Pelo menos ela simpatiza com Moira, assim como gosta de Mike e de Enzo. A única nora que ela não suporta é Miah.

— Por que será que Lulu e a minha fofolete nunca se deram bem? — questionou Thierry, mais para si mesmo do que para Nicolas e Willian.

Nicolas respirou fundo, pediu paciência a Deus e atendeu ao chamado.

— Meu amorzinho, por que tanta demora em me atender? O que estava fazendo?

— Vamos, mãe, diga logo o que aconteceu. Estou trabalhando e meu tempo está curto.

— A gente sabe que o fim do mundo está próximo quando o filho alega não ter tempo para conversar com a própria mãe! — lamentou Lourdes fungando um pouco.

— Também não tenho tempo para seus dramas, mãe. O que deseja?

— É... Pelo jeito, você não quer falar comigo. Mas direi assim mesmo. Desejo saber duas coisas, filho. Primeiro, queria saber quando meu neto irá para casa. Ainda não tive oportunidade de vê-lo.

— Miah deve receber alta até amanhã de manhã.

— Espero que ele seja bem parecido com você, meu amor, pois assim será uma criança linda. Agora, se puxou à repórter magricela...

— Não comece, mãe. Qual é a segunda dúvida?

— Qual é o endereço do seu colega, o que é delegado? Sei que ele mora sozinho e imagino o quanto esteja sendo difícil para se organizar por conta própria em uma cadeira de rodas. Mike contou para Ariadne a rotina dele, e ela repassou a informação a mim. Parece que o delegado ainda não encontrou uma enfermeira particular para lhe dar assistência. Farei um belo ensopado de frango daqui a pouco e gostaria de levar um pouco para ele.

— Um gesto admirável, mãe. Elias ficará feliz em recebê-la.

— Viu como não sou a diaba que tentam pintar por aí?

— Vou lhe passar o endereço dele.

Nicolas informou os dados e fez um gesto para Willian, que rapidamente sinalizou que não queria conversar com a mãe. Assim que ele desligou, seu celular tocou novamente. Desta vez, a ligação vinha da delegacia.

— Bartole, preciso que você venha para cá com urgência. — Era Hadassa.

— O que aconteceu? — Nicolas sentiu uma inquietação preenchê-lo. Nem perguntou à delegada se ela, supostamente, estava melhor.

— O assassino que estamos procurando está aqui. Ele veio entregar-se.

***

Assim que entrou na sala de interrogatório, Nicolas viu Hadassa, Moira e um homem sentado de costas para a porta. Não precisava ver seu rosto para saber que era Walcir.

O rosto dele estava molhado de lágrimas, e Walcir não parecia nem um pouco embriagado.

— Que bom que chegou, Bartole. — Hadassa indicou Walcir com o queixo. — Este homem chegou aqui confessando os assassinatos de Serena e Fagner Alvarez. Disse que os matou porque sentiu raiva por ter sido demitido.

Nicolas sentou-se diante de Walcir, que não conseguia conter o pranto.

— Walcir, olhe atentamente em meus olhos e me responda uma dúvida: por que você também matou Jeferson?

A surpresa brilhou em seus olhos lacrimejantes como uma explosão de luz.

— Jeferson? Eu...

— Você não o matou, não é mesmo? Assim como não tem nada a ver com o que aconteceu com Benício e Úrsula depois disso.

— Tudo foi culpa minha.

— Não, você não é o responsável por nenhuma dessas mortes. Por que está aqui, Walcir? Por que veio se declarar culpado por crimes que não cometeu?

— Eu sou o assassino que estão procurando.

A afirmação de Walcir soou tão convincente quanto uma criança de cinco anos dizendo que acabara de se formar em Engenharia Civil.

— Não acredito nisso, Walcir. — Nicolas olhou para Hadassa, que confirmou que também não acreditara na declaração daquele homem. — O que Valdirene lhe disse? Que tipo de promessas ela lhe fez? Por acaso, ela lhe garantiu que, se você viesse até aqui e assumisse a culpa pelos assassinatos, se esforçaria para tirá-lo da cadeia e reataria o romance?

Mais uma vez, o olhar de Walcir entregou a verdade, mesmo que ele estivesse negando com a cabeça.

— Eu realmente os matei. Tirei a vida de todas aquelas pessoas.

— Walcir, você compreende a seriedade do que está fazendo? — indagou Hadassa. — Vir a uma delegacia e assumir a culpa por vários assassinatos é algo muito grave. Até encontrarmos o verdadeiro assassino ou até você admitir que sofreu influência de alguém, infelizmente, terá de ficar detido.

— Eu sei disso. É o que mais desejo.

— Você está sendo manipulado por uma mulher que nunca o amou de verdade, Walcir. — Mesmo sabendo que espetaria com ferro quente a ferida daquele homem, Nicolas sabia que a verdade precisava ser exposta. — Valdirene é uma mulher casada, que sempre traiu o marido, e, aparentemente, ele está ciente disso. Minha esposa Miah trabalhou com eles no Canal local e me disse que os alvos de Valdirene sempre foram homens mais jovens e muito bonitos. Desculpe a sinceridade, mas você não se encaixa em nenhum desses perfis.

— Você está mentindo. — Novas lágrimas verteram dos olhos de Walcir. — Valdirene me ama. Eu sei como é intenso o sentimento que ela nutre por mim.

— Ela o usou para descobrir o funcionamento da TV da Cidade. Durante o período em que se relacionaram, você foi os olhos e os ouvidos de Valdirene. Ela se inteirou de tudo o que a interessava, porque você lhe passava as informações. Lembra-se de ter me contado isso?

— Eu disse? Não me recordo.

Definitivamente, aquele homem não tinha a perspicácia do assassino que Nicolas estava procurando.

— Sim, você disse. A questão é que Valdirene continua mentindo para você, Walcir. Por alguma razão, que eu pretendo descobrir em breve, ela o quer fora de seu caminho. Se você assumir a autoria dos crimes, sua prisão será decretada, e, portanto, o radar da polícia será desligado. Por que esse acontecimento a interessa? O que ela não quer que descubramos?

— Valdirene é inocente e me ama!

— Ela terá de provar que é inocente. E logo você descobrirá se ela realmente o ama, Walcir. Muito em breve.

— Você está preso — determinou Hadassa, um pouco desanimada. Sabia que a prisão de Walcir seria temporária, tempo suficiente para que o verdadeiro criminoso fosse encontrado e capturado. Mesmo assim, diante de sua confissão, era preciso seguir com os trâmites legais. — Tem direito a uma ligação para seu advogado.

Walcir assentiu, chorando baixinho. Para Nicolas, por ora, não havia muito mais a se fazer ali. Porém, tinha plena convicção de que, antes de prender a pessoa que estava caçando, descobriria o que Valdirene e seu marido estavam escondendo.

Capítulo 27

A casa em que Mike morava com os pais era linda por fora e por dentro. Logo na entrada, havia uma imensa piscina retangular no que seria o quintal da propriedade. No canto da parede, havia um minicórrego contornado por pedras, e em suas águas nadavam cinco carpas coloridas. Mais ao fundo, atrás da piscina, foram dispostas mesas e cadeiras brancas e quase todas já estavam ocupadas. A fumaça branca, que a churrasqueira de pedra exalava, enchia as narinas dos visitantes com um maravilhoso aroma de carne assada.

Josélia, a mãe de Mike, foi quem recebeu Nicolas na entrada. Ela usava um vestido amarelo esvoaçante e abraçou-o e beijou-o com grande animação.

— Seja bem-vindo! — saudou Josélia. — Não sabe como estou feliz com sua presença!

— Obrigado — Nicolas agradeceu.

— Sente-se em algum lugar por aí. A carne está uma delícia. A comida já está na mesa. Pode pegar um prato e se servir.

Nicolas conseguiu encontrar algumas mesas vazias ao lado da piscina. De dentro de um imenso isopor saíam muitas latas de cerveja gelada e refrigerante. Sobre a mesa havia vinho tinto e caipirinha fresca.

Mike apareceu quando notou a chegada do visitante. Ele usava chinelos de dedo e bermuda marrom. Estava sem camisa, e Nicolas se deu conta de que Mike não possuía nem um único grama de gordura no corpo. Seu porte imenso era feito apenas de músculos.

— Ajudei meu pai na churrasqueira há pouco. — Ele indicou um negro sorridente com quase dois metros de altura, que mexia em alguns espetos sobre a brasa incandescente. — Já comi como uma draga, já fiz a digestão e agora vou saltar na piscina. Você também vai dar uns mergulhos, não é, Bartole?

— Mike, sei que você está de folga e que estamos em um churrasco, mas quero deixá-lo ciente dos últimos acontecimentos. — De forma breve, Nicolas colocou-o a par das novidades sobre a pessoa que se disfarçara de Benício para alugar o carro utilizado no atropelamento, o suposto suicídio do supervisor da emissora, o sequestro de Úrsula e a declaração de Walcir de que era o culpado pelos crimes.

— Arre égua! — Mike estava pasmo. — Tudo isso aconteceu na minha folga?

— Pois é. Então, não poderei demorar muito aqui. Acho que a piscina ficará para outro dia, mesmo que eu esteja usando sunga e tenha trazido uma cueca para ir embora.

Nicolas percebeu que Mike estava olhando para um ponto atrás de seus ombros. Quando se virou naquela direção, mal acreditou ao ver Hadassa cumprimentando Josélia na entrada da casa. A delegada prendera os longos cabelos vermelhos em um coque no alto da cabeça, usava óculos escuros e um vestido preto, o mesmo com que estava quando prenderam Walcir na delegacia. Era possível, contudo, notar a peça superior do biquíni, que transparecia para além do vestido.

— A culpa é sua, Mike. Quem mandou convidá-la?

— E como eu faria, Bartole? Ia ficar chato se não a chamasse também.

Hadassa já estava se aproximando deles. Sentados às mesas, vários homens acompanhavam-na com o olhar, alguns mais discretamente, outros nem tanto. Ela cumprimentou Nicolas e Mike, mostrando um sorriso que cintilava.

— Mike, sua casa é linda, e sua mãe, muito simpática.

— Ah... que bom que a senhora gostou! — murmurou Mike, visivelmente sem graça.

— Impossível não gostar. Podemos nos servir?

O almoço estava realmente delicioso, e Josélia foi elogiada o tempo todo pelos convidados. Havia salada de macarrão, maionese e salada de folhas verdes e tomates. O arroz à grega estava soltinho e saboroso, e as carnes que saíam da churrasqueira eram o ponto forte. Desde as picanhas bem passadas às linguiças toscanas, passando pelos pedaços de frango muitíssimo bem temperados, regados às caipirinhas e cervejas intensamente geladas, tudo estava saboroso.

Algum tempo após se servirem, Hadassa decidiu mergulhar na piscina. Nicolas teve de usar todo o seu autocontrole para não olhar na direção da delegada, quando ela despiu o vestido preto e revelou um biquíni vermelho tão pequeno que caberia em uma boneca. A parte de cima deixava seus seios fartos quase totalmente à mostra, enquanto a tanga mal lhe ocultava a região pubiana. Hadassa utilizou a escada cromada na lateral da piscina para ter acesso à água e foi alvo de vários olhares e comentários masculinos, tanto dos homens que estavam fora da piscina, quanto dos que já estavam nadando.

— Você não vai mergulhar, Bartole? — Hadassa convidou sorrindo, para, em seguida, jogar-se de costas na água e dar enérgicas braçadas, afastando-se um pouco.

O que Nicolas mais queria naquele momento era entrar na água. Só Deus sabia o quanto ele desejava relaxar um pouco, nem que fosse por uns dez minutos. Isso lhe faria um imenso bem, frente à tensão do momento causada pela busca incessante de um assassino tão perigoso.

Por outro lado, entrar na água com Hadassa seria dar asas à cobra. E Nicolas não queria dar à delegada razões para continuar iludida na esperança de se relacionar com ele, nem dar a impressão de que também estava interessado nela.

Como se pudesse ler os pensamentos de Nicolas, Mike tentou contornar a situação:

— Bartole, vamos dar um mergulho? Que tal apostarmos uma corrida aquática? Eu lhe garanto que estou em melhor forma que você.

— Isso é o que veremos!

Abençoado fosse seu parceiro por salvá-lo naquele momento. Nicolas teria a oportunidade de se refrescar um pouquinho, ao passo que ignoraria Hadassa completamente.

A delegada direcionou seus olhos verdes espetaculares para Nicolas e observou-o tirar a roupa. Sua primeira (e pouco discreta) ação quando o conheceu fora avaliar o corpo do investigador. Mesmo por cima das roupas, claramente se notava o quanto seu corpo parecia forte e bem definido. Contudo, vendo-o usar apenas uma sunga preta, ela mal piscou observando a barriga trincada e as pernas musculosas de Nicolas. O investigador linha-dura tinha mais músculos do que carne, atraindo a atenção feminina, principalmente de Hadassa, que não conseguia deixar de olhar para ele.

Mike e Nicolas pularam juntos na água. Após um mergulho espetacular, mostrando sua habilidade na natação, ele emergiu e apoiou-se na borda da piscina.

— Vamos duas vezes até o outro lado e voltamos. Sem pausa! — determinou Mike. — O vencedor paga cinquenta pilas ao outro no próximo pagamento.

— Fechado! — Aceitou Nicolas. — Só não quero saber de marmelada.

Os dois lançaram-se na água, espirrando gotículas à medida que avançavam ao longo da piscina. Hadassa recuara para a borda, porque dali conseguia ter um ângulo melhor de visão. "Bartole é mesmo um espetáculo de homem! Nunca trabalhei com um investigador tão sexy quanto ele!", pensou.

Nicolas percebeu que Mike era um adversário à altura. Seu parceiro tinha excelente resistência física, e suas braçadas imponentes o faziam avançar vários metros rapidamente. Ele, no entanto, também sabia nadar muito bem. Crescera em uma cidade litorânea e desde criança mergulhava tranquilamente.

Na última volta, Mike tentou ganhar vantagem, mas Nicolas esforçou-se mais. Aumentou o ritmo de velocidade, controlou a respiração e colocou mais força nos braços e nas pernas. Mike estava praticamente emparelhado com ele, mas Nicolas conseguiu mais impulso e bateu a mão na borda da piscina dois segundos antes de Mike.

— Você me deve cinquenta pilas, espertalhão! — Sorriu Nicolas, com a respiração ainda ofegante.

— Injusto isso, Bartole! Não sei por que invento de fazer apostas com você — resmungou Mike fazendo bico.

Ainda sorrindo, Nicolas consultou as horas em seu relógio de pulso à prova d'água e decidiu que a diversão chegara ao fim. Já eram mais de quatro e meia, e ele ainda tinha muitas coisas para organizar.

— Preciso retornar à delegacia. — Ele murmurou para Mike. — Preciso resolver hoje muitas coisas ainda. Se possível, a prisão de um assassino, principalmente.

— Vou pegar uma toalha para você se enxugar — avisou Mike, enquanto saía da piscina.

Nicolas também saiu, ainda sem olhar para Hadassa. Quando percebeu, ela já estava parada ao lado dele.

— Você já vai? — Ela interessou-se.

— Sim. Embora a tarde aqui tenha sido muito agradável, perdi mais tempo do que gostaria. Úrsula continua desaparecida e com certeza precisa de nossa intervenção. Vou voltar para a delegacia agora.

— Vou com você. Pode me dar uma carona?

Nicolas quase se negou a levá-la, mas decidiu lhe dar uma última oportunidade. Tinha certeza de que, após tudo o que lhe dissera no *flat*, Hadassa não seria tão descarada a ponto de tentar seduzi-lo outra vez.

— Tudo bem. Vamos.

Por volta das cinco e quinze da tarde, Nicolas estava seco, vestido e sentado em sua sala na delegacia. Parecia loucura voltar a trabalhar no final da tarde de um domingo ensolarado, principalmente após uma maravilhosa refeição regada à carne e piscina. Ele teria ficado na casa de Mike até o anoitecer se não estivesse com uma investigação em andamento. Seu trabalho era sua prioridade, assim como a prisão que pretendia efetuar em breve.

Hadassa manteve-se comportada durante o percurso. Os dois trocaram poucas palavras sobre a investigação, guardando silêncio quando o assunto morreu. Assim que ele parou diante do *flat*, a delegada agradeceu-lhe a carona, desceu do carro e afastou-se sem olhar para trás.

O enterro de Serena e Fagner já havia acontecido. Nicolas, normalmente, comparecia aos cemitérios quando as vítimas de sua investigação eram enterradas. Só que ali seria bobagem ele estar presente. Acreditava que o assassino até pudesse comparecer, mas, se fosse um dos funcionários da emissora, estaria misturado entre outras cinquenta pessoas. Além do mais, ainda não havia provas para identificá-lo e prendê-lo, mesmo que o investigador já tivesse um nome em mente — e esperava não estar equivocado.

Sobre Úrsula, nenhum contato do sequestrador, nenhum pedido de resgate, nenhuma pista de onde ela pudesse estar. Nicolas não simpatizara nem um pouco com a filha dos Alvarez, todavia, faria o que estivesse ao seu alcance para resgatá-la com vida. Em sua cabeça, uma teoria sobre o motivo do assassinato de Serena e Fagner estava praticamente montada. Se estivesse certo, imaginava a razão pela qual Úrsula fora sequestrada. E, mais uma vez, se ele estivesse correto, a herdeira dos Alvarez não tinha muito tempo de vida.

Era exatamente isso o que Úrsula estava pensando naquele momento: não tinha muito tempo de vida. Até então, pensava que sua presença representasse um baú de ouro para o sequestrador. Filha de ricos empresários, sua cabeça valia um bom prêmio. Úrsula, contudo, notara que aquele não era um sequestro comum. Estava sob a custódia de um assassino, a pessoa que tirara a vida de seus pais impiedosamente, ainda que isso fosse mera dedução dela.

Úrsula fora levada para uma área afastada da cidade, para uma casa no meio de uma região erma, em um matagal. Assim que desceu do carro, pensou na possibilidade de tentar correr, se embrenhar entre as árvores ou se atirar entre a vegetação mais alta do que ela. Só que a bala, que a alcançaria quando ainda estivesse na metade do caminho, não compensaria qualquer atitude precipitada. Ela evitava olhar para a arma, mantida firmemente segura entre as mãos de quem a conduzira até ali.

A pequena casa para onde fora levada mal tinha móveis. Um cheiro de mofo e umidade invadiu suas narinas. Por vários momentos, Úrsula quis chorar, gritar e que tudo aquilo terminasse logo. Nunca acreditara em Deus, mas se pegou fazendo uma sentida prece, pedindo para sair dali com vida e retornar a Londres em segurança.

Tentara fazer algumas perguntas à pessoa que a levara até ali, mas, ao perceber que estava sendo ignorada, decidiu calar-se.

Logo depois, foi obrigada a entrar em um quarto pequeno, sem cama, armários ou janelas. Havia ali apenas um colchonete no chão, fino como um capacho, um cobertor de algodão do tipo "tomara que amanheça", alguns biscoitos de água e sal em um prato descartável e uma garrafa plástica com água até a metade. Ao fundo, um penico vazio aguardava-a para ser utilizado.

— Por que você me trouxe para cá? O que vai fazer comigo?

Não houve resposta. Úrsula até pensou na hipótese de tentar desarmar aquela criatura misteriosa que a trouxera à força, mas sabia que perderia facilmente a batalha. Não reagiu quando a porta foi trancada pelo lado de fora e também não pensou em gritar, porque certamente não seria ouvida.

Tentando não entrar em desespero, Úrsula procurou manter o sangue-frio para conseguir raciocinar melhor. Sentou-se no colchonete, destampou a garrafa e cheirou seu conteúdo. Não pretendia ingerir aquela bebida, sem saber o que haviam adicionado nela. No entanto, se o objetivo era matá-la, isso já teria sido feito com facilidade.

Úrsula permaneceu sentada, imóvel, apurando a audição para tentar captar alguma coisa. Esperava que seu irmão já tivesse movido céu e terra com a polícia para que ela fosse resgatada o quanto antes. Confiava em Matteo e esperava que ele fizesse isso.

Mas a ansiedade e as incertezas pairavam sobre ela como nuvens sombrias. E, pela primeira vez em anos, Úrsula sentiu muito medo.

Capítulo 28

Elias nunca imaginou que um tornozelo quebrado lhe custaria um valor tão alto. Era o preço que ele estava pagando por passar a maior parte de seu tempo sentado em uma cadeira de rodas, como se tivesse perdido o movimento das pernas. O médico dissera-lhe que ele não deveria firmar o pé machucado no chão, portanto, caso tentasse caminhar, mesmo com a bota de gesso que esquentava e incomodava uma parte de sua perna, agiria contra as recomendações que recebera, adiando ainda mais sua recuperação.

Já agradecera muitas vezes a si mesmo por ser um homem organizado. Não fosse isso, teria encontrado imensas dificuldades para se adaptar à cadeira de rodas em um apartamento que não fora projetado para atender a uma mudança tão brusca de seu morador. Graças aos espaços que havia entre os móveis, ele podia circular por ali sem grandes dificuldades. A pior parte era o momento do banho, mas ele já estava conseguindo se virar.

Assim como o tornozelo que ele fraturara, às vezes, a independência de morar sozinho também lhe custava caro. Passava boa parte de seu longo tempo ocioso pensando em como Nicolas estaria conduzindo a investigação, da qual, se não tivesse tolamente escorregado das escadas, estaria fazendo parte. Sabia que o assassino ainda continuava impune, porque a prisão seria amplamente divulgada pelo próprio Nicolas. Além disso, para um homem tão ativo quanto ele, ficar de molho em casa, sem nada para fazer, estava sendo uma verdadeira tortura. Não via a hora de voltar a andar com as próprias pernas e retomar a vida de sempre.

Por isso, surpreendeu-se um pouco quando o interfone soou, anunciando que alguém estava na portaria de seu prédio desejando subir. Não estava aguardando visitas naquele belo fim de tarde dominical.

Quando atendeu ao interfone, ouviu a voz do porteiro:

— Doutor Elias, aqui está uma senhora chamada Lourdes Bartole. Ela disse que gostaria de vê-lo devido a um assunto importante.

"Que diabos a mãe do Bartole deseja comigo?", ele pensou. "Será que aconteceu alguma coisa com Nicolas?"

— Tudo bem. Pode autorizar a entrada dela.

Elias direcionou sua cadeira até a porta de entrada. Descobrira à força que possuía uma habilidade inata de manejar a cadeira, sem esbarrá-la em móveis, soleiras ou paredes. Bem se dizia que o ser humano conseguia adaptar-se a tudo.

Lourdes vestia-se de amarelo, num tom parecido com o que utilizara para pintar os cabelos. Trazia algo nas mãos envolto em uma sacola plástica. Junto com ela, entrou também um aroma tão gostoso de comida que o estômago de Elias, vazio àquele horário, grunhiu de assanhamento.

— Boa tarde, doutor delegado! Fico contente por ter me recebido.

— Boa tarde, dona Lourdes! Admito que sua visita me causou certa surpresa. Não estava esperando pela senhora, e Nicolas não me disse nada.

— Tomara que eu não esteja atrapalhando o senhor.

— De maneira alguma. Vamos, sente-se. — Elias apontou para uma poltrona.

Parecendo tímida, Lourdes sorriu. Mas, antes de se sentar, esticou o embrulho cheiroso que trouxera.

— Fiz um ensopado de frango delicioso e logo pensei no senhor aqui sozinho, dependendo de uma cadeira de rodas... Deve ser horrível cozinhar.

— Meu rosto ficou na altura do fogão, praticamente. Mal enxergo o interior das panelas quando estou cozinhando.

— Foi o que pensei. Devem ser muitas as dificuldades, principalmente para quem não está acostumado nem preparado para uma mudança de vida tão brusca.

— Sim, mas estou aprendendo a duras penas. Obrigado pelo ensopado. A senhora não precisava ter se preocupado comigo.

— Não foi nada. — Lourdes espreitou rapidamente o apartamento. Se ela morasse ali, mudaria muitas coisas de lugar. — Posso deixar o ensopado em sua cozinha ou quer se servir agora? Está quentinho ainda.

219

— Puxa, minha barriga agradece. Agora bateu aquela fome.

— Pode ficar aí na mesa. Vou buscar um prato em sua cozinha, se o senhor me permitir o atrevimento de sair invadindo seu apartamento.

— Fique à vontade. Aqui não é nenhuma mansão. Não tem como a senhora se perder.

Ambos riram. Lourdes foi à cozinha, sondou cada detalhe do cômodo, encontrou um prato em um armário e uma colher dentro da gaveta. Apanhou um pano de prato e um guardanapo. Levou tudo até a mesa onde Elias já estava sentado. Abriu a sacola, destampou a marmita e serviu o ensopado, que ainda soltava vapor.

— Espero que goste. Fiz com muito carinho. Dois dos meus filhos que moram comigo, Ariadne e Willian, amam de paixão essa receita.

Elias experimentou e fechou os olhos de prazer. Por Deus! Aquilo era um alimento dos deuses! Não se lembrava de já ter experimentado um ensopado de frango tão saboroso.

— Que mão boa para a cozinha a senhora tem, dona Lourdes!

— Obrigada, doutor. Pode me chamar apenas de Lourdes e de você. Sem formalidades.

— Peço o mesmo. Nada de doutor, então! Somos amigos, certo?

Eles sorriram um para o outro, enquanto Lourdes o observava comer. Elias nem se envergonhou de se alimentar tão depressa. Estava mais faminto do que imaginava. Quando terminou, limpou os lábios com o guardanapo que ela trouxera.

— Se você continuar me mimando, juro que ficarei mal-acostumado.

— Assim fico sem jeito...

Elias olhou para Lourdes com atenção. Ela não era uma mulher feia, embora estivesse um pouco malcuidada. Aquele corte de cabelo não a favorecera, e a roupa também não ajudava muito. Se bem que ele também era um homem com nível zero de vaidade, e sua aparência não era a de um galã de novela, ainda mais com aquele nariz comprido que...

Ele parou, de repente. Por que estava pensando naquele tipo de coisa? Apenas recebera a visita da mãe de seu colega de trabalho. Não tinha mais idade para se comportar como um adolescente paquerador. Resolveu mudar de assunto:

— Seus quatro filhos estão envolvidos com quatro pessoas maravilhosas, não é mesmo? Você é uma mulher de sorte.

— Ariadne, minha caçula, sempre foi meio doidinha daquele jeito. Desde pequena, ela já usava meus esmaltes para pintar as unhas, cada uma de uma cor diferente. Até hoje, é uma garota maluca, mas é também uma filha maravilhosa. Está namorando o policial Mike, que é um amor de pessoa. Eles brigam como cão e gato, mas não se largam.

— Ela fez uma ótima escolha. Mike é incrível e muito competente em sua área. Gosto muito de contar com ele em minha equipe.

— É verdade. — Lourdes olhou para o prato vazio de Elias, mas sua mente estava distante dali. — Já Willian, esse sempre foi amante dos prazeres da vida. Não parava em emprego quando morávamos no Rio, porque dedicava sua vida às mulheres que encontrava nas praias. Aí, quando nos mudamos para cá, ele conheceu outra policial de sua delegacia, a Moira, que o colocou na linha! Eu achei isso muito bom! Há meses ele está trabalhando como vendedor em uma loja de sapato. Como Willian é muito bonito, a mulherada adora comprar com ele.

— Moira é a pessoa certa para ele. Por trás daquele rosto sisudo, há um grande coração.

— Eu também senti isso quando a conheci. Assim como Ariadne, estou muito feliz por eles dois.

— Marian e Enzo também formam um lindo casal.

— Concordo. — Os olhinhos de Lourdes brilharam de orgulho, e ela sorriu. — Marian sempre foi a mais estudiosa dos quatro. Ela deixava as bonecas de lado para ler um livro. Agora, minha menina está casada com um médico! Meu coração não aguenta tanta felicidade.

— Assim como Nicolas, que se casou com Miah, uma mulher tão incrível...

O sorriso de Lourdes desapareceu e seu olhar ficou mais estreito.

— Ah, não me fale da repórter magricela. Nicolas foi o único dos meus filhos que teve um péssimo gosto na escolha da pessoa com quem se casou.

— Vocês duas estão sempre se estranhando, né?

— A culpa disso é toda dele. Os filhos sempre devem ouvir as mães, aí, quando não as escutam, acontece esse tipo de coisa.

— Acredito que um dia vocês se tornarão grandes amigas. É só questão de tempo, sabia?

— Isso não vai acontecer nem depois de mortas. Do outro lado da vida, continuaríamos trocando insultos como duas assombrações briguentas.

Elias não resistiu a uma animada gargalhada. A conversa seguiu seu fluxo, e ele percebeu que tinha muitas coisas em comum com Lourdes. Gostavam dos mesmos filmes, dos mesmos livros, das mesmas comidas. Pouco antes de ela deixar o apartamento do delegado, combinaram de ir ao cinema juntos para assistirem a um filme romântico, tão logo o tornozelo de Elias se recuperasse.

Quando se viu novamente sozinho em seu apartamento, Elias percebeu que se sentia bem mais descontraído do que antes de Lourdes visitá-lo.

***

Na ala da maternidade, Miah também recebia a visita de seu médico. Ele contou-lhe que todos os exames realizados nela e em Manoel correram a contento e que ela provavelmente seria liberada na manhã seguinte.

Isso a preencheu de entusiasmo. Miah não via a hora de retornar ao conforto de sua casa. Se pudesse, colocaria o pequeno fardo que nascera na porta de um orfanato, mas sabia que Nicolas nunca a perdoaria se fizesse isso. Contudo, essa vontade era forte em seu coração, mesmo que ninguém precisasse saber.

Assim que o médico saiu, Nicolas entrou no quarto. Ela sorriu ao vê-lo se aproximar da cama. Manoel estava adormecido em seus braços.

— Como vai o nosso medonho bebê? — perguntou Nicolas, beijando Miah nos lábios.

— Demonstra ser exatamente isso: um simples bebê. Como eu gostaria que não tivéssemos sido os escolhidos para recebermos essa criança, Nicolas. Meu coração de mãe está dando sinais de que muitas coisas acontecerão envolvendo Manoel e nem todas serão boas. Já estou arrependida de ter colocado nele o nome do meu padrasto.

— Não adianta nada chorarmos pelo leite derramado, Miah. Ele já nasceu, o que era uma grande preocupação nossa em virtude dos seus sonhos proféticos. Vai crescer, aprender a andar e a falar. Veremos o que nos aguarda.

Miah assentiu e procurou mudar o teor da conversa:

— Novidades sobre a investigação?

— Quantos filhos Serena e Fagner tiveram?

— Dois. Eu sei que o rapaz mora na Argentina e a moça, na Inglaterra.

— E se eu lhe disser que houve uma terceira criança, que aparentemente faleceu de meningite há mais de trinta anos? E que nenhum cemitério registrou o enterro desse bebê.

Aquela informação causou estranheza em Miah.

— Isso é muito esquisito... Serena e Fagner sempre me pareceram ser...

— Muito corretos em tudo, não é? — Adiantou-se Nicolas. — E se eu também lhe afirmar que eles não foram os anjos que você sempre imaginou? Para chegarem à posição que chegaram, eles passaram por cima de muita gente. Esmagaram empresas menores como se fossem formigas, e, obviamente, isso deve ter lhes acarretado uma imensa lista de inimigos.

— Estou chocada com tudo isso. A visão do casal íntegro e justo que eu tinha deles era simples ilusão?

— Você não é a única a gostar deles. Seus colegas de emissora também os elogiaram muito, mas alguém os odiava e aguardou o momento certo para matá-los. Esse crime estava planejado há muito tempo, Miah.

— Esse ódio todo surgiu em algum momento do passado dos Alvarez?

— Tenho certeza absoluta disso. Um passado do qual o assassino fez parte. Algo de ruim Serena e Fagner fizeram para essa pessoa. A semente da vingança foi plantada e vem germinando desde então. — Nicolas deu uma espiadinha no bebê e continuou: — O problema é que o criminoso não parou por aí. Eliminou o segurança Jeferson, o supervisor Benício e sequestrou Úrsula, a filha mais nova do casal. Como se não bastasse tudo isso, não podemos nos esquecer de que o primeiro crime foi planejado para que a culpa recaísse sobre suas costas.

— E onde foi parar essa criança que segue desaparecida há três décadas?

— Miah, sou capaz de jogar no lixo meu distintivo se essa criança faleceu de verdade. E ainda abandonaria minha carreira se ela cresceu longe daqui. Aposto todas as minhas fichas que esse bebê nunca saiu da cidade e, de alguma forma, sempre soube quem são seus verdadeiros pais.

— Então, esse bebê...

— Ele foi registrado como Isaac Alvarez. Em nossa cidade, temos três pessoas vivas com esse nome. Uma criança de dois anos, um senhor de setenta e oito e uma mulher transexual, que hoje adota o nome social de Daiana Melo. Nenhum deles me parece ser o assassino que estou procurando. — Nicolas afagou os cabelos de Miah. — Tenho uma suspeita. Um único palpite baseado em meu instinto investigativo.

— Que dificilmente falha! De quem estamos falando?

Nicolas disse um nome, o que fez Miah empalidecer e ficar de boca aberta.

223

— Como assim, Nicolas? Praticamente, essa pessoa está fora de cogitação...

Quando ele ia responder, seu celular tocou. No visor, viu o número de Hadassa.

— É a delegada — ele explicou a Miah antes de atender.

— A caçadora de homens casados? Eu mesma quero atendê-la.

— Miah, não é o momento para arrumar confusão.

— E quem disse que sou uma mulher encrenqueira?

Miah tirou o celular da mão de Nicolas e atendeu:

— Esposa do Nicolas falando. Pois não?

Após um instante de silêncio, a voz de Hadassa surgiu:

— Sou a delegada com quem ele está trabalhando nessa investigação. Ele está perto de você?

— Sim, e já sei quem você é. Sei que é a delegada que está substituindo Elias e que é a mulher que está se oferecendo para meu marido, como uma garota de programa ávida pelo primeiro cliente da noite.

— Miah, me dê esse celular! — Nicolas esticou a mão.

— Como você se atreve?! — Rugiu Hadassa pelo telefone. — Sou uma delegada de polícia e exijo respeito!

— Pois, então, se dê ao respeito. Não permitirei que continue perseguindo Nicolas. Ele já me contou tudo. Duarte veio me visitar na maternidade e trouxe a versão dele sobre a fofoca. Ambos os relatos mostram que você está agindo como uma desqualificada, dando em cima de um homem comprometido. Tome vergonha na sua cara e vá arrumar o seu próprio parceiro, em vez de tentar tirar o de outras mulheres.

— Se você continuar a me desrespeitar, eu lhe darei voz de prisão!

— Ah, vai me prender? — Miah deu uma risada irônica. — Sob qual acusação? De dizer na sua cara as verdades que você está merecendo ouvir? Se acha que é tão sabichona, me dê apenas uma ou duas semanas para que eu me recupere do parto e me procure, sem armas ou distintivo. Veremos se eu não darei conta do recado!

Hadassa desligou, e Miah sorriu para Nicolas, devolvendo-lhe o celular.

— Que coisa feia, Miah! — Nicolas fingiu reprovar o comportamento da esposa, quando, intimamente, estava se divertindo com a situação.

— Chamando a outra para a briga, como se fosse uma adolescente do oitavo ano. Não se esqueça de que ela é uma profissional treinada e que você sairia perdendo em uma batalha corporal.

— Treinada na arte da sem-vergonhice, né? Não tenho medo, principalmente quando tenho comigo um feiticeiro escondido nesse bebezinho aqui. — Tocou no corpinho adormecido ao seu lado.

— Ela deve estar furiosa. Preciso saber o que ela quer comigo.

— Quer que eu responda? — Apesar de ainda ser assediada pela sombra do ciúme, Miah procurou levar na esportiva. — Pode ligar para ela, mas antes me conte um pouco mais sobre suas suspeitas. Você conseguiu me surpreender. Eu não esperava.

Capítulo 29

Hadassa estava com cara de poucos amigos quando Nicolas chegou à delegacia. Ele ligara para a delegada, ouvira suas lamuriosas queixas, em que dizia que fora desrespeitada por Miah e que exigia uma retratação da jornalista. Ele mostrou-se neutro argumentando que a esposa tinha suas razões para agir daquela forma e que Hadassa não poderia fazer valer sua autoridade como delegada, para conseguir algo que tinha uma origem estritamente pessoal.

Ouvindo essa fala de Nicolas, Hadassa pareceu um pouco mais conformada. Sua ligação tivera como objetivo avisá-lo de que Walcir desejava realizar uma confissão, contudo, a condicionara à presença de Nicolas.

A noite já caíra por completo. No céu, estrelas brilhavam como joias vindas de um plano muito mais evoluído que o nosso. A lua crescente completava o belo espetáculo no céu. Mesmo àquela hora, a temperatura na cidade estava quase na faixa dos trinta graus.

Nicolas entrou na delegacia e seguiu diretamente para a sala de Hadassa. Entrou preparado para que ela voltasse a tocar no assunto de sua discussão com Miah, mas a delegada tratou apenas de trabalho:

— Vou pedir para que um policial nos traga nosso prisioneiro temporário. Vamos para a sala de interrogatórios.

Walcir estava com os olhos vermelhos quando chegou acompanhado por um policial. Nicolas sabia que, mais uma vez, aquele pobre homem apaixonado chorara muito por um amor ilusório.

— Sabe, senhor Bartole... — Ele começou. — Pensei muito no que ouvi aqui e decidi confessar tudo o que sei, mesmo que isso me custe a liberdade para sempre.

— Não há prisão perpétua no Brasil, portanto, poupe-nos da parte dramática. — Cortou Nicolas sem paciência. — Quanto à possibilidade de prisão, lembre-se de que foi você mesmo quem procurou isso, uma vez que veio aqui assumir a responsabilidade por crimes que não cometeu.

— Ela disse que se casaria comigo se eu confessasse a autoria dos crimes. — Walcir baixou a cabeça, e lágrimas velozes rolaram de seus olhos para a mesa. — Disse que me tiraria daqui, deixaria o marido e que nos casaríamos na igreja.

— Você realmente acreditou nisso? — Hadassa mal podia acreditar. Aquele homem era mesmo tão ingênuo àquele ponto ou só estava sendo um excelente ator? Por mais absurdo que parecesse, ela sabia que a primeira hipótese fazia mais sentido.

— Sim, porque sempre acreditei no amor que Valdirene dizia sentir por mim. Quando nós dois... — Walcir corou, pigarreou e tossiu. — Vocês sabem... Quando tínhamos nossos momentos de intimidade, eu podia sentir a imensidão do amor dela por mim. Não sei onde ou quando tudo morreu.

— Aguente a verdade, meu nobre amigo, por mais dura que ela lhe pareça. — Disparou Nicolas, sem piedade. — Essa mulher só o usou, como usamos um copinho descartável para depois atirá-lo no lixo. Você teve um papel importante para Valdirene, porque estava dentro do território inimigo, por assim dizer. Aquela mulher baniu minha esposa de sua emissora, pois até agora a julga uma assassina fria. — Ele deixou seu olhar correr para Hadassa. — E, infelizmente, ela não está sozinha nessa forma de pensar.

— Então, ela nunca me tirará daqui? — Agora foi a vez de Walcir parecer incrédulo.

— Faça um teste. — Nicolas ofereceu o telefone sem fio para ele. — Ligue para ela. Você tem direito a uma ligação, já que não fez nenhuma desde que chegou aqui. Sabe o número do celular dela de cor?

— Sim. Eu tenho memorizado tudo o que se refere a Valdirene.

Enquanto ele apertava os botões, Nicolas reparava que a mão dele estava trêmula. Mais uma vez, sentiu pena daquele homem e de sua triste sina.

— O que você quer? — A voz de Valdirene queimava como fogo quando atendeu à ligação. — Por que está me ligando da delegacia?

— Meu amor, eu fiz tudo o que você me pediu. Entreguei-me à polícia e confessei a culpa pelo assassinato de meus ex-patrões. Estou detido à espera de que cumpra sua promessa.

227

— Promessa? Seu amor? — A gargalhada de Valdirene feriu profundamente o coração de Walcir. — Veja se me esquece, seu imbecil! Você não passa de um caipira! Achou mesmo que eu trocaria homens lindos e musculosos, com furor sexual invejável, por um coitado como você? Feio, barrigudo e bêbado, que mal garante uma rodada de sexo?

As lágrimas que escorriam dos olhos de Walcir representavam toda a dor que ele sentia. Mesmo assim, insistiu em continuar na linha.

— Você disse que me tiraria daqui e que se casaria comigo.

Outra gargalhada debochada.

— Não me perturbe mais, seu ignorante. Um reles técnico em TI não significa nada para mim, ouviu bem? E nunca mais me telefone, porque não irei atendê-lo!

Valdirene bateu o fone na cara de Walcir. Bem devagar, como em câmera lenta, ele devolveu o aparelho a Nicolas.

— Acredita em mim agora, Walcir?

Com um menear de cabeça, ele concordou. Olhos sem vida, mortiços. Lágrimas irreprimíveis que não paravam de escorrer. Ombros chacoalhando em virtude dos soluços profundos. Aquele homem era a própria imagem do fracasso.

— Mesmo sabendo que você não cometeu nenhum daqueles crimes, diante de sua confissão, permanecerá aqui até a prisão do verdadeiro culpado — tornou Hadassa.

— Eu não me importo. Ficar detido não é má ideia, quando meu coração não sente mais nenhuma motivação para continuar a bater. — Foi tudo o que ele disse, antes de trancar-se em um silêncio doloroso.

Depois que ele foi levado de volta à cela, Hadassa perguntou:

— O que você achou de tudo isso?

— Estou com pena desse sujeito, de verdade. Por isso, gostaria de investigar a fundo a origem do patrimônio de Valdirene e Mauro. Todo o dinheiro que eles possuem é lícito? Foi obtido através de trabalho honesto e digno? Sei que isso não tem nada a ver com nossa investigação, porém, gostaria de saber um pouco mais sobre isso. Se eles cometeram fraudes e enriqueceram à custa de tramoias, merecem responder pelos seus atos. Espero que Valdirene seja inocente, ainda que ela não seja uma assassina. Porque, do contrário, ela experimentaria do próprio veneno que serviu a Walcir.

— Nosso tempo é curto. Moira está no plantão dessa noite, e posso pedir para ela tentar fazer algumas pesquisas sobre esse casal. Estou admirada com a eficiência dessa policial.

— Moira é realmente muito boa — Nicolas concordou. — Acho que se sairia bem melhor se atuasse como detetive particular. Se ela puder tentar descobrir algo, seria interessante.

Como se adivinhasse que era a pauta da conversa naquela sala, Moira apareceu na porta.

— Bartole, há uma ligação para você na linha três. É um tal de Atanagildo. É o diretor do Cemitério Municipal. Ele disse que o assunto é urgente.

O coração de Nicolas acelerou na mesma hora. Ele agradeceu a Moira e pegou o aparelho:

— Bartole falando.

— Que honra, senhor Bartole! Minha funcionária Sulamita me disse que o senhor havia entrado em contato solicitando informações sobre uma criança chamada Isaac Alvarez. Trata-se do primeiro filho dos Alvarez.

— Exatamente. O senhor tem alguma informação a respeito?

— Poderíamos conversar pessoalmente? É um assunto delicado, do qual nunca me esqueci. E, talvez, nossa conversa se alongue um pouquinho.

— Estou indo encontrá-lo agora mesmo.

— Estou aguardando-o.

Nicolas desligou, levantou-se e avisou:

— Temos novidades sobre o caso. O diretor do cemitério diz se lembrar de uma informação importante sobre o bebê que estamos procurando.

— Vou com você. — Prontificou-se Hadassa, ignorando o ar de contrariedade de Nicolas.

Os dois saíram rapidamente da delegacia e chegaram ao cemitério em poucos minutos. O local já estava fechado para visitação, mas, após se identificarem para o segurança no portão de entrada, foram autorizados a procurar a administração.

Caminhando entre vários túmulos, que pareciam ainda mais sinistros à noite, Hadassa não escondeu um calafrio.

— Nunca gostei de cemitérios. Esse lugar me dá uma impressão muito ruim.

— Sempre achei que enfrentar os vivos é pior do que lidar com os mortos. — Foi tudo o que Nicolas respondeu.

Hadassa permaneceu calada, porque a simples ideia de andar com Nicolas entre aquelas ruelas escuras estava deixando-a excitada.

A administração funcionava em uma casinha pintada de azul e branco, localizada entre a capela e o início da área em que estavam os ossuários. Atanagildo já os esperava na porta. Era um senhor obeso, com mais de sessenta anos, cabelos e bigodes brancos. Ele estava apoiado em uma bengala prateada.

— Que bom que vieram tão depressa! — Atanagildo esticou a mão direita para cumprimentar os recém-chegados. — Normalmente, nesse horário, aos domingos, já estou em casa. Abri uma exceção porque sempre quis colaborar com o trabalho da polícia de alguma forma. Entrem, por gentileza! Sulamita quis ficar apenas para conhecê-lo pessoalmente.

Sulamita estava de pé diante de uma mesa, onde havia alguns livros grossos, de capa dura. Era uma mulher com mais de quarenta anos, com cerca de um metro e meio de altura, e trazia no rosto um sorriso tão cintilante quanto as estrelas que Nicolas vira havia pouco.

— Senhor Bartole, que emoção conhecê-lo pessoalmente! — Ela agarrou as mãos de Nicolas e balançou-as entre as suas. — Sou a sua fã número um! Olha só.

Sulamita mostrou o celular. Como imagem de fundo de tela, havia uma foto de Nicolas que ela encontrara na internet.

— Mandei confeccionar um pôster grande com seu rosto, que enfeita a parede do meu quarto — ela informou, parecendo muito emocionada. — Sua esposa Miah é uma mulher de muita sorte.

Sulamita não percebeu o rosnado baixo de Hadassa, que não passou despercebido por Nicolas. Como aquilo não era importante por ora, ele concentrou-se em Atanagildo.

— O que o senhor queria nos dizer?

— Vamos nos sentar. — O diretor do cemitério indicou algumas cadeiras e, após todos se acomodarem, continuou: — Trinta e dois anos atrás, os Alvarez tiveram seu primeiro filho. Eles não eram conhecidos como são atualmente nem mesmo tinham uma empresa tão grande. O que me marcou, contudo, foi a maneira como tudo ocorreu.

— O bebê deles contraiu meningite e faleceu quinze dias após o parto. — Recordou Nicolas.

— Pelo menos foi o que eles quiseram contar. Inclusive, sei que há registro disso. É um documento falso, obviamente. — Atanagildo apoiou a bengala sobre suas pernas. — Fagner e Serena deram uma boa grana para o tabelião da época expedir uma falsa certidão e também tentaram persuadir o antigo diretor deste cemitério a simular um enterro. Eu era apenas um auxiliar na época, mas me lembro de que meu chefe, hoje já falecido, se recusou a se comprometer com isso, mesmo sob a promessa de receber um montante que valia a pena. Ele não queria que ninguém descobrisse essa tramoia, o que poderia resultar em sua demissão do cargo.

— Então a criança estava viva? — Nicolas acomodou-se melhor na cadeira. — O hospital também deve ter fornecido um documento comprovando que o bebê não sobreviveu.

— Tudo arranjado, senhor Bartole. Os Alvarez sempre silenciaram algumas pessoas com dinheiro. Quaisquer documentos envolvendo essa criança certamente são falsos, adulterados, manipulados. Até onde sei, o menino cresceu e hoje é um homem que deve esbanjar saúde aos trinta e dois anos.

— Você o conhece? — perguntou Hadassa ansiosa.

— Quando criança, mas acredito que ele não resida mais na cidade. Mas sei de algumas informações sobre seu histórico de vida, isto é, sei o que aconteceu com Isaac depois que os Alvarez se livraram dele.

— Se a criança era saudável, por que não a criaram? — perguntou Nicolas.

— O que se especulou à época era que a criança era filha apenas de Serena. Sabe como é. Uma traiçãozinha que foi além do esperado e se tornou um feto em formação. Fagner deveria saber disso — ou acredito que tenha descoberto a infidelidade durante a gestação da esposa — e não aceitou criar o menino. A esposa, arrependida ou não de sua atitude, concordou com o marido. Entretanto, como eles sempre quiseram pagar de bonzinhos e certinhos, não aceitaram apenas colocar a criança para adoção. Acharam melhor encenar todo um teatro e simular a morte de um bebê que sempre esteve vivo. Naquele tempo, não era muito difícil falsificar documentos, senhor Bartole. Não que hoje em dia seja complicado, mas a possibilidade de uma fraude ser descoberta é maior.

— Eu compreendo. — Um nome já havia chegado à mente de Nicolas. — O senhor sabe quem poderia ser o pai biológico de Isaac?

— Ainda falando em tempos antigos, há mais de trinta anos, essa cidade era bem menor do que conhecemos hoje. Mas, ainda assim, um distrito muito bem-informado, pois sempre tivemos emissoras de TV, jornais etc. A imprensa sempre foi nosso forte aqui, assim como as fofocas. Disseram que Serena estava traindo o marido com um vizinho. Ela ainda mantinha relações com esse homem até hoje, pois ele é funcionário de sua empresa.

— Benício, o supervisor? — Apostou Nicolas.

231

— Aquele que parece um homem das cavernas, com uma barba branca e longa como a do Papai Noel? Sim. — Atanagildo assentiu. — Sim, é ele mesmo. Dizem que ele é o verdadeiro pai de Isaac.

— E o que aconteceu com a criança?

— Os Alvarez estavam interessados em se apropriar de um pequeno jornal que existia aqui na época. Era uma empresa minúscula, que rodava apenas os matutinos com informativos sem importância sobre a cidade. Eles, no entanto, queriam e sempre conseguiam o que desejavam. As fofocas da época diziam que eles chantagearam os donos desse jornal, que também eram casados. Ou aceitariam criar o filho deles, registrando-o com outro nome, ou se apropriariam da empresa por meio de processos. Eles fizeram muito isso. Prejudicaram empresas que eles tinham interesse em adquirir com processos até que os proprietários não resistissem e concordassem em efetuar a venda.

— Quem é o casal que criou Isaac?

— Já morreram há muito tempo. Há mais de dez anos.

— O senhor se lembra de como eles morreram?

— Claro! Minha memória é espetacular, graças a Deus. — Atanagildo sorriu orgulhoso de si mesmo. — Sofreram um assalto e foram baleados. Um tiro...

— Na nuca de cada um. — Concluiu Nicolas.

— Exatamente! — De repente, o diretor do cemitério ficou lívido. — Meu Deus, vi em uma reportagem que os Alvarez também foram mortos assim. Acha que...

— Sim. O filho adotivo matou os pais que o criaram e os pais biológicos.

— Jesus amado! Ele desapareceu da cidade após a morte dos pais adotivos.

— Não, ele não desapareceu. — Nicolas tinha certeza disso. — O filho de Serena está bem vivo e é funcionário da TV da Cidade, exatamente como eu havia imaginado.

Nicolas trocou um olhar com Hadassa, enquanto todo um quadro se descortinava em sua cabeça. Em sua teoria, Serena relacionara-se com Benício, tivera um filho com ele, que não foi criado por ela, por Fagner nem pelo próprio Benício. Fruto de um relacionamento proibido, a criança foi rejeitada após simularem sua morte. Depois, foi entregue aos cuidados de pais que o criaram por obrigação, por medo de sofrerem represálias dos Alvarez. O que esse casal incutiu na mente desse menino durante anos? Os dois transformaram a criança em um monstro até que eles mesmos perderam o controle da criatura, que acabou matando-os? Alimentaram no menino um desejo insano de vingança, que também se voltou contra eles? Uma criança, que cresceu guardando um ódio cego por tudo e por todos, agora sequestrara a meia-irmã.

Nicolas sentiu um mal-estar imaginando que Úrsula também já estivesse morta.

— Você sabe com que nome Isaac Alvarez foi criado? Como ele se chama hoje em dia?

— Rodrigo de Pádua.

Hadassa repassou aquela informação para Moira, e Nicolas continuou:

— Não me lembro de ter visto esse nome na lista de funcionários da emissora. Então, ele deve estar trabalhando lá com um nome falso. Há anos está perto de Serena e Fagner, aguardando a oportunidade certa de se vingar de ambos.

— Eles sabiam que o filho de Serena e Benício estava por perto. A tal conversa difícil que teriam com alguém, após a saída de sua esposa, Nicolas, certamente seria com ele. — Reforçou Hadassa.

— Também acredito nisso. Diga-me uma coisa, Atanagildo. Você conseguiria me descrever como esse rapaz é fisicamente?

— Ele possui uma aparência comum: cabelos negros, pele clara, e era bastante alto para a idade. Quando ele era criança, eu costumava vê-lo na rua com os pais adotivos com bastante frequência. Não creio que eles tenham dado uma criação ruim ao menino, mas sempre achei Rodrigo uma criança esquisita, sabe?

— Por quê? — Nicolas perguntou, quase antecipando o que ouviria.

— Ele fazia umas brincadeiras estranhas. Usava os dedos das mãos para simular uma arma e fingir que estava atirando em alguém. Acho que os pais não lhe davam bronca. E isso não é tudo. Ele gostava de brincar sozinho e fingir que tinha uma deficiência. Sempre achei que Deus castigava pessoas que fingiam ter doenças, fingiam ser deficientes, apenas para tirar proveito dos outros.

— Qual era a deficiência que Isaac, ou Rodrigo, fingia ter?

— Ah, ele gostava de fazer de conta que não enxergava. Andava na rua usando uma bengalinha. Aquele menino amava fingir que era cego.

Capítulo 30

Nicolas já estava novamente em seu carro, e Hadassa estava ao seu lado. Ele pedira para a delegada que convocasse Mike em caráter emergencial enquanto contatava Moira.

— Pare tudo o que estiver fazendo, Moira. Descobrimos quem é o assassino que estamos procurando.

— Verdade? Que notícia maravilhosa! Mesmo que Valdirene e seu marido Mauro não tenham matado ninguém, a ficha deles está mais suja do que a consciência dessa pessoa que será presa em breve. Documentos fraudados, desvio de verbas, contas no exterior que devem estar bem abastecidas, diversas pendências na Receita Federal... Isso foi só o começo, porque não tive muito tempo ainda.

— Vamos guardar isso para depois. Agora, preciso que descubra o endereço de Zaqueu, Moira. Ele é funcionário da emissora. O nome completo dele está na lista que deixei em minha mesa.

— Zaqueu? Por essa eu não esperava. Farei isso agora. Até já.

Nicolas desligou.

— Isaac, Zaqueu... A pronúncia até soa parecida — murmurou Hadassa no assento ao lado. — Como ninguém percebeu que o rapaz não era realmente cego? Você não entra em uma empresa sem passar por um exame admissional?

— Suborno? A mesma técnica que Serena e Fagner também utilizavam? Não me surpreende ninguém ter pedido para examinar os olhos de Zaqueu sem os óculos. Talvez enxergassem olhos normais, fixos num ponto qualquer. Não deve ter sido fácil fingir cegueira com tanta habilidade e por um período tão longo.

— Mas a motivação dele foi maior.

— Isso com certeza foi. Acredito ele não esteja em seu endereço padrão. Ele deve ter um segundo, para onde levou Úrsula. E talvez alguém possa nos ajudar. — Nicolas pegou o celular e telefonou para os estúdios da TV da Cidade. Com a mão esquerda, controlava o volante com maestria. Assim que o atenderam, perguntou: — Com quem estou falando?

— Marcelo. Posso ajudar?

— Não sei qual é sua função aí, mas preciso de uma ajuda. Sou o investigador Nicolas Bartole e estou acompanhando o homicídio de seus patrões. Preciso com urgência do número do celular de Djalma.

— Eu sou operador de câmera. Tenho o contato dele em meu celular. Só um momento, por gentileza. — Após uma pausa breve, Marcelo retornou e passou o contato a Nicolas.

— Agradeço a gentileza. — Nicolas desligou e efetuou uma nova chamada.

— Alô?

— Djalma, é Bartole. Ouça-me com muita atenção e não faça perguntas. Com quem Zaqueu mora?

— Sozinho. Ele...

— Além do endereço dele nesta cidade, Zaqueu possui outra propriedade?

— Que eu saiba, não.

Nicolas sentiu que um balde de água fria começava a entornar sobre sua cabeça. Mas, antes que fosse molhado pelos respingos frios, Djalma continuou:

— Às vezes, ele ia para a chácara de uma tia, que fica na saída da cidade, perto da Rodovia Anhanguera...

— Você tem o endereço? Já foi lá? Consegue me explicar como chego ao local?

— Nunca estive lá e não sei direito onde fica. Também nunca conheci a tia dele. Sei que há um depósito de botijões de gás por perto, porque uma vez ele me contou que a tia estava preparando o almoço quando o gás acabou de repente, e ele foi sozinho buscar um botijão cheio. Eu admiro muito esse cara, sabia?

— Obrigado. — Nicolas praticamente desligou o telefone na cara do gerente de Recursos Humanos e olhou para Hadassa. — Peça que os policiais esquadrinhem as cercanias da entrada e saída da cidade, principalmente uma casa, ou sítio, que fique próximo a um depósito de gás. Vamos contar com a sorte, ou seja, que Zaqueu não tenha dado informações incorretas a Djalma.

Hadassa não estava acostumada a receber ordens dos investigadores com quem trabalhava, mas decidiu acatar o pedido. Já arrumara muita confusão com Nicolas e até agora não levara nenhuma vantagem.

Cinco minutos depois, a delegada recebeu um retorno e colocou o celular em modo viva-voz para que Nicolas acompanhasse a conversa.

— Na Estrada Velha, que termina no trevo, há um casebre no meio do mato, que até pensávamos que estivesse abandonado — informou a voz do policial. — Há um depósito de botijões de gás a menos de trezentos metros dali.

— É lá o cativeiro para onde ele levou Úrsula. Tenho certeza disso — disse Nicolas falando em voz baixa. E, num tom mais alto para se fazer ouvir, informou: — Estamos indo até lá agora. Explique-nos como chegamos ao local. Quero que duas ou três viaturas nos encontrem perto do tal depósito, porque, se nos aproximarmos muito, chamaremos a atenção. Não invadam a propriedade sem minha autorização.

— Sim, senhor.

O policial explicou o melhor roteiro para que Nicolas e Hadassa chegassem até lá com facilidade. Logo depois, ele contatou Mike e Moira e pediu aos dois que também se dirigissem até o ponto de encontro.

— Quero uma operação rápida e silenciosa, porém segura para Úrsula — explicou Nicolas à delegada. — Lembremos que ele a mantém refém e, caso se sinta ameaçado, tentará matá-la.

— Se ele já não fez isso...

— É uma possibilidade. Espero sinceramente que ainda tenhamos tempo de salvá-la.

Torcendo pelo melhor para Úrsula, Nicolas pisou com força no acelerador, preparando-se para a ação que estava por vir.

***

Nicolas encostou seu carro atrás de uma viatura. Desceu e foi ao encontro dos policiais, que estavam enfileirados diante do portão gradeado do depósito de botijões de gás, fechado àquela hora. Mike e Moira também já estavam ali, e havia oito policiais fardados com eles. Com Bartole e Hadassa, formavam um time de dez pessoas.

— Pessoal, infelizmente, não teremos tempo para bolar uma estratégia de ação com muitos detalhes como eu costumo fazer. Daremos voz de prisão a um assassino que está com uma refém. Acredito que a moça ainda esteja viva. O criminoso está armado e, caso se sinta acuado, não hesitará em atirar. Ele iludiu muitas pessoas, fingindo uma cegueira que nunca existiu, mas creio que enxergue como uma águia.

— Cegueira? — Mike não se conteve. — Arre égua, Bartole! O assassino é Zaqueu?

— O próprio, embora esse não seja seu verdadeiro nome. Como hoje era sua folga, não tive tempo de lhe passar mais detalhes. — Nicolas fitou o grupo. — Vamos nos aproximar a pé, em silêncio, todos com arma em punho. Não atirem, a menos que sejamos alvejados primeiro. Mantenham em mente que temos dois grandes objetivos: prender o homem que está naquela casa e salvar com vida a refém.

— Qual é o plano? — indagou Moira.

— Vamos nos aproximar do local para que eu faça uma breve análise. Em seguida, vou elaborar a melhor tática de invasão e abordagem. A noite nos trará vantagens e desvantagens, porque, ao mesmo tempo que dificultará nossa visão, nos camufla nas sombras.

Sem perder tempo, o grupo ganhou distância, embrenhando-se no matagal. Não tardou muito para Nicolas divisar os contornos de uma pequena casa e avistar um veículo estacionado na lateral do imóvel.

Num primeiro momento, as únicas vias de acesso ao interior da casa eram a porta principal ou a janela, que estava fechada. Nicolas fez um sinal para que o grupo se dispersasse e contornasse toda a propriedade, anulando qualquer possibilidade de fuga do assassino.

Andando com as costas curvadas, evitando pisar em gravetos ou em folhas secas, Nicolas aproximou-se da casa. Hadassa vinha atrás dele, dando-lhe cobertura. Ao tocar na janela, Nicolas descobriu que ela estava fechada e trancada por dentro. Imaginou que o mesmo ocorresse com a porta.

Contornou a casa pelos fundos e descobriu outra janela, que estava igualmente trancada do outro lado. Todos os demais policiais estavam a postos, como Nicolas ordenara. Não havia escolha. Precisava entrar por uma das janelas.

Contando com as sombras a seu favor, ele tentou forçar a madeira para frente e para trás. Como ela não cedeu, tornou a dar a volta e repetiu o processo com a primeira janela. Quando as placas de madeira se abriram, o vidro ficou exposto. Não havia cortinas do outro lado, o que facilitava sua visão. Por ali, não percebeu nenhum movimento, sinal de que o homem que conheciam como Zaqueu deveria estar em algum esconderijo com sua vítima. E, a julgar pelo tamanho reduzido da casa, não havia muitos lugares onde se esconder.

— Precisamos quebrar o vidro — ele anunciou para Hadassa em um sussurro. — Sei que isso provocará um ruído, porém, não temos outra opção no momento. E vou entrar sozinho.

— Tem certeza disso?

— Absoluta. A presença de muitas pessoas só vai irritá-lo. Acredito que ele se sentirá menos ameaçado se vir apenas uma pessoa diante dele.

Hadassa deu seu aval, e, instantes depois, Nicolas quebrou o vidro da janela, rezando para que o barulho dos cacos caindo no chão não tivesse despertado a atenção do assassino.

***

Úrsula permanecia sentada no colchonete e agora estudava o rosto do homem que a trouxera. Naquele mesmo domingo, pela manhã, quando fora à emissora de seus pais para assombrar os funcionários com a possibilidade de demissão, ela conhecera aquele sujeito como sendo deficiente visual. Mais tarde, após ser abordada por ele em plena rua movimentada e conduzida ao seu carro com discrição, de forma a não chamar a atenção de ninguém, soube que ele fingia algo que nunca fora.

E também soube, mesmo sem ele ter dito nenhuma palavra, que estava diante de quem tirara a vida de seus pais.

O homem levara até ela uma garrafa com água, que abastecera até a boca. Úrsula já chorara, clamara por misericórdia, tentara comovê-lo para que a libertasse, contudo, suas tentativas foram todas em vão.

— O que pretende fazer comigo? — Úrsula perguntou outra vez, já que ele quase não falava. — Se você está chateado porque fui grosseira, eu lhe peço desculpas.

— Por que você simplesmente não cala a boca, irmãzinha?

Úrsula sentiu o coração bater descompassado, não tanto pela arma que ele segurava, mas pelo que acabara de ouvir.

— Como assim, sua irmã? — Aquele homem só podia ser um completo pirado. — Meu único irmão se chama Matteo. Você deve estar me confundindo.

— A idiota da sua mãe engravidou de mim antes de vocês dois nascerem. — Zaqueu cuspiu no chão, quase em cima de Úrsula. — Que nojo dela, do meu pai biológico e dos outros dois que me criaram! Na verdade, todas essas pessoas não foram nada em minha vida, porque nenhuma me amou de verdade.

— Você está equivocado. Meu irmão mais velho faleceu com cerca de duas semanas de vida.

— Cale essa porcaria de boca, sua idiota! — ele bramiu segurando a pistola, e, por um momento, Úrsula encolheu-se temendo um tiro. — Seu irmão mais velho sou eu, imbecil! Sou filho apenas da vadia da sua mãe. Ela e seu pai não me quiseram, porque sou fruto de um relacionamento proibido. O resultado do pecado de uma traição. Eles praticamente me doaram para uma família, que foi obrigada a me criar por medo de perder sua empresa. Fagner e Serena ameaçaram meus pais adotivos, e eles sempre jogaram isso na minha cara. Quanto ao meu pai verdadeiro, com quem trabalhei sob suas ordens, já que era meu supervisor, ele nunca se importou em ajudar essa criança que ficou esquecida no mundo. Para todos eles, era como se eu tivesse realmente morrido.

— Sinto muito por você. — Úrsula começou a chorar e a tremer.

— Ah, você sente muito! — Zaqueu abaixou-se e encostou o cano da pistola na testa de Úrsula, que sacudia os ombros devido ao pranto. — Quer sentir isso aqui em sua cabeça? Quer?

Úrsula balançou a cabeça para os lados. Zaqueu abaixou a arma, mas acertou-lhe o rosto com uma bofetada forte.

— Isso é pouco perto do que você merece! Não passa de uma piranha metida e arrogante. Na emissora, estava se achando acima de tudo e de todos, assustando os empregados com a hipótese de demiti-los. Faz ideia do mal que você causou àquelas pessoas, sua vaca dos infernos? Faz ideia?

Úrsula tornou a chacoalhar a cabeça em negativa. Esfregava a bochecha atingida sem coragem de tornar a olhá-lo. Chorava bem baixinho, temendo enfurecê-lo ainda mais.

— Por anos, eu desejei ter sua vida e a de Matteo. Por anos, tentei compreender que culpa eu tinha por ser fruto da infidelidade de Serena. Por anos, quis o amor de pais que realmente gostassem de mim. Enquanto você e ele tiveram tudo, eu vivi à mercê de pais que me acolheram forçosamente. E agora você vem me falar que sente muito? Nunca mais repita isso!

— Só posso lhe pedir desculpas...

— Quer saber de uma coisa? Você já me cansou. Não tem mais razão para continuar vivendo.

Um estrondo na porta pegou Zaqueu de surpresa. Quando a porta se abriu devido a um pontapé violento, a madeira chocou-se contra as costas do assassino, atirando-o do outro lado do quarto. Apesar de desnorteado devido ao golpe, ele manteve a pistola firmemente segura.

Nicolas Bartole estava parado no limiar da porta e apontava-lhe seu revólver. Zaqueu direcionou sua arma para a cabeça de Úrsula.

— Se eu fosse você, não faria isso — comentou Nicolas falando baixo, com a voz tranquila. — Se matá-la fosse sua intenção, já teria dado conta do recado faz tempo.

— Como você me descobriu aqui? — Zaqueu não conseguia acreditar. Tinha certeza de que não havia deixado nenhum rastro.

— Descobri muitas coisas mais. Principalmente o verdadeiro motivo pelo qual matou Serena e Fagner e as pessoas antes e depois deles.

Zaqueu fez uma careta de dor, porque suas costas estavam doloridas. Sem os óculos escuros, seu rosto era tão comum que passaria despercebido na multidão com facilidade. Nicolas encarou os olhos dele e manteve seu foco ali.

— Você é outro que não sabe nada sobre mim.

— Aí é que você se engana, meu nobre amigo. Sei mais do que imagina. Aliás, uma pergunta: por qual desses nomes você gostaria de ser chamado? Isaac, Rodrigo ou Zaqueu?

Ele deu de ombros. Nicolas notou que a mão do assassino havia começado a tremer e que ele já não segurava a pistola com tanta segurança.

— Então vou chamá-lo de Zaqueu, pois foi com esse nome que o conheci. Seus pais adotivos sempre fizeram questão de lhe contar a verdade sobre sua origem, não é mesmo? Desde pequeno, você deve ter escutado histórias de que foi abandonado por Serena e Fagner, simplesmente porque ele se recusou a criar o filho de outro homem. Também ouviu que Benício, seu pai biológico, nunca o procurou. Para ele, você deve ter sido um erro que jamais deveria ter acontecido.

Lágrimas surgiram nos olhos de Zaqueu, e Nicolas percebeu que eram lágrimas de dor. De decepção. E de muita mágoa armazenada por anos a fio.

— O que seus pais adotivos lhe diziam? Que você era um estorvo na vida deles?

— Não apenas isso. Eles me odiavam e sempre deixaram isso claro. Foram forçados a me criar apenas para não perderem sua empresa. Cederam à chantagem de Serena e Fagner, e tudo ficou por isso mesmo. Nunca tiveram outros filhos, o que me isolou ainda mais.

Nos eventos festivos da escola, eles nunca apareceram em minhas apresentações. Os pais dos meus amiguinhos chegavam e acenavam para eles, mas os meus nunca vieram me ver. Quantas vezes chorei escondido de tanta tristeza?!

As lágrimas começaram a lavar o rosto de Zaqueu.

— Eles me tratavam como empregado deles. Quando me contaram de quem eu realmente era filho, Úrsula e Matteo já estavam grandes. Eles andavam de carro, tinham duas babás, estudavam no melhor colégio da cidade. Meus pais me matricularam em uma escola pública, e, apesar de eu ser um excelente aluno, de sempre tirar boas notas, nunca ganhei parabéns dos dois. Nunca fui motivo de orgulho para eles. Aliás, nunca me deram nada no Natal, Dia das Crianças ou em meu aniversário. Não sei qual é a sensação de ganhar um presente.

— Você nunca quis procurar Serena, Fagner ou Benício?

— Tive muita vontade, mas meus pais adotivos me proibiram. Mesmo quando completei a maioridade, eles ainda exerciam muita influência sobre mim. Diziam que eu não tinha o direito de procurá-los, pois, se eles quisessem notícias minhas, já teriam vindo até mim. Só que eu achava justo fazer parte daquela família. Eu tinha o mesmo sangue de Serena. Era direito meu usufruir de alguma coisa.

— Nenhum deles foi procurá-lo?

— Nunca. Acho que nem sabiam direito como era minha aparência, tanto que, quando consegui um emprego na TV da Cidade, Fagner, Serena e Benício não suspeitaram de quem eu era. Quando eliminei os cretinos dos meus pais adotivos, me refugiei nesta casinha aqui, que comprei com o nome que consta em meus documentos falsos, os quais tive o prazer de arranjar para assumir uma nova identidade. Morreu Rodrigo de Pádua e nasceu Zaqueu Alvarenga.

— Pronúncia bem parecida com Isaac Alvarez.

— Eu sei disso. Foi proposital. — Entre lágrimas, Zaqueu mostrou um sorriso amarelo. — Meu próximo passo foi conseguir um emprego na TV da Cidade. Eu já sabia que, além de Fagner e Serena, meu amado paizinho biológico também trabalhava lá. Subornei um conhecido em uma clínica, que me atestou uma cegueira que nunca tive em meu exame admissional. Acho que herdei essa prática deles, não é mesmo?

Nicolas preferiu não responder nada, porque sabia que ele estava correto em sua acusação.

— Não é fácil sustentar uma deficiência que não existe por muito tempo, sem que alguém desconfie. Faz alguns anos que estou lá, mas nunca fui descoberto. Era muito respeitado na empresa. Meus colegas de trabalho, incluindo Djalma, me acolheram com carinho. Para mim, eles são uma verdadeira família, algo que eu nunca tive e nem sei direito como é.

— O que o motivou aos crimes?

— Eu queria lhes dar o troco por terem me abandonado. De qualquer forma, cedo ou tarde, eu também mataria Benício, assim como tirei meus pais adotivos de circulação. Eu já estava farto de todos eles e queria me vingar. Consegui. Esperei muito tempo para ter certeza de que, nesse período, eles mudariam de índole e de caráter e demonstrariam arrependimento. Esperei que quisessem saber algo sobre o destino que eu levei. Nada. Estavam somente preocupados com aquela porcaria de emissora. — Zaqueu deu alguns passos na direção de Úrsula, aproximando-se. Manteve a arma direcionada a ela. — Então, enviei uma carta anônima aos dois, modificando um pouco minha letra e dizendo que, naquela noite, gostaria de conversar com eles. Que eu era Rodrigo de Pádua, o filho que eles registraram como Isaac e que, se quisessem me receber, gostaria que deixassem a resposta em uma caixa postal. Ao chegar a uma agência dos correios, encontrei a cartinha escrita por um dos dois. Nela, diziam que me receberiam na quinta-feira à noite na emissora.

"Preparar o espírito para a difícil conversa." Nicolas lembrou-se da anotação na agenda encontrada no apartamento dos Alvarez.

— Porém, precisei da ajuda de Jeferson. Disse que gostaria de fazer uma surpresa de despedida para Miah, já que seria o último dia de trabalho dela antes da licença-maternidade, e também precisaria conversar com Fagner e Serena. Se ele colaborasse, eu lhe daria uma caixinha de mil reais. Quando percebi que Miah estava demorando mais do que o normal para ir embora, eu, que permaneci o tempo todo escondido dentro do banheiro masculino, achei que a culpa cairia sobre ela, se as coisas fossem bem amarradas.

Zaqueu notou a expressão de Nicolas endurecer, mas não se deteve:

— Desliguei a energia para chegar até o sistema de câmeras e desativar a gravação das imagens. Depois, fiz uma breve edição e cortei a cena que me mostrava chegando até ali. Nada muito difícil, pois certa vez vi o responsável por essa área digitando a senha de acesso ao banco de dados. Ele nem se preocupou em esconder a senha de mim, pois, sendo cego, eu nada veria.

Zaqueu deu outro sorriso em meio às lágrimas que escorriam.

— Após a saída de Miah, fui até a sala em que Serena e Fagner estavam. Nunca vou me esquecer da expressão de surpresa em seus rostos, quando viram que eu era o filho de Serena há muito perdido. Eles tentaram ser simpáticos, mas não me convenceram. Eu disse que sabia de tudo, inclusive que Fagner tinha um envolvimento amoroso com outro homem. Eles disseram que me levariam ao apartamento deles para que pudéssemos conversar com mais privacidade, então, deram as costas para mim para terminarem de arrumar a mesa. Eu atirei duas vezes. Apontei primeiro para Serena e depois para Fagner. Essa pistola, gêmea da que plantei na mão de Benício para simular um suicídio, possui um silenciador. Por essa razão, os estampidos foram abafados. Eu simplesmente só queria que eles vissem em quem me transformei e que seria o responsável por lhes tirar a vida. Ciente de que as câmeras não estavam mais me filmando, fui embora, temendo que Jeferson me entregasse logo de cara à polícia. Claro que eu negaria tudo. Não teria como ninguém provar tão rapidamente que um cego havia cometido tais crimes.

— Na noite seguinte, Jeferson foi procurá-lo para receber o dinheiro, e você o atropelou com o carro que alugou usando um disfarce para se assemelhar a Benício, querendo, assim, culpá-lo. Atropelou Jeferson, mas, como ele não morreu, disparou contra ele.

— Quem mandou ser ganancioso? Não me esqueço da expressão assustada de Jeferson, quando ele percebeu que eu, quem ele imaginava ser cego, estava dirigindo um carro.

— Zaqueu, você tentou pôr a culpa em outras pessoas, como Miah e Benício, mas a responsabilidade toda recaiu novamente sobre si. Não há como escapar de suas ações, não acha?

— Você foi muito esperto em juntar todas as peças e me encontrar aqui, Bartole.

— Você também foi, só que usou sua esperteza para o mal.

— Qual é, cara? Acha que ainda sou errado por ter me livrado dessa gente? Não havia um que prestasse entre eles. O mundo ficou mais limpo. — Ele olhou para Úrsula. — E, antes de dar por encerrada minha missão, vou acabar com minha meia-irmã. É uma pena que não terei tempo de chegar até Matteo.

— Você está cercado, e não há escapatória. Há mais policiais aqui comigo e em torno da casa. Acabou para você, Zaqueu. Abaixe a arma e libere Úrsula. Entregar-se à polícia é o melhor que fará neste momento. Sua história de vida, muito triste por sinal, não será suficiente para amenizar o fato de que você matou seis pessoas e de que planejava fazer a sétima vítima.

— Não tenho nada a perder, afinal, eu nunca tive nada realmente. Levei uma vida vazia até aqui.

— Isso não servirá de atenuante, caso você tente matar Úrsula. Vamos! Entregue-me sua arma.

Zaqueu hesitou um pouco, mas, por fim, baixou a pistola. Quando ergueu o olhar para Nicolas, o investigador viu ali tanta tristeza, tanta dor, tanto abandono, que seu coração chegou a ficar apertado.

Mas, no instante seguinte, viu a loucura chegar aos olhos expressivos de Zaqueu e soube previamente o que ele tentaria fazer.

Com velocidade, Zaqueu tornou a erguer a arma, direcionando o cano do revólver para Úrsula e encostado firmemente o dedo no gatilho. A perna de Nicolas subiu com uma rapidez ainda maior, e seu pé acertou com muita força o pulso armado do assassino. A pistola caiu sobre a cabeça de Úrsula, que se mantinha curvada, com o rosto voltado para baixo, como se não quisesse ver o que estava para acontecer.

Desarmado, Zaqueu gritou de ódio e lançou-se contra Nicolas, de mãos fechadas, prontas para socá-lo. Nicolas acertou-o com um chute na genitália, seguido de um murro no queixo, que o deixou inconsciente. Ele desabou de qualquer jeito sobre o colchonete e por pouco não caiu sobre Úrsula.

Nicolas abriu a porta e ordenou aos policiais que entrassem, porque o suspeito já estava contido.

Enquanto Mike algemava os braços do homem desfalecido, Nicolas amparava Úrsula, que finalmente se entregara às lágrimas.

— Obrigada por me salvar. — Foi somente o que ela conseguiu dizer antes de ser esmagada pelo pranto causado pelas emoções que ela represara até ali.

Úrsula foi levada por Moira. Com um sorriso que a deixava ainda mais bonita do que já era, Hadassa parou diante de Nicolas e colocou a mão em seu ombro.

— Você fez um excelente trabalho, Bartole. Estou muito feliz e satisfeita com a parceria que nós formamos.

Ele só assentiu e olhou para Zaqueu, que estava sendo carregado dali. Imaginou que, para aquele homem, a cadeia não seria uma punição, mas talvez um livramento. E lembrou a si mesmo de que um dia, em breve, mandaria um presente para ele, o primeiro que Zaqueu ganharia em trinta e dois anos de vida.

Capítulo 31

Passava das oito da manhã quando Nicolas entrou na delegacia. Alain agendara uma reunião rápida para às oito e meia, tão logo soube da conclusão da investigação. Parabenizou Nicolas e Hadassa pela captura do assassino e disse que a conversa seria breve. Na sequência, Nicolas buscaria Miah na maternidade e concederia folga a si mesmo pelo restante do dia.

Ainda na noite anterior, Zaqueu foi fichado e transferido para o presídio por ser considerado um detento de alta periculosidade. A caminho do local onde, após o julgamento, ele provavelmente ficaria por muitos anos, os policiais comentaram que Zaqueu chorara o tempo todo, mas que, ao ver um casal com seu filho pequeno chegando em casa após um passeio noturno, ele sorrira e murmurara algo sobre desejar toda a sorte do mundo àquela criança.

Nicolas estava exausto. A investigação estava praticamente finalizada. Ele mal dormira na noite anterior ansioso pelo retorno de Miah, que traria consigo o mais novo membro da família Bartole. Sabia, no entanto, que, quando tornasse a se deitar, sem a preocupação de desvendar um homicídio, dormiria por umas doze horas ininterruptas.

Ele controlou-se para não fazer uma careta quando entrou na sala de reuniões, tanto por perceber que fora o último a chegar, quanto por notar que Duarte já estava sentado, com sua costumeira expressão arrogante e soberba.

— Bom dia! Creio que não estou atrasado, não é mesmo? — dizendo isso, Nicolas puxou uma cadeira e sentou-se.

Além de Nicolas e de Duarte, estavam presentes na reunião Hadassa e Alain. O chefão da corporação era um homem de olhar duro como diamante, forjado nos anos de experiência na polícia. Estava longe de ser a pessoa mais simpática do mundo, mas era um homem justo e confiável, que Nicolas admirava a seu modo.

— Que bom que está aqui, Bartole! Podemos dar início à nossa rápida conversa. Primeiramente, quero novamente registrar meus elogios a você e a Hadassa pelo empenho, pela dedicação, coragem e rapidez com que resolveram esse caso.

Duarte roncou baixinho, como um motor fraco de um carro.

— O mérito é todo de Bartole. — Hadassa olhou para Nicolas, sentindo o desejo corroê-la por dentro. — Confesso que ele é o melhor investigador de homicídios com quem já trabalhei. Aprendi muito ao seu lado.

— Obrigado. — Foi tudo o que Nicolas disse.

— Soube também que Valdirene e Mauro não são pessoas honestas. Aliás, já estou informado de suas irregularidades, principalmente com questões públicas. O caso deles será encaminhado para a Polícia Federal, que dará continuidade às investigações. Mas tenho certeza de que ambos serão presos.

— Espero que, desta vez, os dois permaneçam um longo tempo no lugar que merecem e que seu dinheiro e sua posição social não os favoreçam, fazendo sua passagem pela polícia ser rápida.

— Fagner e Serena estão mortos — comentou Hadassa, ainda encarando Nicolas. — Mauro e Valdirene serão presos. As duas emissoras de televisão locais ficarão sem comando.

— Não sei se por muito tempo, pelo menos no que se refere à TV da Cidade. Úrsula me contou que, após se ver diante da morte, ela vai repensar a possibilidade de vender a empresa. Não irá assumi-la, porque não tem formação para isso, assim como seu irmão Matteo. Porém, pretendem encontrar alguém de confiança para assumir o comando da empresa. Em seus países de residência, eles darão a assessoria necessária. Manteriam todos os empregados trabalhando e deixariam tudo mais ou menos como já está.

— Sua esposa Miah poderia assumir a diretoria da emissora — propôs Alain.

— O convite seria uma honra, mas tenho certeza de que ela declinaria. Miah é formada em jornalismo e não em administração. São áreas bem diferentes, com demandas distintas. E se eu a conheço bem, ela não seria muito feliz sentada o tempo todo atrás de uma mesa, porque ela ama a ação nas ruas. Pelo que eu entendi, eles cogitaram deixar Djalma na diretoria da emissora a princípio. Acho que será uma decisão acertada. Ele já tem espírito de liderança, está há bastante tempo na empresa e creio que seja de confiança.

— Alegra-me saber que a emissora se manterá na ativa. Minha esposa aprecia os programas jornalísticos que eles exibem. Diz que são jornais excelentes, com matérias de qualidade. — Alain cruzou suas grandes mãos sobre a mesa e olhou para a bela delegada. — Hadassa, seu trabalho aqui foi fundamental para a investigação. Sabemos também que sua estada aqui é provisória.

— Até o retorno de Elias, a quem nem tive a honra de conhecer. — Ela sorriu.

— Na verdade, farei algumas mudanças nessa organização. Em uma cidade próxima à nossa, um dos delegados locais está afastado por licença-gala. Ele se casou ontem e ficará alguns dias ausente. Também, na data de ontem, um homem discutiu com a esposa, e a confusão terminou em óbito. Ela foi encontrada morta com uma faca cravada no peito na casa em que moravam, e ele está desaparecido. Quero que você se junte ao investigador de lá para darem sequência à investigação. Se possível, vá hoje mesmo. Como penso que as coisas ficarão mais tranquilas aqui, pelo menos por alguns dias, encontrarei outro delegado com menos urgência.

Hadassa não disse nada. Não havia como discordar da ordem. Ela só lamentava ter de ir embora, sem conseguir nenhuma ação concreta com Nicolas. Contudo, quem sabe um dia, as coisas seriam diferentes e ela conseguiria finalmente levá-lo para a cama.

— Senhor, quero aproveitar para comunicar-lhe que Walcir, o ex-funcionário que se declarou culpado pelas mortes de Fagner e Serena, será liberado daqui a pouco — informou Nicolas. — Desde o início, Hadassa e eu já sabíamos que ele era inocente. Walcir foi manipulado pela mulher por quem está apaixonado. Ao descobrir que Valdirene nunca havia gostado dele de verdade, ele mudou de ideia. Quando ela for presa, espero que isso sirva de consolo para o coração daquele pobre sujeito.

— Desculpem-me por interromper a conversa... — Duarte não aguentou mais ficar calado. — Não entendi ainda a razão de eu ter sido convocado para esta reunião. Nada do que estão falando diz respeito a mim ou ao meu trabalho, portanto...

— Duarte, recebi três reclamações contra você, todas de muita gravidade. — Alain fulminou o velho investigador com o olhar. — A primeira se refere ao fato de você ter liberado o funcionamento da emissora, que havia se tornado cena de um crime, sem ter uma conversa prévia com o investigador responsável pelo caso, aqui presente. A segunda veio de Hadassa, que alega ter sido ofendida por você, que dirigiu palavras de baixo calão a ela. A terceira, novamente de Bartole, relata que você esteve na maternidade, onde a senhora Fiorentino está internada, para perturbá-la com informações maledicentes, ou seja, fofocas. E fez isso durante seu horário de trabalho! Tem algo a dizer em sua defesa?

— Não tenho que me defender, senhor. Não me arrependo de nenhuma dessas atitudes que tomei e repetiria tudo, se fosse o caso. Como todos já sabem, tenho décadas de experiência no cargo e...

— Justamente por ter tanto tempo de experiência, o senhor está mais do que informado sobre as sanções que suas ações irão gerar. — Cortou Alain. — Suas atitudes não foram dignas de um investigador. Você faltou com ética, com respeito, urbanidade e profissionalismo. Assim, cabe a mim lhe aplicar a punição cabível.

Nicolas quase sorriu ao observar Duarte esbugalhar os olhos como um sapo assustado.

— Punição? Que absurdo é esse?

— Você sofrerá a aplicação de uma penalidade direta por sua conduta. Será afastado do seu cargo por três dias. Está suspenso, Duarte.

— Suspenso?! — Duarte levantou-se. — Nunca, em todos esses anos, fui suspenso por nada. Tenho mais tempo na polícia...

— Permaneça sentado, Duarte. — Alain novamente o interrompeu, desta vez usando um tom de voz mais duro. — Não há necessidade de você repetir a todo momento quanto tempo tem a serviço da polícia, porque já estou a par dessa informação. Farei um relatório por escrito sobre sua suspensão para que você tome ciência, mas quis avisá-lo desde agora sobre o que acontecerá.

Duarte, que se sentara rapidamente ao ouvir a ordem, olhou para Nicolas e tremeu de ódio ao ver o sorrisinho debochado no rosto daquele maldito. Ele ainda daria o troco a Bartole. Ah, se daria! O mundo dava muitas voltas, e ele não perdia por esperar!

Mais tarde, depois que Alain e Duarte — espumando de tanta fúria — se foram, Hadassa, segurando uma sacola de tecido com seus pertences, parou na sala de Nicolas, que também estava se preparando para sair. Seguiria diretamente para o hospital em que Miah estava internada.

— Vim me despedir de você. Queria agradecê-lo por tudo e lhe pedir desculpas por algumas coisas que fiz e das quais me arrependo muito.

Nicolas confrontou os olhos cor de esmeralda da delegada e soube que ela não estava sendo sincera. Assim como Duarte dissera, se Hadassa tivesse uma oportunidade, faria tudo de novo até conseguir o que desejava. Todavia, por ora, era melhor entrar no jogo dela e encerrar aquele assunto, até porque não pretendia tornar a vê-la.

— Fique tranquila, Hadassa. Eu já me esqueci disso tudo. Agradeço-lhe a parceria e lhe desejo boa sorte em sua nova investigação.

Ela sorriu e continuou parada por alguns instantes mirando os lábios de Nicolas. Como queria beijá-lo. Como desejava pular sobre ele e amá-lo ali mesmo, em sua sala.

No entanto, Hadassa preferiu não tentar mais nada. Além disso, não estaria muito longe. Tinha o telefone de Nicolas e, caso sentisse saudade, bastaria telefonar-lhe, torcendo para que a nojenta da Miah não estivesse por perto.

Hadassa acenou, virou as costas e deixou a delegacia após se despedir de outros policiais. Intimamente, desejou muito ter a oportunidade de voltar a trabalhar ali.

***

— Repita isso, amor — pediu Miah, parada diante do carro de Nicolas, aguardando que ele abrisse a porta traseira, já que ela estava segurando Manoel. — Mas fale bem devagar para que eu não perca nenhuma palavra.

— Valdirene e Mauro serão presos. Parece que os dois estão bem queimados com a Polícia Federal e deverão responder por isso.

— Gente, eu preciso ver essa cena! Tenho de rir da cara dos dois, quando aquela loira metida for algemada.

— Não banque a vingativa, Miah. — O próprio Nicolas, contudo, sorriu imaginando a cena. Realmente, seria divertido. Ele lembrou-se de toda a arrogância dos dois ao deixarem a delegacia quando ele prendeu Mauro por agressão.

Nicolas acomodou a esposa no banco traseiro do carro, com a cesta de Manoel e seus pertences ao lado. Adaptara ali uma cadeirinha do tipo bebê conforto, para transportar a criança em segurança.

Assim que ele e Miah ajeitaram o bebê, Manoel acordou e fitou Miah com seus olhos azuis.

— Credo! Odeio quando ele faz isso, sabia?

— Essa criança será um mistério e tanto em nossas vidas, Miah. Ainda vamos demorar um pouco para entender seu propósito aqui. Como diz Marian, teremos um aprendizado com ele, embora ainda não saibamos qual.

— É verdade. Prefiro nem pensar muito nisso. — Assim que Nicolas deu a partida no carro, Miah comentou: — E até agora você não me contou como foi a prisão do assassino. Você havia me dito que suspeitava dele, o que eu achei muito esquisito. Ele é cego e nunca conseguiria...

— Ele enxerga melhor do que nós dois, Miah. Pode ter certeza disso. Quando estivermos mais sossegados, lhe contarei todos os detalhes. Quando recebi a informação de que o filho supostamente falecido dos Alvarez havia sobrevivido e que hoje teria trinta e dois anos, Djalma e Zaqueu automaticamente se enquadraram nesse perfil. Então, cogitei a possibilidade de que a cegueira não fosse verdadeira. — Nicolas fez uma pausa rápida e continuou: — Nada do que ele viveu justifica seus atos. Zaqueu é responsável pela morte de seis pessoas e por um sequestro, que quase culminou na morte de mais uma pessoa. Mesmo assim, a história de vida desse rapaz deve atenuar um pouco sua pena. Não muito, mas acredito que ajudará a suavizar. Não me surpreenderia se, daqui a algum tempo, eu recebesse a notícia de que ele se suicidou no presídio. A vingança de Zaqueu está concluída, mas tenho certeza de que isso não lhe trouxe nenhuma satisfação nem a sensação de missão cumprida.

— Seis pessoas? Zaqueu é o cara mais fofinho que já conheci. Eu nunca poderia imaginar que ele cometeria uma barbaridade tão grande assim! — Miah deu de ombros, olhou para Manoel, que estava entretido analisando a própria mão, e completou: — Aguardarei ansiosamente até você me contar tudo.

***

Hadassa chegou à nova delegacia em que trabalharia, apresentou-se aos primeiros policiais que cruzaram seu caminho e indicaram-lhe a sala em que ela trabalharia até o retorno do delegado da unidade. Hadassa mal colocara a bolsa sobre a mesa, quando bateram à porta.

— Pode entrar. — Autorizou com sua voz macia.

Um homem negro, de cabelos raspados, com cerca de trinta anos, entrou devagar. Ele era muito musculoso, com braços fortes e barriga reta. A camiseta preta que usava ajustava-se perfeitamente ao seu tórax bem modelado. Os olhos eram esverdeados e faziam um contraste maravilhoso com seu tom de pele. Na mão esquerda, no dedo anelar, ele exibia uma grossa aliança de ouro.

— Seja bem-vinda, doutora. Eu me chamo Lúcio Alcântara e sou o investigador local. Trabalharemos juntos na busca pelo marido suspeito de esfaquear a esposa.

Hadassa sorriu, mantendo o olhar cravado nele.

— Obrigada, Lúcio. Faremos uma parceria excelente! Tenho certeza disso. Ah, só uma coisa. Como estou hospedada em um hotel e, portanto, sem carro, você se importaria de me dar uma carona até lá?

— Claro que não. Farei isso com muito prazer.

Ela voltou a sorrir. Pelo jeito, chegara ao lugar certo para trabalhar.

Epílogo

Miah não conseguiu conter a emoção ao cruzar a portaria de seu prédio. Estava finalmente de volta ao seu apartamento, ao seu cantinho de amor com Nicolas. Tinha a impressão de que passara um mês ausente e estar de volta era para a repórter uma grande alegria.

O porteiro pediu para ver o rostinho de Manoel, novamente adormecido. Ele estava nos braços de Nicolas. Assim que viu a criança, o rapaz sorriu:

— É um bebê lindo! Me arrepiei só de vê-lo. Parabéns a vocês.

— Eu também fico o tempo todo arrepiada — respondeu Miah de bom humor.

Ela e Nicolas trocaram um olhar de cumplicidade, porque o que eles pensavam da criança dispensava comentários.

No elevador, Miah perguntou:

— Eu quase contei a razão pela qual ele se arrepiou ao conhecer o bebê.

— Não valeria a pena. Nós dois ainda temos muito a aprender, não apenas a sermos pais, mas, principalmente, sobre o que essa criança tem a nos oferecer. E nós, a ela.

Miah concordou. Antes de entrarem no apartamento, Nicolas parou na janela do corredor e contemplou a vista parcial da cidade. Tudo estava calmo, por enquanto. Como Alain dissera, seriam dias tranquilos até que algum doido tirasse a vida de seu próximo e ele precisasse novamente entrar em ação.

Como Nicolas estava segurando Manoel, foi Miah quem destrancou a porta do apartamento. Assim que ela a empurrou para abri-la, os gritos explodiram lá dentro.

— Surpresaaaaa!

Miah ficou estática no mesmo lugar. Não sabia para quem olhar primeiro. Talvez para Marian, que mostrava um sorriso lindo, de mãos dadas com Enzo. Como era bom ver que os dois finalmente haviam acertado os ponteiros de seu casamento. Ou quem sabe para Mike, que estava abraçado a Ariadne. Ele não usava farda, e ela vestia uma blusa azul que fazia seus seios quase saltarem para fora. Ah, e os cabelos de Ariadne naquele dia também estavam azuis.

Ela poderia ainda encarar Willian, que amarrara os cabelos em um curto rabo de cavalo e abraçava Moira por trás. A policial também não estava fardada, e Miah poderia jurar que, por um instante, a moça sorrira para ela.

Poderia olhar para Elias, sentado em sua cadeira de rodas com a bota de gesso esticada para frente. Perto dele estava Lourdes. Sim, talvez elas trocassem mais alguns desaforos só para o dia ficar completo. Viu ainda seu querido parceiro de trabalho Ed e o major Lucena, a esposa e a filha. E, como não poderia faltar, lá estava Thierry, usando um enorme chapéu com o formato de um chocalho. Aquilo deveria ser uma homenagem bizarra ao bebê.

No centro da sala, onde deveria estar o sofá, eles colocaram a mesa e, sobre ela, um bolo azul e branco com o nome de Manoel. Também havia refrigerantes, sucos e vários tipos de salgados.

— Você sabia de tudo isso, não é? — Miah sussurrou para Nicolas.

— Talvez... — Ele sorriu.

— Não encontro palavras para expressar minha alegria e gratidão por ver todos os meus amigos queridos aqui, em plena manhã de segunda-feira — Miah disse em voz alta, sabendo que acabaria chorando se continuasse a falar. — Só tenho a agradecê-los por todo o carinho, por serem pessoas tão importantes em minha vida. Saibam que vocês são a família que nunca tive. Amo vocês! Amo muito. — Ela olhou para Lourdes. — Quer dizer... quase todos vocês.

Houve um coro de gargalhadas. Érica saiu do quarto e veio correndo encontrar-se com Miah. Assim que parou e viu o bebê, expôs os dentes e soltou um silvo ameaçador.

— Não liguem. Ela é assim mesmo. — Contornou Nicolas para manter o clima divertido.

As pessoas aproximaram-se para conhecer Manoel. Uns disseram que ele era lindo, outros, que ele era uma perfeita mistura de Nicolas e Miah. Não havia como alguém dizer que a criança não pertencia aos dois.

Marian contemplou Manoel e imediatamente experimentou uma sensação horrível, contudo, procurou disfarçar para que ninguém percebesse. Aquele momento não era o adequado para tocar naquele assunto com alguém.

— Antes de Miah comer o bolo, do qual pretendo devorar uns quatro pedaços, tenho uma novidade para contar a todos. — Mike segurou a mão de Ariadne, que dançava sacudindo seus cabelos azuis. — Quero que todos sejam testemunhas do pedido que farei agora. Ariadne, você aceita se casar comigo?

Propositadamente, ela manteve-se calada por alguns segundos, somente para criar um clima de suspense. Finalmente respondeu:

— É claro que aceito! Se eu dormir no ponto, aparece outra e o leva embora. Eu que não sou besta!

Mais risadas descontraídas, enquanto os dois se beijavam ao som de aplausos. Willian pediu a palavra e, quando o grupo silenciou, ele comunicou:

— Moira e eu também vamos nos casar em breve. Quem sabe podemos organizar um casório coletivo. Minha mãe amaria ver seus dois filhos se casando no mesmo dia, não acha, Ariadne?

— Com certeza! — Ariadne pulava de alegria.

— Seria uma emoção tão grande que eu não me conteria. — Lourdes fez uma careta, que sinalizava um choro iminente. — Ainda me lembro de como derramei lágrimas no dia em que Marian e Enzo se casaram. Eu parecia uma velha bobona.

— Velha você já é. — Provocou Miah só para não perder o costume. — E bobona também.

— Diz isso porque, no dia em que você se casou com Nicolas, meus olhos estavam secos como o Saara. — Lourdes mostrou um sorriso irônico.

— Eu aceitei o pedido de casamento de Willian — disse Moira parecendo um tanto constrangida. — Eu o amo muito. — Mais uma vez, ela quase sorriu, mas não chegou a fazê-lo.

Eles beijaram-se, e houve novos aplausos. Marian tentou se descontrair também, mas teve a impressão de enxergar algo cinzento pairando sobre Nicolas, Miah e a criança, como se fosse uma pequena nuvem. Quando tornou a olhar, não havia mais nada, porém, a sensação ruim permaneceu.

— Também quero dizer uma coisa. — Elias moveu sua cadeira até parar ao lado de Lourdes. — Algo que pegará todos vocês de surpresa. Lourdes e eu iremos jantar juntos amanhã. E, assim que eu tirar esse gesso horrível, iremos ao cinema para assistir a um filme romântico.

Gritos de euforia e incentivo foram ouvidos, e Mike não deixou por menos:

— Quem diria que o delegado se tornaria o padrasto de Bartole, hein?

— Pobre Elias — lamentou Miah. — Eu já estava penalizada por causa do seu tornozelo quebrado, mas agora, sabendo que você está se aproximando de Lourdes, só posso chorar em seu nome.

Mais risadas alegres. Marian até tentou sorrir, porém, ao olhar mais uma vez para Nicolas, Miah e o bebê, novamente avistou uma sombra pairar sobre eles. O que seria aquilo?

Mesmo em meio aos gritos festivos, Marian tentou concentrar-se em uma rápida prece, invocando luz e proteção aos três e pedindo aos amigos espirituais que os amparassem diante de qualquer situação ruim que estivesse por vir ou que envolvesse o bebê. Sabia que, cedo ou tarde, ela teria de contar a Nicolas e a Miah o que ouvira da médium no centro espiritualista. A verdade precisava ser dita.

No entanto, isso poderia esperar um pouco. O momento era de alegria, boas vibrações e união entre pessoas queridas. E, independentemente de como Nicolas e Miah se adaptassem àquela criança, Marian desejou o melhor que a vida pudesse ofertar aos três. Estava convicta de que eles seriam uma família muito feliz.

Será?

FIM DO VOLUME 6

Rua das Oiticicas, 75 — SP
55 11 2613-4777

contato@vidaeconsciencia.com.br
www.vidaeconsciencia.com.br